フィギュール彩 ⑦⑦

THE CULTURAL HISTORY OF DRACULA
SHUNTARO ONO

ドラキュラの精神史

小野俊太郎

figure Sai

彩流社

目次

はじめに　ドラキュラは死なない

一八九七年にブラム・ストーカーの『ドラキュラ』が発表されてから百二十年になるが、ドラキュラ人気は衰えを知らない。たとえドラキュラ伯爵が直接出てくることはなくても、「吸血鬼」というテーマそのものは、小説、映画、コミックス、アニメ、ゲームなど多くのジャンルで利用され、飽きることなく新しい物語に仕立てられている。吸血鬼の民話や伝承は、世界中に広く存在するのだが、これほど繰り返し利用されるようになったのには、やはり十九世紀末に登場したドラキュラ伯爵の力が大きい。伯爵には「不-死者」という名称が与えられている。これは、罪の告解をきちんと終えておらず、宗教的に死んだと認められないおぞましい者のことだが、「不滅」という点で、伯爵ほどの不死者は他になかなか見当たらない。

ドラキュラ伯爵は血を吸うことによって「生き長らえる」だけでなく、相手を吸血鬼化していく。すでにドラキュラ城には金髪や浅黒い肌の三人の女吸血鬼がいるし、未婚のルーシーは襲われて吸血鬼となった。そして、次に彼女の友人のミナも毒牙にかかり半ば吸血鬼となってしまう。吸血鬼は、人種や民族や階級やジェンダーを超えて増殖していく。生殖に似ているのだが、同性どうしでも広がる点が異なる。伯爵の故郷がトランシルヴァニア、つまり「森を越えた土地」と呼ばれるように、吸血鬼とはさまざまな境界線を「超越《トランス》」する存在なのだ。それが吸血鬼の拡散につながっている。

そして、このような越境する特性をもった伯爵の登場する『ドラキュラ』は、小説というジャンルから、演劇や映像表現へと活躍の場を広げてきた。それにつれて伯爵の外観も固まっていく。オールバックの髪に、黒いマント(しかも裏は赤い)の姿をしている。そして鋭い犬歯を見せ、長い爪をもち、主に美女の首筋にガブリと噛みつく。こうした視覚的なイメージが定着したのは、ストーカーの小説よりも映像の力によるのだ。

しかも、吸血鬼という設定はさまざまに応用される。『ドラキュラ』出版の百年後に発表されたロバート・ロドリゲス監督の映画『フロム・ダスク・ティル・ドーン』(一九九六)は、最初のうちは二人の兄弟の銀行強盗をめぐる騒動に見える。ところが、人質を連れて取引のために逃げこんだトップレスバーが、じつは吸血鬼の住処だったので、そこで戦闘が始まる。サバイバルのために、強盗も人質も周りの客も力をあわせて、従業員のふりをしていた吸血鬼と戦うことになるのだ。最後のショットで、襲ってきた吸血鬼たちの正体は、アメリカの過去からの呪いであると真相が明らかになるが、吸血鬼そのものについては、もはや説明が不要になっていた。人質の少女が、しだいに吸血鬼ハンターとなる姿も、テレビで人気になった聖少女バフィーのような戦う少女と重なる。ドラキュラ伯爵を退治するヴァン・ヘルシング教授の役目をする者さえも、しだいに変化してきたのだ。

この本では、そうした拡散の出発点となったストーカーの『ドラキュラ』という小説自体が抱える疑問について考えてみた。単なる被害者にしか見えないジョナサンとミナのハーカー夫妻だが、彼らはどのような役目をはたすのか？　オランダからやってきたヴァン・ヘルシング教授、さらに精神病院を経営するシュワード博士とはいったい何者で、ドラキュラ伯爵と身体と精神のレヴェルでどんな戦いをしているのか？　そもそもこの小説が五月三日の日付で始まり十一月六日で終わったのはなぜなのか？　タイプライターや写真といった新しいメディアや流行を取り入れているのは、社会風俗を描く「新機軸」（平井呈一）にすぎないのか？　こうした点を細かく検討することで、『ドラキュラ』という作品がもつ複雑さや豊かさ、物語としての底力が理解できるようになる。そのときに、「超越《トランス》」や「増殖による拡散」がキーワードとなってくる。

＊

ストーカーの『ドラキュラ』の舞台が何年に設定されているのかについては、「一八八七年」「一八九三年」「一八九八年」など諸説あるが、「追記」に七年前の出来事と記されているので、出版された一八九七年からさかのぼって、九〇年と考えるのが妥当かもしれない。ただし、それだと日付と曜日の対応関係が乱れてしまう。ストーカーが残したメモ類には、九三年の日付が入った事務用手帳を使った日程のプランが残っているので、この年を基本設定としたのはどうやら間違いがない（エリザベス・ミラー編『ブラム・ストーカーのドラキュラ』）。

仮にそうだとしても、七年後の「追記」は一九〇〇年となり、実際の出版の日付よりも未来になってしまう。『ドラキュラ』は近未来から過去を回想する小説なのである。このように未来から過去の戦いを回想する手法は、たとえばH・G・ウェルズの『宇宙戦争』（一八九八）も採用していた。やはり外国からの侵略を描く架空戦記ものの一つで、未来からの反省の形をとって、現在の人間に警告を発しているのだ。つまり、火星人も吸血鬼も当時のイギリスが用心しなくてはならない「敵」を具体化したものなのである。

『ドラキュラ』は一八九〇年の構想段階から、改稿を何度か経て、九七年に完成した作品だった。長期間の作業のなかで矛盾をはらんでしまったようだ。実際いくつかの日付や地名は矛盾していると して、注釈者たちは訂正してきた。だが、圧倒的な迫力を与える作品は、そんな瑕瑾《かきん》をものともしない。シェイクスピアやドストエフスキーの作品の細部に矛盾があるからといって全体を否定するのは、「木を見て森を見ない」類いの発想である。

重要なのは現実の年号との符合ではなく、日付どうしの相互関係である。ジョナサンがドラキュラ城に着いたのが真夜中すぎで、緑が豊かになった五月五日の「聖ジョージの祝日」であること。ルーシーとゴダルミング卿との結婚は九月二十八日に定められていたが、ルーシーの死によって、その日は「不―死者」を始末する日になってしまった。そして、ジョナサン到着の半年後の十一月六日に、雪原にそびえたつドラキュラ城の前で、城に閉じ込められた体験をもつジョナサン本人が、憎らしい伯爵の首を切断して「復讐」をとげることによって話は閉じるのである。

この大枠が作品全体をしっかりと支えている。単に半年の出来事というだけでなく、「緑」と「雪」という対照的な二つの姿をもったトランシルヴァニアやドラキュラ城が描きだされている。しかも全二十七章が、時系列におおまかに並んではいるが、章ごとの進みかたが一様でなかったり、日付が前にもどったりしている。カレンダーのように日付順に情報を並べているわけではない。それはストーカーが細かな配置を計算した結果であり、そこからも、『ドラキュラ』が緻密な構造をもっていることが予感できるはずだ。

＊

本書は、ストーカーの『ドラキュラ』に含まれるさまざまな超越や拡散のようすを念頭に置きながら、あくまでも作品に則る形で議論を進める。ただし、あらすじを追いかけているわけではないので、話が前後することは、ご承知いただきたい。『ドラキュラ』の章ごとの内容は十六頁に一覧表にしてあるので、適宜参照してほしい。本書の全体の流れは、以下のようになっている。

第1章の「異邦のなかの異邦人」では、イギリスより東の「オリエント」へと向かったジョナサンと、オリエントから来たドラキュラ伯爵の関係をあぶりだす。パプリカを媒介にして、オリエンタリズムと呼ばれる幻想が漂うが、そのときに、元の言語への反訳が必要な速記術で手記が書かれている点がひとつの手がかりとなる。

第2章は「戦争としての『ドラキュラ』」として、オスマン帝国との敵対関係のなかで、キリスト教の守り手として聖戦を戦ったドラキュラ伯爵が変質していったことを確認する。しかも、アメリカとトランシルヴァニアとが思わぬ形で結びつけられ、「白いオセロ」とも呼べるクィンシー・モリスの意味合いが変わっていくことにも注視すべきだ。

第3章は「身体という戦場」として、オランダ出身のヴァン・ヘルシング教授の役目を説明する。救済のための輸血が作り出す共同体だけでなく、ミナとルーシーの親密な関係を媒介するものとして、ドラキュラ伯爵の吸血があることを明らかにする。さらに「安楽死」をめぐる議論が出てくる背景をさぐる。

第4章の「精神という戦場」は、「眠り」と当時の勤勉主義とのつながりを考える。精神をコントロールする点でヴァン・ヘルシング教授の催眠術とドラキュラ伯爵の邪眼が類似している。さらに、欲望を抑制することが勤勉主義と結びつき、それが各人の孤独からの脱却と結びついていることを確認する。

第5章の「ホラーとテラーの間で」は、イギリスをむさぼるものとしてドラキュラ伯爵を考える前に、海外をむさぼるイギリスの植民地があることを確認する。ストーカーがもつアイルランド性が、テロリズムとつながり、きわめてねじれた形で『ドラキュラ』のなかに現れている。そこから「十一月六日」にドラキュラ伯爵が倒される理由が見えてくる。

第6章の「視覚的に増殖する」では、コダックの写真機が登場する『ドラキュラ』が映像化の可能性を内に秘めていることを見ていく。『吸血鬼ノスフェラトゥ』をはじめ映画やテレビドラマで展開したようすをたどる。複製による増殖の可能性をもっていたせいで、孤高のドラキュラ伯爵が、いつの間にかハイスクールの同級生に変わってしまい、吸血鬼は大衆化してしまうのだ。

第7章の「ジャパネスク・ドラキュラ」では、日本に入ってきたあとでの、横溝正史の『髑髏検校』以降の五つの小説を中心に日本化の過程をたどった。吸血鬼人気は、コミックスやアニメにまで広がり、ライトノベルやBL小説に頻出する題材となっている。ポピュラー文化において、ドラキュラ伯爵や吸血鬼がこのような人気を得ているのは、すでに萌芽的な要素が、『ドラキュラ』内に集約されていたおかげなのだ。のちの作家たちが各自の好みのままに、それを引きだして拡張し、増殖し、拡散させてきたのである。

全体にシェイクスピアの作品『ヴェニスの商人』『ハムレット』『マクベス』『十二夜』『ロミオとジュリエット』『夏の夜の夢』などとの関連について触れている。これは『ドラキュラ』という作品内に台詞が引用されているだけでなく、十九世紀を代表する名優ヘンリー・アーヴィングの秘書として数々の名舞台を見た成果として、シェイクスピア作品が深く関わっているせいである。どうやら、こうした知識を常識と考える読者を、ストーカーは想定していたように思える。

＊

本文を始める前にいくつかお断りをしておきたい。

ストーカーの小説の題名だが、今まで『吸血鬼ドラキュラ』と訳されてきた。だが、原題は『ドラキュラ』とシンプルであり、映画版の『吸血鬼ドラキュラ』と混同しないためにも水声社版の翻訳と同様にこれを採用した。また文中で「伯爵」とあるのはドラキュラ伯爵のことで、特に断りなく入れた「第＊章」という表記はすべて『ドラキュラ』内の章を指している。引用の日本語訳は、新妻昭彦訳（水声社）を参照した。そのままの箇所も多いが、適宜変更しており、全く新しく自分で訳した箇所もある。

定評のある平井呈一訳（創元推理文庫）は、原文と比較すると削除された部分や時代の制約で理解が不正確な点もあり、しかも流麗な日本語に流れて意味があいまいな箇所も少なくない。ただし、『ドラキュラ』がゴシック小説の衣鉢を継ぐ面を理解するには、江戸情緒や雅語を巧みに使う平井訳はとても役に立つ。朗読にいちばん向いているのはこの訳だろう。また、最新の田内志文訳（角川文庫）は、当時の社会風俗などの背景まで調べあげた翻訳ではないが、表紙も含めてライトノベル風で、人間関係やあらすじをたどるのには読みやすい。最初に読む訳としてお勧めできる。ただし今回、平井・田内双方の訳は、あくまでも参考程度にとどめた。

また、ルーシーの婚約者であるアーサー・ホルムウッドは、小説の途中で父親が死んでゴダルミング卿の称号を引き継ぐ。アーサーとゴダルミング卿の両方の表記があっては煩雑になるので、貴族であることを強調するために最初からゴダルミング卿として通している。年号については、十九世紀に関しては「一八」を省略した下二ケタ表記を使っている。

なお、**扱う作品はすべて結末や謎について触れているネタバレとなっている**。文中の敬称はすべて省略している。どちらもご容赦いただきたい。

【登場人物表、章ごとの内容一覧】

ドラキュラ伯爵＝トランシルヴァニアの伯爵で、もとはヴラド・ツェペシュだったが吸血鬼に変じてしまった。ロンドンへの移住を計画している。三人の女吸血鬼を従えている。

ジョナサン・ハーカー＝事務弁護士助手で、後にホーキンズ事務所を継いでハーカー事務所をもつ。

ミナ（ウィルヘルミナ）・マレー＝ジョナサンの婚約者。後に結婚し、ハーカー夫人となる。速記術、タイピングが得意である。ウィルヘルミナは出版当時のオランダ女王と同じ名前である。

ルーシー・ウェステンラ＝ミナの裕福な友人で、ホイットビーで伯爵の犠牲者となる。苗字に「西」という言葉が入っている。

ウェステンラ夫人＝ルーシーの母親。心臓が弱っている。

アーサー・ホルムウッド＝後に父を継いで「ゴダルミング卿」となる。ルーシーの婚約者。苗字に「木」という単語が入っている。

クィンシー・P・モリス＝テキサス出身で、ルーシーの求婚者。アーサーと一緒に世界中で狩りをしたりしている。シュワード博士とも旧知の仲。

ジョン・シュワード博士＝精神病院を経営し、ルーシーの求婚者。病院の隣の屋敷をドラキュラ伯爵が購入する。さまざまな記録を蝋管式録音機で残している。

レンフィールド＝シュワード博士の精神病院の患者で、伯爵に心酔する。

エイブラハム・ヴァン・ヘルシング教授＝アムステルダムの大学の教授で、医学から法律まで通じている。「不死者」であるドラキュラ伯爵の退治に知恵を貸す。シュワード博士の先生でもある。エイブラハムは作者ブラム・ストーカーと同じ名前である。

第1章	事務弁護士であるジョナサン・ハーカーが、トランシルヴァニアのドラキュラ城に到着する。
第2章	伯爵にカーファックスの屋敷の売買契約について説明するが、城のなかに閉じ込められていることに気づく。
第3章	伯爵はトランシルヴァニアの歴史を語り、ジョナサンはコウモリに変身した伯爵を発見する。三人の女吸血鬼が姿を見せる。
第4章	ジョナサンはアリバイのための三通の手紙を書かされる。木箱に入った伯爵の姿と、その木箱が運び出されるのを目撃する。
第5章	ルーシーは、自分に三人の求婚者がいることをミナに知らせる。本命がゴダルミング卿（アーサー）であることを告げる。
第6章	ミナがホイットビーで保養するルーシーと合流する。失恋したシュワード博士がレンフィールドの観察を続け「生命食狂」と名づける。
第7章	ホイットビーに漂着したロシア船デメテル号の記事。船長の手記が明らかになる。そしてルーシーが夢遊病となっていることにミナが気づく。［すでに伯爵の被害にあっている」
第8章	ルーシーの首の傷にミナが気づく。木箱が屋敷に運びこまれたことがわかる。ジョナサンが無事という手紙がブダペストからミナの許に届く。
第9章	ルーシーの貧血症状が進む。シュワード博士がヴァン・ヘルシング教授をオランダから招く。ルーシーの症状が悪化する。
第10章	ルーシーに婚約者であるゴダルミング卿の血を輸血する。だが二度目の貧血でシュワード博士がルーシーに輸血をする。防御策としてニンニクの花をルーシーの寝室に飾る。
第11章	動物園からオオカミが逃げ出す。伯爵がコウモリとなりルーシーを襲い、守ろうとした母親が死去する。

第12章	ルーシーにクインシー・モリスの血を輸血する。ルーシーは半ば吸血鬼化しながらもゴダルミング卿の腕のなかで亡くなる。
第13章	ルーシーが埋葬される。ジョナサンが伯爵を見かける。ハムステッドでルーシーが子供たちを襲い始める。
第14章	ヴァン・ヘルシング教授がミナに会うためにエクセターにやってきて、記録を読む。確信を得た教授は、シュワード博士に子供たちの傷はルーシーがやったと告げる。
第15章	教授と博士が墓所に行くとルーシーの棺の中は空だった。ゴダルミング卿に墓所にいっしょに行くことを誘う。
第16章	墓所で吸血鬼化したルーシーと出会い事態を察したゴダルミング卿は、杭を彼女の心臓に打ちこむ。教授たちが彼女の首を切断する。
第17章	ミナがロンドンに行き、シュワード博士の記録をタイプライターで整理し始める。ジョナサンが木箱の行方をホイットビーで調査してきて、シュワード博士の精神病院の隣に伯爵が潜むとわかる。
第18章	ヴァン・ヘルシング教授が「吸血鬼」について講義する。レンフィールドに、ミナたちが次々と面会する。
第19章	ジョナサンたちがカーファックス屋敷を探査し、二十一箱の木箱が運び出されたのを知る。ミナが赤い目を窓の外に見る。［伯爵が接近してきている］
第20章	ジョナサンが荷物運送業者をたどって、木箱の運ばれたピカデリーの屋敷などをつきとめる。レンフィールドが大けが状態になる。
第21章	レンフィールドが伯爵を精神病院に招き入れ、伯爵はミナを襲う。ミナは「穢れてしまった」と叫び、襲われたいきさつを語る。
第22章	ジョナサンたちはロンドン市内の伯爵の拠点を次々と聖餅で浄化していく。逃げ場を失った伯爵はピカデリーの屋敷に向かってくる。

第23章	伯爵は待ち構えていたヴァン・ヘルシング教授たちに捨て台詞を残して逃げ出す。残った一つの木箱とともに伯爵が消えたが、ミナの提案で行方を催眠術で探索する。
第24章	トランシルヴァニアへと船で逃げたことがわかり、伯爵退治の会議が開かれる。全員が遺言を残す。
第25章	オリエント急行でブルガリアのヴァルナへ先回りをするが、伯爵は裏をかいて別の港ガラツから上陸した。
第26章	ガラツから先の経路をミナが類推する。船で追いかける者と、馬車で追いかける者にわかれる。
第27章	ヴァン・ヘルシング教授はミナとともに、女吸血鬼と戦い、ドラキュラも含めた墓を浄化する。そこに木箱に入った伯爵が逃げてくるが、ドラキュラ城の手前でハーカーが伯爵の首を斬り、クィンシー・モリスが心臓にとどめを刺す。だがモリスは負傷して死んでしまう。
追記	七年後。ハーカー夫妻に息子が生まれている。

第1章　異邦のなかの異邦人

1　オリエントに迷い込んだ者

【全体の前置きとして】

ドラキュラ伯爵は、どうやら名前のみが世間では独り歩きしているが、あくまでもブラム・ストーカーが書いた『ドラキュラ』のなかで活躍し、最後に倒されてしまう敵役である。その運命は一冊の小説のなかに閉じこめられている。

小説全体は、三つのストーリーラインから成立している。一つ目は、ジョナサン・ハーカーという事務弁護士（弁理士）が、トランシルヴァニア（現ルーマニア）を訪れることから始まるもので、彼と婚約者のミナが犠牲となる話である。二人はこの膨大な記録を速記などから記録文書へとタイプライターで打ち直し、手紙や新聞記事など集めた情報を時系列に整理する働きもしている。ミナは伯爵の犠牲となったが、吸血鬼化が完了する前に、伯爵が退治されたことで人間として「生還」できるのだ。

二つ目は、ミナの裕福な友人のルーシーと、三人の婚約者（シュワード博士、クィンシー・モリス、ゴダルミング卿）をめぐる話である。ルーシーは欲望をミナよりも露骨に表し、伯爵の最初の犠牲者となる。しかも死亡後に吸血鬼化して、墓所の近くの子供たちを襲うようになるのだが、心臓に杭を打たれ、首を切断されたことで吸血鬼状態は終了した。伯爵に血を吸われて、しだいに吸血鬼化するルーシーのために、シュワード博士がヴァン・ヘルシング教授をオランダから呼びよせ、教授がドラキュラ退治の陣頭指揮をとることになる。そして輸血措置やニンニクや十字架などの迷信的な対処法を駆使して、しだいに追い詰めていく。最後にはトランシルヴァニアに乗りこんでドラキュラ伯爵をこの世から葬り去った。

三つ目は、シュワード博士の患者であるレンフィールドをめぐる話である。テレパシーで伯爵に従属する男であり、なかなかの批判眼をもった人物である。レンフィールドは、精神病院のなかに伯爵を招き入れたのだが、教授たちに追われて逃げ出す伯爵によって殺されてしまう。レンフィールドは、ミナやルーシーと異なり年を食った男なので、下僕とはなりえるが、吸血鬼の仲間には入れてもらえなかったのである。

物語の舞台となるのは、トランシルヴァニアと、イギリスのイングランドである。一見すると「野蛮」と「文明」とか、「田舎」と「都会」のような対照的な世界に見える。大都市ロンドンが主要な舞台となるが、ロンドン以外に、イングランド北部のホイットビーと南部のエクセターが出てくる。ロシア船デメテル号に載せた木箱の中に隠れて伯爵がたどりつくホイットビーは、スコットランドに近く、廃墟や墓地で有名である。またエクセターは伯爵も魅了するゴシック建築の大聖堂で知られ、ケルト文化の影響も残っている場所である。どちらもロンドンと鉄道で結ばれている。イングランドの外部から侵略者が船や鉄道を使ってやってくる。しかもコウモリに変身した伯爵はロンドンの空を飛びまわるのだ。

ロンドンを中心としたイングランドに、東方の悪魔のようなドラキュラ伯爵が侵略してくる小説ではあるが、ホラーやゴシック小説にとどまらないさまざまなレヴェルの不安がそこに隠れている。そのさまざまな不安を明らかにする手始めに、ジョナサンとミナのハーカー夫妻が、この小説内でどのような役割を果たしているのかを見ていこう。彼らに注目することで、『ドラキュラ』というテクストがもつ複雑さが理解できるようになる。

【時間が遅れる場所】

『ドラキュラ』は、ドラキュラ伯爵が自らの意志で移動して、イングランドに「侵略」する物語である。だが、その前に、ジョナサン・ハーカーがトランシルヴァニアにあるドラキュラ城を訪れることで始まるのだ。城主である伯爵のモデルとなったヴラド三世の父親がドラクル(竜)と呼ばれ、その子なのでドラキュラ(竜の子)とあだ名されたのが、ドラキュラの由来である。タイトルだけでは、そもそも「ドラキュラ」は苗字なのか、本人の固有名なのかあいまいだが、あくまでもあだ名であり、真の名ではない。

ジョナサンは、デヴォン州エクセターにあるピーター・ホーキンズ事務弁護士の事務所の助手である。伯爵がロンドンで不動産を取得するのを代行した弁理士として、関係書類を持参し、物件を撮影した写真も使いながら説明し契約を終了させるために、トランシルヴァニアを訪れた。エクセターはロンドンから直線で二百五十キロ離れていて、これは東京と名古屋との距離にほぼ等しい。ロンドン在住ではない事務弁護士をわざわざ指名したのは、自分の仕事に専念してほしいからだ、と伯爵は言い訳をするが、自分の侵略の意図を曖昧にするためにロンドンの事情に疎い地方の事務所を狙ったわけだ（第三章）。

いずれにせよ、国境という境界線を越えて、ジョナサンというよそ者が、ドラキュラ城のあるトランシルヴァニアに入りこんだことから、一連の出来事が引き起こされたのは間違いない。ゴシックやホラー小説において、旅人が訪れた宿や館で怪異に巻き込まれるのは定番の展開だが、この小説は、伯爵の城でのジョナサンのおぞましい体験に読者が共感し、受け入れてしまうところから始まる。そのために、ストーカーは周到な準備をしていた。

『ドラキュラ』の幕開けとなるのは、ジョナサンが手帳に書きつけた手記である。冒頭に、五月三日の日付とトランシルヴァニアのビストリッツ（現在のルーマニアのビストリツァ）という地名が記されている。旅はもっと前から始まっていて、「五月一日にミュンヘンを午後八時三十五分に出発して、ウィーンには翌朝早く六時四十六分に到着するはずだったのに、列車は一時間遅れた」となっている。ストーカーは、稀代の名優ヘンリー・アーヴィングのマネージャー役で劇場の支配人だった。一八九〇年には法廷弁護士にもなっていたので、事務的で実用的な文を書くのにも慣れていた。事務弁護士の助手であるジョナサンのメモ癖は、著者の一面を物語ってもいる。

列車到着の時刻の遅れで始まったことで、ドラキュラ伯爵の登場するこの小説の中心となるのが「時間」とそのずれにあるとわかる。伯爵はジョナサンに一ヵ月の滞在を求めたが、結局それは二ヵ月に及ぶことになった。二倍に滞在期間が引きのばされたのだ。しかも、オーストリア＝ハンガリー二重帝国の入口となるウィーンに着く段階で列車は遅れていた。このあたりは、グリニッジ標準時から二時間ずれた時間帯に属すのだ。鉄道の運行のために必要となった標準時を他国も利用するようになったのは、一八八四年にアメリカで開かれた「国際子午線会議」以降だった。イギリスが文明の中心に見えるのは、こうした時間の基準を握っているからでもある。

さらに、ジョナサンは、トランシルヴァニア北部にあるクラウゼンブルクから移動して、ドラキュラ城へ向かうためにビストリッツで下車することになる。だが、その前にブダペスト（ブダ・ペシュト）で一時降りて町の様子をみる。そこで西方（西洋）から東方（東洋）へと入ったことをジョナサンは実感する。ブダペストはハンガリーの首都で、ドナウ川を挟むブダとペシュトの二つの都からなる。この町はいくつもの橋によって結ばれているが、かつてトルコに支配されていた時代の東方の文化と、現在の西方の文化とがせめぎ合っている。とりわけ「いちばん西洋的な橋」（第一章）を渡ったとある。

これは一八四九年に開通した「セーチェーニくさり橋」とされるが、セーチェーニ伯爵の後援のもと、設計したのはイングランドの技師、建築はスコットランドの技師で、どちらも偶然クラークという名前だった。「くさり橋」はブダペストでドナウ川に架かった最初の橋で、他の橋がその後に完成したのだが、鉄の鎖を利用する姿が「いちばん西洋的」に見えたわけである。鉄の橋「アイアン・ブリッジ」を最初に作った「文明の中心」としてのイギリスと、先進国の技術を移転するしかない「辺境」としてのハンガリーという二つの世界の関係を垣間見せている。舞台となるトランシルヴァニアは現在ルーマニア領だが、ハンガリーからルーマニアに編入されたのは一九一八年、つまり第一次世界大戦後なので、ストーカーが執筆していた当時は、あくまでもハンガリー領だったわけだ。

しかも、ブダペストと統一されているようでいて、異なる歴史をもつ「ブダ＋ペシュト」に分離できる二重性こそが、『ドラキュラ』全体で何度も姿を見せる二重性の最初の徴《しるし》となっている。東と西は対立しているが、分離しているわけではない。新旧の複数の橋が架かっているのだ。これは「キリスト教とイスラム教」、「カトリックとプロテスタント」、「近代と中世」、「魂と肉体」、「生と死」、「異性愛と同性愛」といった要素が相反しながらも混然一体となっているこの『ドラキュラ』という小説を貫くイメージを形成していることは見逃してはならない。

ジョナサンが一泊したクラウゼンブルクのホテルでは、ベッドの居心地もよかったのに、悪夢にうなされてしまう。翌朝ホテルを出て、定刻に駅へと着いたのだが、列車は予定よりも遅く出発し、「東へ向かうほどに、列車はさらに時間を守らなくなるように思える」（第一章）とジョナサンは結論づけている。そして、中国までいったらどうなるのか、という疑問を書きつけている。こうしてジョナサンの旅は、「想像力の渦の中心」（第一章）とされるカルパチア山脈の間に吸い込まれていくことになるのである。

【記録を残す者たち】

ジョナサンが、トランシルヴァニアという辺境の地を訪れる仕事を引き受けたのは、婚約者ミナ・マリーがいるせいである。旅に出る直前に試験に合格して、事務弁護士助手から、事務弁護士へと格上げとなったばかりだった。年老いたホーキンズの共同経営者となる資格を得たことで、どうやらミナと結婚するのにふさわしい身分を確保できたのだ。

そもそも、ジョナサンとミナの家族や親族への言及は見あたらないので、遺産をあてにできず、自力で上昇するしかない階級の者だとしかわからない。二人は結婚式をハンガリーのブダペストであげてしまう(第九章)ので、両家の親族の参加がなくても不自然に思えないように設定されている。これに対して上の階級に属するルーシーとゴダルミング卿のカップルは、それぞれの親の死が描かれていて、遺産相続の話がしっかりと書きこまれているし、結婚式の日取りや衣装の話が出てくる。

ジョナサンは、資格試験に合格して一歩ずつ出世する必要があり、今回のカーファックス屋敷の売買契約の仕事も実績の一つとなるはずだった。しかもホーキンズには息子がいないので、事務所に関する権利や資産をジョナサンに相続させるつもりでいた。「私はこの人物に全幅の信頼を置いておりますす」(第二章)とドラキュラ伯爵へのホーキンズの手紙にあるのも間違いではない。実際、ジョナサンはホーキンズの共同経営者となり、しかも直後にホーキンズが急死したことで事務所を引き継ぐのである。「ホーキンズ」から「ホーキンズ・アンド・ハーカー」を経て「ハーカー」事務所となった。

ジョナサンが勤めているのが、エクセターのピーター・ホーキンズ事務所という設定から、十七世紀の海賊フランシス・ドレイク船長の親玉でもあったジョン・ホーキンズとのつながりが連想される。エクセターはデヴォン州の州都だが、ホーキンズやドレイクは同じデヴォン州のプリマスを本拠地にしていた。ジョンは海外の奴隷交易などで稼ぎながら、地元では名士だった(杉浦昭典『海賊キャプテン・ドレーク　イギリスを救った海の英雄』)。

ピーターがこのホーキンズ一族の末裔であっても不思議ではない。海賊の親玉ともいえるジョンはスペイン語が堪能で、フェリペ二世によるエリザベス一世暗殺計画を未然に防いだし、そのあと海軍提督となってスペインの無敵艦隊と戦っている。そう考えると、どうやらエクセター出身らしいジョナサンが、ホーキンズ事務所の後釜となり、伯爵の首を切断する勇猛果敢さを示したのもさほど不思議ではない。デヴォン州の男に流れる冒険者や海賊の血を引いているせいで、単なる書類いじりの事務弁護士から脱却できたのだ。ちなみにスティーヴンソンの『宝島』(一八八三)の主人公の名もジム・ホーキンズである。

『ドラキュラ』の冒頭の四章は、ドラキュラ城に入った五月四日から逃げ出した六月二十九日まで、二ヵ月近くの「長期滞在＝監禁状態」となったジョナサンによる手記である。手記は「速記」で記された手帳からタイプライターで起こしたもので、ジョナサンというドラキュラ伯爵の毒牙からの「生還者(サバイバー)」が持ち帰った唯一の記録となっている。ヴァン・ヘルシング教授の該博な知識でも及ばない直接の体験は貴重であり、ジョナサンの手記に一種の権威を与えている。伯爵がコウモリの姿で城壁を這いまわることができるといった知識はジョナサンの手記から判明したものだ。

ジョナサンは伯爵に部屋の外から鍵をかけられてしまい、窓から逃げ出そうにも、城が断崖絶壁の上にあることを知り、「この城は紛れもなく牢獄だ。私は囚人なのだ！」(第二章)と嘆くことになる。自分が城に閉じ込められたと認識した後で、シェイクスピアの『ハムレット』の一幕五場にある、父親の亡霊の言葉を忘れないように書きつけておこう、という主旨の台詞を引用し、記録をとり続けようと決意する。ハムレット自身も「デンマークはぼくにとって牢獄さ」(二幕二場)と学友たちに述べていた。

ただしジョナサンは、シェイクスピアの原文の「ぼくの手帳、そこに書き記しておこう。／微笑む者、そう微笑む者が同時に悪党なのだ、と」ではなく、「私の手帳を！　早く、私の手帳を！　／これこそ、書き記すのに相応しい」(第三章)と書き留めている。詩句の引用がいくつも不正確なせいで、ジョナサンの手記の記憶がどこまで正しいのかが疑わしくなってくる。ただし、当時のアーヴィングの舞台では、シェイクスピアの劇などは自由に台詞を改変して演じられていたので、舞台の台詞を耳で聞いた通りに「速記」しただけなのかもしれない。誤りを誤りのまま転写するのが、「生きた媒体《メディア》」としての速記者や翻訳者の役割なのだ。

ジョナサンと婚約者のミナは、お互いにやりとりする手紙や自分の日記を書くのに、速記を他人に読まれない一種の暗号として使っていた。ミナは現在助教師をしているが、「ジョナサンの口述を速記で書きとり、タイプライターで打つ」(第五章)のを目標としている。結婚後には、事務弁護士となる夫のジョナサンを手助けして働くつもりなのだ。そのためには「速記とタイピング」の技術が不可欠と考え、「女性のジャーナリスト」がおこなうインタヴューや執筆の技術をも習得したいと思っている。

ストーカーは、特ダネを求める「ニュージャーナリズム」が流行していた当時の世相をうまくとりこんでいる(アン・ライスの『インタヴュー・ウィズ・ヴァンパイア』はこの点を踏まえている)。「女性ジャーナリスト」は、助教師とおなじく、女性が名誉を保って生活していける新しい職業のひとつだった。長いスカートに男性の帽子をかぶった女性記者がインタヴューにきたことを揶揄する風刺画が九五年の『パンチ』誌に載ったり、九七年には女性ジャーナリスト協会が「インタヴュー術」を教える講座を開いたりした(ウォラー『作家・読者・名声』)。それだけ人気のある新しい職業だったのである。

貴族のゴダルミング卿との結婚を夢見る友人のルーシーとは異なり、ミナは「専業主婦」という家庭内の天使になるつもりもないし、そうしたことが許される身分でもないのだ。ミナは自分を「慎ましい育ちの者」(第十二章)と述べ、下層中産階級的な勤勉志向の労働観をもっている。ルーシーとは学友であっても、階級的な立場が異なる。ルーシーの結婚相手はゴダルミング卿という貴族だし、ヨークシャーのホイットビーにミナが保養に出かけたときも、ルーシーの家族が借りている屋敷に滞在させてもらう(第六章)。ミナがジョナサンと結婚するのも、夫婦で共稼ぎをしていくためであって、家庭におさまるつもりはなかった。

ミナは流行語となっている「新しい女」を口にするときにどこか皮肉をこめている(第八章)が、関心を抱いているだけでなく、助教師や事務弁護士の秘書といった技術を必要とする職業の女性として、新しい女の生き方と重なる部分を感じてもいる。ジョナサンがホーキンズ事務所と彼の遺産を引き継ぐというあまりに御都合主義的な展開によって、ハーカー夫妻は急に金持ちとなる。幸せな生活では、速記を使う必要がなかったので、すっかり腕が鈍ったとして、「とにかく練習して、もう一度磨きをかける」(第十三章)とミナは反省さえする。その後二人はドラキュラ伯爵とロンドンで出会い、今度はジョナサンだけではなくミナが毒牙にかかる後半の展開となり、幸せな新婚家庭は揺さぶられる。その記録もミナは速記し、タイプライターで文章に起こすことになるのだ。

【速記術と生還】

それにしても、ミナがさらなる練習をほのめかすほど、「速記術」が『ドラキュラ』において重要な技術となっているのはなぜだろう。それには二つの理由が考えられる。

第一には、インタヴューの用途からわかるように、これが会話などの音声を捕まえる技術のせいである。速記術の起源は古く、古代ローマ時代にキケロの演説を書きとめたときすでに考案されていた。十九世紀に何種類もアイデアが登場したが、なかでも、一八三七年に最初のマニュアル本を出版したアイザック・ピットマンが考案した「フォノグラフィ」と名づけたピットマン式速記術は、現在のイギリスでも使われている生きた技術なのだ（★1）。

日本の国会は、衆議院式と呼ばれる速記術を採用し、議事録を速記で残している。これはピットマン式の流れを継ぐ田鎖式をさらに洗練させたものである（サイト「公益社団法人　日本速記協会」）。明治維新後の一八八〇年代には、田鎖式の速記術を使って、三遊亭円朝の『牡丹灯籠』などの人気の講談速記本が出回ったことが、二葉亭四迷などの言文一致の流れに大きく貢献した。それも西洋由来の速記術のおかげだった。だから、『ドラキュラ』を同時代の日本の読者が読んでも、速記術そのものに驚きはしなかったはずである。

ジョナサンが当時の主流であるピットマン式速記術を使ったとすると、どことなくアラビア語の記法を思わせる曲線や点によって記述していたことになる。しかも、この速記術は、アルファベットそのものを記載するのではなく、音声を転写する技術なのである。そして、のちに文法学者のヘンリー・スウィートを経由して、私たちにおなじみの発音記号にまでつながる。元来音声を転写していたはずのアルファベットとその組み合わせ以外に、音声記述を専門とする記号が必要となってきたのだ。

音声学の発達に関しては、ストーカーと同郷のバーナード・ショーの戯曲『ピグマリオン』（一九一三）がコミカルに描いている。音声学専門のヒギンズ教授が、独特の発音記号を使った速記術で、階級や出身地の異なる発音を書き留めていく。それによって個人の発音の癖や方言までも、瞬時に書き留めることができるのだ。ジョナサンが、ドラキュラ伯爵をはじめトランシルヴァニアの住民たちの多彩な方言を再現できたのも、さらにミナが、保養地である北イングランドのホイットビーの老船乗りの会話を正確に採録できたのも、速記術のおかげである(もっとも、ストーカー本人は方言辞典に依拠して書いただけだが)。それは二人の観察力ともつながっている。「インタヴューをし、状況を描写し、会話を記憶する」という目標をミナはあげている(第五章)。

第二には、速記文字のままでは普通の言語としては通用しないので、速記には必ず元の言語への「反訳」が不可欠となる。速記のままで読み書きできる人は限られている。ジョナサンがミナへの手紙を速記で書いたのを見て、伯爵が「奇妙な記号」(第四章)として嫌悪したのも、理解不能な気味の悪さを感じたせいである。伯爵が速記文字を嫌悪したのは、たとえ発音に訛りがあっても、ドイツ語も英語も読み書きに不自由しない人物なので、図形のような速記文字が言語とは思えなかったせいだろう。

伯爵はロンドンで「異邦人」と思われないように英語の発音を矯正するために、ジョナサンに長期滞在を求めたほどで、既存の英語にあこがれているのだ。イギリスに関して博学である伯爵が、速記術を知らなかったとは考えにくいが、かつてトランシルヴァニアの独立のために、アッティラの血を引くセーケイ人の末裔として、オスマントルコの異教徒と戦ったヴラド三世時代の記憶がその文字から甦り、不快になったのかもしれない。

音を記述する速記文字は、本来のアルファベット文字の影となる補完物で、代用品にすぎないのである。これは、初めてジョナサンがドラキュラ伯爵から聞いた「ようこそ我が城へ！　ご自由に自らの意志でお入りくださ い」(第二章)といった肉声を転写する道具なのだが、自分の考えや感想を人知れずメモする道具ともなる。その結果、速記者に普通とは少し異なる自意識をもたらすのだ。

速記がもたらす効果を、ミナは第六章でこう記述していた。「私は心配でならない。こうして自分の気持ちを外に出せば落ち着くのだが、それは自分に囁きかけると同時に耳で聞くようなもの。速記の記号には文字とは違う何かがある」。速記によって内省的な声が外に浮かび上がってくるのだ。ここで「外に出す」と訳したのは「ｅｘｐｒｅｓｓ」であり、「表現」の意味をもつとともに、「印象《インプレス》」の反対語に他ならない。外部のドラキュラから押しつけられた力によって、十九世紀末のイギリス社会が抱えている何か得体の知れないものが、病の「徴候」として、外に飛び出してくるのだ。

しかも『ドラキュラ』の登場人物のなかで速記ができるジョナサンとミナの二人は、ロンドンから当時の列車で六時間(現在は二時間ちょっと)かかるほど離れたデヴォン州エクセター(ここにも「ｅｘ」がある)の名士の仲間入りをした事務弁護士夫妻というだけではない。ジョナサンが小説の前半で、ミナが小説の後半で、ドラキュラの餌食となり、そこから戻ってきた「生還者＝サバイバー」という共通点をもつ。

速記は、音声言語のグラフ化であるとともに、元の言語に戻す「反訳」が正確にできているのかが問われる。速記者自身の手によるものであろうとなかろうと、速記文字だけでは実用的な価値はない。普通のアルファベットに戻してこそ意味をもつのである。博学のヴァン・ヘルシング教授でも速記文字は読めないので、ミナがタイプライターで打ちなおした原稿に頼らなくてはならない(第十四章)。

それだけにジョナサンとミナがもたらした情報に多くの人が依拠してしまう。それは一種の権威ともなるし、『ドラキュラ』全体をタイプ原稿にしてまとめた責任者は、そもそもハーカー夫妻に他ならない。

二人はどちらも異常な状況から生還する。ジョナサンがドラキュラ城から自力で脱出したところを駅で発見されて入院をし、ミナのもとに戻ってきた(第九章)。ミナはドラキュラ城の手前で、逃亡するヴァン・ヘルシング教授たちが伯爵を退治したことによって、身体だけでなく精神の奪還も完了した(第二十七章)。彼らは「ドラキュラ戦争」の生き証人であり、記録者であり、しかもタイプ原稿の編纂者なのだ。この二人とドラキュラとの三角関係が物語の主軸となっている。そして、ドラキュラ伯爵という「オリエント」の支配から二人は脱却するのだ。

2 オリエントから迷い込んだ者

【伯爵領とドラキュラ城】

ドラキュラ伯爵は、長年イングランドと位置関係においても―歴史においても―対極におかれた土地トランシルヴァニアを支配してきた古い一族の末裔であることをジョナサンに力説する。「ドラキュラ」は、ワラキア公ヴラド三世(一四三一―七六年)、通称ヴラド・ツェペシュ(=串刺し公)がモデルとされる。父が「ドラクル(竜)」と呼ばれていたので、「その子」という意味で「ドラクラ=ドラキュラ」というあだ名がついたことはすでに述べた。

ワラキアは現在のルーマニアだが、十五世紀に東ローマ帝国の崩壊とともに勢力を強めたオスマン帝国と神聖ローマ帝国の板挟みとなって公国のアイデンティティを保とうとした。父親とともども捕虜となってスルタンの許にいたこともある。バルカン十字軍として、異教徒を倒すのに活躍したが、敵味方構わず串刺しをするので人々に恐怖を与えた。ただし地元では、敵を打ち破る英雄として伝承されてきた(マクナリー『ドラキュラ伝説』)。ストーカーは、ワラキアと隣接するトランシルヴァニアをドラキュラ伯爵の領地としたのである。

ジョナサンはドラキュラ本人が御者をつとめた馬車でドラキュラ城まで連れてこられたのだが、その途中で青い炎が出現したのを見る。その正体の質問をすると、「あのあたりは何世紀にもわたって、ワラキア人とザクセン人とトルコ人がしのぎを削ってきたところ」で「兵士や愛国者や侵略者の血によって潤されてない大地は、あのあたりでは一フィートたりとも存在しない」と断言する(第二章)。そして、「我々セーケイ人には、自らを誇りに思う正当な理由があるのだ」(第三章)と始まる長広舌では、自分たちの一族がいかに戦ってきたを述べている(実際のヴラド三世はセーケイ人ではない)。そして、ハプスブルク家やロマノフ家よりも古い家系だという自負と、トルコ人と戦ってきたという記憶が伯爵を得意にさせていた。これは土地に根差した強烈な「ナショナリズム」の発露である。同時に、「不—死者」として、長く「生存」してきたからこそ、個人であるドラキュラが歴史全体を代表できる語り手となっている。

速記やタイプ原稿や手紙や電報の束としての『ドラキュラ』という小説全体と、単一のキャラクターとしてのドラキュラとでは大きな隔たりがある。それはジョナサンやミナの編纂になる「記録」による根拠づけと、伯爵自身の「記憶」による根拠づけの対立でもある。ジョナサンたちによる『ドラキュラ』には、「ここに選ばれた記録はすべて厳密に即時的なものであり、記録をした者が、自らの視点から、確実に知りえる範囲内でおこなったものだ」という但し書きが冒頭にある。それに対して、ドラキュラ個人は、世代を超えて存続してきたせいで、個人の視点を超えた集合的なセーケイ人やトランシルヴァニアの記憶を語っているのだ。

モデルとされる「串刺し公」ヴラド・ツェペシュが亡くなったのが一四七六年だから、現実還元すると四百年以上世界を見てきたことになる。ドラキュラ本人が他人の血液を補給して若返りながら、故国のトランシルヴァニアが、その後独立や併合を経たようすを観てきたのかもしれない。その多様な歴史はストーカー自身に故国アイルランドの命運と重ね合わせるのに十分である。大国の傍らの小国の併合はよくあることだが、ドラキュラの身分は「辺境伯」のレヴェルであって、「公爵」ですらない。イギリスの身分制度に入ってしまうと序列が低く感じられてしまうのだ。

歴史に翻弄されてきた小国トランシルヴァニアの、ジョナサンを閉じ込めるドラキュラ城は、三回読者の前に現れる。ジョナサンが訪れたときと、ドラキュラ退治のために、ヴァン・ヘルシングをリーダーとするオランダとイングランドとアメリカが「結合」した「多国籍チーム」が向かうとき。そして、七年後に観光旅行のように生き残った者たちが再訪したときである。

まずは、五月のうっそうとした緑の森のなかにある「荒廃した広大な城」(第一章)にジョナサンは入っていった。そして、十一月の白い雪原を背景に「城は、千フィートの断崖絶壁の頂上にそびえ、四方を囲む山稜との間は、どうやら峡谷になっている」(第二十七章)のが見えるので、ミナはその姿に驚く。ストーカーが初稿から削除した幻の結末では、ドラキュラ城は伯爵の死の後で火山の噴火によって崩壊することになっていたが、結局そのまま残ることになった。そして七年ぶりに訪れると、城は「荒涼とした原野に高くそびえ立っていた」(「追記」)のだ。

ドラキュラ城の正確な位置は、本文中の情報だけではよくわからない。まさに伝説と伝承にまみれた迷信深い土地のなかにそそり立っているせいである。現在廃墟などとして残る城のどれがモデルとなったのかを巡って、レイモンド・T・マクナリーによる『ドラキュラ伝説』(一九七二)が一定の結論を出した。スラブ専門の歴史学者のマクナリーは、ヴラド・ツェペシュの生涯をたどり、社会主義体制下のルーマニアで現地の学者の助けを借りてヴラドの居城を探しだしていく。そして、ドラキュラ城の外観などはブラン城からで、位置からするとポエナリ城の廃墟にあたる、という結論をえた。その後ルーマニア政府が観光用に城を整備したこともあって、「聖地巡礼」として『ドラキュラ』の舞台を訪れる人は後をたたない(★2)。

【表層から相手を読む】

実際にはストーカーは現地を訪れてはいないし、ホイットビーの市立図書館や大英博物館で読んだ材料に基づいて『ドラキュラ』を書いた。それに、ハンガリーの学者アルミニウス・ヴァンベリーと知り合いになったことも大きな情報源となった。彼からドラキュラの名前を聞いたとされる。まさにストーカーは、他のテクストから新しいテクストを作り出した作家だといえる。もちろん、ストーカーが舞台とした十九世紀末に、ドラキュラの居城や領地が「現存」するはずはない。ストーカーの執筆時、そこはハンガリー領であり、ドラキュラなどという伯爵はいなかった。

ストーカー自身の創作プロセスが明らかになるのには時間がかかった。残された創作ノートや蔵書を調査したクリストファー・フレイリングが、『ヴァンパイアたち―バイロン卿からドラキュラ伯爵まで』（一九七八）で詳細を明らかにした。ストーカーは、頭のなかで一から小説の世界観を作りあげたのではなく、歴史書や紀行文といったデータをもとに組み合わせたのだし、土地に関するさまざまな記述をそのまま取りこんでいる（島崎藤村の『夜明け前』の「木曽路はすべて山の中である」に始まる有名な冒頭が『木曽街道図会』の借用であるようなものだ）。

描写のなかにはストーカーの故郷の風景もあるとして、下楠昌哉はアイルランドの風景を描いたストーカーの『蛇峠』（一八九〇）との関連を指摘する（「「ぎざぎざの鋸岩と、尖った断岩」――ブラム・ストーカー作『ドラキュラ』における風景描写」）。アイルランドの風景をピクチャレスク美学で描いた手法が、トランシルヴァニアの山中を描写する予行演習となっていたのである。ストーカーが訪れたことのないトランシルヴァニアの風景がアイルランドと重ねられていた。

ジョナサンが初めてヴァン・ヘルシング教授と会ったときに、教授の眉を見ただけで信頼できると言って、「観相学者だね」と評価される（第十四章）。見た目で判断する骨相学や観相学は、てっとり早く身体の表層から相手の深層を読み取るための術である。これは地図を読んだりするのと同じで、異邦人を敵か味方か瞬時に判別するのにも有効な手段とされる。相手の表面の特徴を記号化してタイプ別に分類し、そこからキャラクターを機械的に把握するわけだ。

もちろん「ステレオタイプ」で判断し、「先入観」を作っているに過ぎないが、これが病気の診断法とつながっていく。ミナが「伯爵は犯罪者であり、しかもその典型です」(第二十五章)と述べるときに、退化論のノルダウや犯罪学者のロンブローゾの名前が根拠としてあげられている。現在では疑似科学的な説明として退けられるが、探偵ホームズの捜査方法とも密接につながっていた(富山太佳夫『シャーロック・ホームズの世紀末』)。事実、ストーカーとコナン・ドイルは知り合いだった。

ジョナサンとミナがともに「観相学」や「犯罪学」に造詣が深いというのは、表層による解釈を優先していることでもある。二人が記号を駆使する速記術に達者だということと大きなつながりがあるだろうし、ミナがホイットビーで「墓石」に興味をもち、あれこれと土地の古老からエピソードを聞くのも、表面から読解するという考えにはまっているせいなのだ(第六章)。

【向かい合わせの鏡】

ストーカーが『ドラキュラ』執筆のために資料を使って虚構世界を構築した作業を、登場人物であるジョナサンとドラキュラ伯爵が反復している点が興味深い。対象を的確に解釈するためには、事前にさまざまな情報を入手しておく必要がある。エクセター在住のジョナサンは、地所の売買取引のためにロンドンに滞在していた。その合間に、大英博物館で、依頼主であるドラキュラ伯爵の住むトランシルヴァニアについて調べものをし、そのメモを速記の日記に引用の形で残している。これはストーカーが執筆に使った参考文献の内容をまとめたものである。

しかも、伯爵も自分のイギリスやロンドンを紙の情報から作りあげている。書斎には、雑誌と新聞があったが少し古いもので、他には蔵書は「ありとあらゆる領域—歴史、地理、政治学、経済学、植物学、地質学—に及んでいた」し、人名録や政府の報告書などもあった（第二章）。そして、地図を読みこみ、法律の知識を蓄え、城にいながらも、ドラキュラは、自分がシミュレーションした世界を、ロンドン移住によって実体験しようとしている。

伯爵がドラキュラ城を離れたいと考えた理由としてジョナサンに、「イギリスの雑踏を歩きたい。人々が行き交う渦のただなかにいたい。ロンドンと生活を分かちあい、変転を分かちあい、そして死をも分かちあいたい」と述べた（第二章）。イギリス愛に満ちた「西洋崇拝者《オクシデンタリスト》」の言葉ともいえるが、その伯爵は同時に強烈なナショナリストでもある。併合の歴史が繰り返されてきたトランシルヴァニアを舞台にしたことで、この態度も矛盾しているとは見えないのだ。そして、イギリスとの関係が、ブダペストの「くさり橋」のように、中世から近代へと飛躍することを可能にしている。

まるでジョナサンと伯爵とは鏡のように向き合っているようだ。どちらも相手を知る前に、知識やデータで理解しようとする。大英図書館でトランシルヴァニアに関する知識を手に入れてきたジョナサンは、さらに観相術を使って伯爵の真相に迫ろうとする。鏡が『ドラキュラ』において大きな働きをもつのはすぐにわかる。ジョナサンがひげを剃っているとその脇に伯爵がやってきて、切り傷から流れた血に興奮する場面があるからだ（第二章）。ここから鏡に伯爵の姿が映らないという吸血鬼の特徴がわかるのだが、ここで重視したいのは、ジョナサンと伯爵はお互いに背景となる情報を手に入れることによって、相手との交渉の場において優位に立とうとしている点だ。そのやり方がじつは類似しているのである。これがあとで、吸血鬼ハンターとなるヴァン・ヘルシング教授と伯爵との情報入手と知恵比べとなって繰り返されることになる。

【合法的な移住のために】

伯爵のロンドン移住の背後には、吸血鬼が若返ったりするのに他人の血を必要とするので、血を求めるという欲求がある。どうやら血を新しく補充しないと老人の姿になってしまう。伯爵は用意周到な「計画家」で、デメテル号でロンドンにやってきたときには必要に応じて乗組員を犠牲にするが、本来は「美食家」なので、誰かれ構わず血を吸うわけではないようだ。

イギリス到着後には、獲物を物色するために伯爵は日中ロンドン市内の繁華街をうろついている。ジョナサンが伯爵と再会したのは、ようやくイギリスに帰還し体力も回復して、ミナを連れて散歩をしている途中だった。宝石店の前にとめた馬車に乗った美しい女性を伯爵はじっと見ているところだった（第十二章）。ジョナサンがパプリカ料理に目がなかったように、ドラキュラが求めているのは、「餌」としての血ではなく、ご馳走である。ルーシーもミナもその眼鏡にかなったわけだ。ドラキュラ城の金髪や浅黒い三人の女吸血鬼も含めて、『ドラキュラ』において吸血鬼化するのは女性だけである。

昼間でも歩き回っているのでわかるように、ドラキュラが太陽に弱いというのは、『魔人ドラキュラ』（一九三一）以降の映画が作りあげた約束事にすぎない。ただし、日中は変身できないのだ。夜になれば、コウモリに変身して窓から覗きこみ、霧となって隙間から入りこもうとする。しかも、ドラキュラは招待されないと他人の室内には入れないので、赤い「邪眼」によって、暗示をかける必要があった。

伯爵はいろいろなルールに縛られている。それだけにどこまでも合法的である。「侵略＝移住計画」もイギリスの法律に合わせた形でおこなおうとする。H・G・ウェルズの描いた火星人が宣戦布告もなく襲ってきたのとはかなり異なる。ジョナサンはドラキュラの移住計画の真相を知ったときに、それを阻止しようと考えたのだが、彼が事務弁護士としてトランシルヴァニアにやってきたのは、他ならない伯爵の行動の合法性を強化し裏打ちするためだった。

『ドラキュラ』のなかで何度か語られる法律談議は、どれも「所有権」をめぐる内容である。一度目は、外国人であるドラキュラ伯爵が、ロンドン近郊のパーフリートにある屋敷を購入し、移住できるのかに関わっている。これは古い屋敷を買い取り、その中に伯爵の寝床をしつらえるためなのだ。実際には五十個の木箱を持ちこむことで複数の寝床が確保された。わざわざ北部イングランドのヨークシャーのホイットビーという港を通じて、そこから列車を使って運んでくるという念の入れようだった。他にも三ヵ所の地所を購入していて、ロンドンのなかに木箱を置く場所を広げていく予定だった。五十個の木箱によって、五十ヵ所の拠点を確保することが可能となる。伯爵がジョナサンに複数の事務弁護士への仕事の委任の仕方を相談したのは、法的裏づけを確認するためだった。そしてジョナサンを監禁していた二ヵ月をかけてイギリス中にいろいろな手配を済ませたのだ。どの地所も合法的に入手しているのである。

二度目は、ホイットビーで難破したデメテル号の積み荷の件である（第七章）。発見されたときに、乗組員もいなくて船長が舵輪に手を結びつけて死んだ状態だった。民間人が最初に乗りこんだら財産の所有権を主張できるが、沿岸警備隊が乗りこんだのでそれはないとか、法律談議が書きこまれている。そして、その木箱の中に不吉なものがいるという記録を残した船長に対する「存疑評決」となった。乗組員を船長が殺害したのではないかという疑いが残るが、証拠不十分で決められないという結論なのだ。伯爵が送り出した積み荷の木箱の所有権はそのままで、商務省の役人などが検査しても土しか発見できなかったので、船長の記録も事件性を感じさせるものとならなかったのだ。もちろん伯爵自身はすでに犬に変身して、船から逃げ出していたので、不法入国者として捕まるはずはなかった。

三度目は、ルーシーが母親から譲られた財産が、婚約者のゴダルミング卿に渡るかどうかという説明の部分である(第十三章)。要するに、母親とほぼ同時にルーシーが亡くなったので、遺言を作る暇がなかった。だが、母親が特殊な遺言書を作成しておいたおかげで、男性の遺族が引き継ぐ「限嗣相続分」以外の動産と不動産をゴダルミング卿が相続することになった。つまり、ルーシーの遺産を手に入れ、その手紙や手記の類をも相続したので、ヴァン・ヘルシング教授は許可をもらって読ませてもらい真相に近づくことができた。そして、ルーシーの家の財産を継いだゴダルミング卿は、「追記」によると、別の女性と幸せな結婚をしている。ここには、ピーター・ホーキンズから事務所や遺産を相続したジョナサンとは異なる遺産相続の話が隠れている。

一八九〇年に法廷弁護士の資格をとったストーカーに、こうした法律談議はお手のものだった。それとともに、ロンドンの世界が、ルーシーの死体の処理ひとつをとっても、死亡証明書を含めいかに法律の網が張り巡らされているのかがわかる。しかも、どれもが死体や財産の所有権をめぐるものだった。ここでの法律談議は、単に財産の継承だけでなく、身体や不動産といった物理的なものが、誰の所有となるのかという問題をなげかけている。吸血鬼化という現象そのものが、はたして自分の身体は自分のものなのか、という疑問を生じさせ、誰かに乗っ取られるかもしれないという不安を描いているのだ。

【眠りについている資産】

『ドラキュラ』で伯爵からジョナサンにあてた手紙のなかには、「今夜はぐっすりと眠りたまえ」とある(第一章)。まるで、読者に対する挑戦状のように、これ以降はぐっすりと眠ることができないと予告しているようだ。そして、登場人物たちにとっても、眠りは必要でありながら、伯爵に対する無防備な状態ともなる。そして、眠りの間は速記術も蝋管録音機も役に立たないので、何が起こったのかを即時的に報告することはできないのだ。意識もテクストも空白になるが、その瞬間こそが伯爵の吸血のチャンスでもある。

だが、眠っているのは人間だけではない。ジョナサンが部屋の鍵を求めて、伯爵がコウモリの姿になって出入りした窓の外へと出た。そして、城の中を捜し歩き、ひとつの部屋を見つける。そこには三百年以上前の金貨や装飾品や宝石などが山積みされていた。それは「みな古くて汚れていた」(第四章)のだ。それは「死蔵」されてきたものだった。また、「青い炎」が宝物のありかを教えてくれると伯爵がジョナサンに語ったように、「ありとあらゆる財宝は、故国の大地のなかに隠してあった」(第二章)ので、土地の継承者であるドラキュラ伯爵の所有物となったわけだ。そして、ロンドン移住後の土地購入代金の支払いも、どうやらこの金貨によるものだった。

このようにして十九世紀末のロンドンという金融の中心地へと伯爵は進出する。この点を理解するのにシェイクスピアの『ヴェニスの商人』を補助線として引くことができる。シェイクスピアがたくさん引用され、数々の関連が語られる『ドラキュラ』だが、「息の臭い」東方ユダヤ人の表象として、逃げるときにもこぼれるソヴリン金貨を拾おうとするドラキュラの姿が描かれている（第二十三章）。この小説には反ユダヤ主義があふれているのだ（ハルバースタム『皮膚の見世物』）。だとすると、伯爵はユダヤ人の金貸しシャイロックと重ねられる。また、ドラキュラ城へと向かうビストリッツは、トランシルヴァニア全体で当時二万人以上いたユダヤ人のシオニズム運動の拠点のひとつとなったので、ユダヤ人との関連も強い。ブダペストには、城のあるブタの川向こうのペシュトの町に大きなユダヤ人街があった。

しかも、伯爵の吸血行為と重ねられているのは、「血の中傷」と呼ばれるユダヤ人への偏見である。ユダヤ人が四月に不定期におこなう過越祭《すぎこしのまつり》において、キリスト教徒の血を必要とし、とりわけ子供の血を抜き取る「儀式殺人」をおこなうという迷信があり、繰り返しユダヤ人への迫害の口実となってきた。十二世紀にイギリスで定式化したこの発想は、『ドラキュラ』のなかでも描きだされている。伯爵や三人の女吸血鬼たちは袋に入った子供を犠牲にし（第四章）、ルーシーは近所の子供から血を吸う（第十五章）。こうして吸血行為に中世からの反ユダヤ主義的な意味づけが付与されていくのだ。

なお、シェイクスピアの『ヴェニスの商人』そのものが、二つの経済システムのぶつかり合いとして読み解くことができる（岩井克人『ヴェニスの商人の資本論』）。ヴェニス社会での利子をとらないキリスト教徒の間の「兄弟盟約」と、ユダヤ人たち利子をとる者との対立があった。同時に、投資や投機によって手元に現金がないヴェニスの資本家と、父親譲りの財産を有効活用しようとするベルモントの領主の娘との対比もあるのだ。「ロンドン＝ヴェニス」という見立てが可能ならば、「トランシルヴァニア＝ベルモント」は極論に見えても、ひとつの示唆を与えてくれる。幻想味あふれるトランシルヴァニアという辺境に眠っていた資産が、ロンドンという中心を活性化するという考えである。

それに、ベルモントに住むポーシャに三人の求婚者がいるのは、ルーシーに対するゴダルミング卿、シュワード博士、クィンシー・モリスに対応する。本命はひとりであって、あとの求婚者は選択肢にすぎない。そしてポーシャを手に入れることができるのは「箱選び」によってなのだ。箱選びの正解は「鉛」の箱だったが、死んだルーシーは「鉛」の内棺に入っていた（第十五章）。しかも、英語の「鉛（lead）」の音は「死（dead）」にも血の「赤（red）」にも通じる響きをもっている。

『ヴェニスの商人』の箱選びは、五十の木箱の一つにドラキュラ伯爵が隠れているのを、ヴァン・ヘルシング教授を中心に突き止めていくのにも似ている。もちろん『ヴェニスの商人』をそのまま『ドラキュラ』に書き換えたわけではない。だが、七九年にヘンリー・アーヴィングとエレン・テリーによって『ヴェニスの商人』がライシーアム劇場で演じられたことからも、秘書としてストーカーが親しんだシェイクスピアの劇が何らかの下敷きになった可能性は高い。

金融の中心であるロンドンにやってきたことで、伯爵も小切手帳を使っている。現在ならばクレジットカードにあたるのだろうか。だが、信用払いで決算が後回しになる世界だからこそ、「現ナマ」支払いにありがたみがあり、匿名を条件とする多少違法めいた取引もできる。実際、ハーカーたちがロンドンでの木箱の行方を突き止めるには、たびたび「喉の渇き」を訴える労働者たちに酒をおごり、酒手の名目で半ソヴリン金貨などの「現ナマ」を与える必要があった。それが口を滑らかにし、おかげでロンドンでの伯爵の足取りがわかってくる。情報を買うには現金がいちばんというわけだ（ちなみに、当時のソヴリン金貨の裏側には、『ドラキュラ』のモチーフである聖ジョージの竜退治の像が彫られていた）。

また、伯爵はジョナサンから、物件ごとに事務弁護士を立てておこなうのは違法ではないし、秘密保持にはよくあることだと聞かされる（第三章）。そのやり方で、パーフリートの「カーファックス」屋敷以外に、ロンドン市内にいくつもの地所を購入している。その一つはピカデリー三四七番地であり、「現ナマ」でド・ヴィーユ伯爵という匿名の人物と取引したと事務弁護士が報告している（第二十章）。

どうやら、ドラキュラ伯爵のロンドン侵略は、ドラキュラ城で死蔵されていた貨幣に流通する機会を与えた。そして、複数の不動産の購入という形で金貨が使われていく。たとえば、ピカデリーの土地は、故人の遺言執行人を経て購入したものだ。こうした外部からの外貨の流入は、貨幣の流通量を増やし、外国人による土地の購入とともに、ロンドンの経済を活性化しているのだ。ドラキュラの「侵略」は一方的に奪うだけのものではなかったといえる。

3　ドラキュラのオリエント化計画

【口の三つの働き】

トランシルヴァニアのドラキュラ城などの「オリエント」をさまよってジョナサンはミナのもとへ帰ってくる。ジョナサンたちが記録のために駆使する速記術は、もともと会話などの音声を捕える技術だった。また、ドラキュラたちの吸血という行為も、やはり口を使っていることに大きな意味がある。当たり前だが、人間にとって、口や舌は複数の働きを担わされている。しゃべる機能だけでなく、鼻以外で息を吸ったり、食べたりするのに使うのだが、どれもが『ドラキュラ』において大きな役目を果たしている。

ジョナサンがやったようにドラキュラ伯爵のなまった英語を耳で捕まえる速記以外に、もう一つ音声捕捉に活躍する技術が、蝋管式の録音機である。こちらは機械なのでトレーニングが不要で誰でもすぐに使える。速記術だけでなく、会話や音声がその場で、空中に消えることなく記録されていくのだ。エディソンが発明した蝋管式の録音機を、シュワード博士やルーシーは日記のために使用している。

彼らはこの物語において、速記術派のミナとジョナサンとは別系列に属す。ルーシーの死と三人の求婚者も、失恋(シュワード博士)、自分の死(クィンシー・モリス)、婚約の破綻(ゴダルミング卿)という不幸な運命をたどる。いずれにせよ、会話の音声が、速記文字というアナログな連続線を使った記号に転写されるか、蝋管上にアナログな直線の溝として刻み込まれる。次にその音声が、タイプライターを通じて、アルファベットの活字という一字一字分割されたデジタルなものへと変換されていくのだ。

他ならない『ドラキュラ』自体が、ストーカーによるタイプ原稿に基づく作品なのである(一九八〇年に再発見されるまで長年行方不明だった)。そして、手書きメモも電報も新聞記事もジャンルを超えて、最終的には本の印刷活字に整えられてしまう。それはグーテンベルク革命以降の活字の運命でもある。音声言語だったはずのものも、見事に文字言語として並んでいる。「舌(タング)」と「言葉(タング)」

を英語では同じ単語で表す。

口は鼻とともに呼吸のための器官だが、息をしていない状態が「死者」となる。「不–死者」であるドラキュラが吐く息がひどく臭くてジョナサンは吐き気に襲われた(第二章)。死臭から口臭まで、それは老齢や人種や民族の違いによってももたらされる。さらには体臭にいたる各々の独特の特徴が生まれる。吸血鬼に対抗するためのニンニクもまた臭気をもたらし、これも常食するなら口臭を放つことになる。息をすることと、臭いを発することが同じ次元に置かれているのだ。

そして、三番目に来るのが、食事をするために口を使うことである。ドラキュラ伯爵が、ジョナサンにだけ夕食を食べさせて自分は何も食べない(第二章)。これは血が主食で不要なせいだが、ジョナサンがひげそりのときに剃刀を使うのに失敗してにじませた血に伯爵が興奮し、喉を掴もうとする。それを防いだのは、老婆が渡してくれた十字架をつけたロザリオだった(第二章)。しだいに「血」がドラキュラたち吸血鬼の食料だとジョナサンも気づいていく。ただし、ドラキュラ城の周りの住民は伯爵におびえ、迷信のとおりに十字架やニンニクなどによる吸血鬼対策が進んでいた。これでは食料確保が難しい。それでも、実際に袋に入った子供の犠牲者がでて、母親が探しにドラキュラ城を訪れて「子供を返せ」と叫ぶ場面もある(第四章)。この下りは、地元でもまだ犠牲者が出ている証拠だが、伯爵たちが獲物にできる人間の数は少ないのが現状である。そこで、伯爵のロンドン移住の計画が、何百万人もの食料源の確保だとジョナサンにもわかってくる。

イギリスのヴィクトリア朝の現代人は文明化されているので、イギリス国教会の平信徒であるジョナサンをはじめ大半の住民は、ロザリオで十字架を首からぶら下げたり、ニンニクをベッドにまき散らしたりはしない。そうした「偶像崇拝的な」(第一章)風習は、「原始文化」や迷信や邪教の類として退ける。その一員であるルーシーの母親は、ヴァン・ヘルシング教授が吸血鬼対策においたニンニクの臭いを嫌って、娘の寝室から取り除いて窓を開け放った。その結果、伯爵は簡単にルーシーに近づくことができるようになった(第十一章)。彼女のように迷信を信じない文明人が多いので、ドラキュラは自由にオオコウモリに姿を変え、ロンドンの上空を飛びまわり、獲物をあさることができるのである。

【パプリカとオリエンタリズム】

ジョナサンは、ミナにブダペストの修道院附属病院で再会し、ようやくイギリスに生還するのだが、自分でも意識しないうちに「オリエント」を、口から体内に取りこんでいた。ブダペストから、クラウゼンブルクに移動すると、ホテルで出されたハンガリーの特産であるパプリカを使った料理にジョナサンは魅了された。パプリカ(=レッド・ペパー)は、アメリカ原産でヨーロッパに渡ったあと、オスマントルコの支配下で栽培が広がった。トルコ支配だったブダで、さまざまな品種改良がなされ、ハンガリー料理の材料となったのである。「レッド・ペパー」としてジョナサンは紹介し、「ミナのためにレシピを手に入れること」(第一章)とわざわざ注記を加えている。

ドラキュラたちが「吸血」をするように、赤いパプリカを口にし、その味に魅了されていく。ジョナサンは口からしびれて常習性をもつようになってしまった。何よりも赤い色が『ドラキュラ』の鍵となる色彩であるのは間違いない。『ドラキュラ』というテクストには、血の色、夕陽の色、伯爵の目や唇の色――いろいろなところに赤が潜んでいるが、パプリカもその一つである。ジョナサンにとってまずい食事として、ビストリッツの宿の女将が作ったのは、イギリスの「馬肉屋」が出すような「山賊ステーキ」だったが、そこにも「レッド・ペパー」が使われていた。ジョナサンがこれを嫌うのは、伯爵同様に「美食家」のせいなのである。

さらに、トウモロコシを原料にした「ママリガ」というお粥をジョナサンは喜んで食べていた。トウモロコシも、アメリカ大陸原産である（ちなみにアイルランドともドイツとも関係の深いジャガイモもアメリカ大陸原産だ）。ジョナサンが喜んだハンガリーやトランシルヴァニアの料理の素材は、「西のインド」であるアメリカ大陸からやってきた「オリエント」の産物なのだった。『ドラキュラ』には、南米のパンパスにいる吸血コウモリだけでなく、ヨーロッパに入りこんだオリエンタルな食材が力を発揮している。

パプリカ料理のレシピが気になるほどの食事好きのジョナサンだが、彼が到着した夜に、伯爵が用意してくれていたのは「ロースト・チキンとチーズとサラダとトカイ酒」（第二章）だった。そして翌朝も豪華な「冷製の朝食」が待っていた。ジョナサンの体調を良くして、血の味を高めるための食事にも思えるが、ジョナサンが気づくはずもなかった。それはパプリカ料理に麻痺してきたせいだ。この料理が悪夢を引き起こした原因であるかのようにジョナサンは記す（第一章）。

「パプリカ」には中国と連想が結びついた「阿片」のような効果がある。阿片は戦争を招くほど、十九世紀にはイギリスにとって魅力と悪徳に満ちたものだった。こうした薬物依存の話には、トマス・ド・クィンシーの『阿片中毒者の告白』（一八二二）から、ウィルキー・コリンズの『白衣の女』

(一八六〇)、薬物により二重人格が出現する『ジーキル博士とハイド氏』(一八八六)がある。さらにモルヒネやヘロインが生み出され、ホームズも耽溺した「コカインの七パーセント溶液」とともに十九世紀に薬物常習者が引き起こす悲喜劇が何度となく出てくる。しかも、ハーカー夫妻が、「西のインド」出身のモリスにちなんで息子をクィンシーと名づけたのは、阿片中毒者のド・クィンシーが思い起こされるではないか(われらがクィンシーの方はつづりに「e」が一つ多いが)。

『ドラキュラ』のなかでも精神病院の院長であるシュワード博士は、患者のレンフィールドを治療するときに、阿片の鎮静剤を与えていた(第六章)。そしてドラキュラがルーシーの血を吸いにやってきた最後の段階では、伯爵によってシェリー酒のデカンターに阿片チンキが入れられ、それを飲んだメイドたちが昏睡状態になってしまい、ルーシーは無防備となる(第十一章)。伯爵が自由に吸血できるようになったのだ。

こうして、東方世界は「まどろみ」や「夢」と結びつき、時間が緩慢に流れる場所であるとみなされる。ジョナサンは「アラビアンナイトに似てきた」とドラキュラ城での境遇について語っていた(第三章)。シェイクスピアの『夏の夜の夢』のなかで、妖精の女王のタイターニアは、「スパイスに満ちたインドの大気」と口にする。また、ヴィクトリア朝の桂冠詩人テニスンが書いた、オデッセウスの神話を語り直したユリシーズ詩編の「蓮を食べる人たち」には「いつも午下《ひる》がり」の土地が登場する。食べることによって、東方世界は「甘美な眠り」をもたらす。こうした東方憧憬《オリエンタリズム》に『ドラキュラ』というテクストは彩られている。産業社会の基本となる勤勉と定刻の象徴である列車の運行もここでは遅延する。ビジネスの契約として一ヵ月だったはずのジョナサンの滞在も倍の長さに引き伸ばされる。別の見方をすれば、時間が倍の遅さで流れる世界といえるのだ。

ドラキュラ伯爵は「不–死者」で、救済すべき魂はもたない、死とは無縁つまりはキリスト教徒としての死を迎えられない存在なのである。ジョナサンの出自であるロンドンを中心とした西方世界と、今回新しく踏み入れた東方世界とでは、時間の進み方がずれている。そのようすが夜行列車の遅延を通して浮かび上がってきた。しかも、ミュンヘンからウィーンまでの列車で過ごしたのは、真夜中を挟んだ日没後から明け方までで、魔物や妖精が徘徊する時間でもあった。

ずれが明らかになるのは列車の遅延だけではない。キリスト教と「オスマントルコ」のような異教どうしの宗教対立もあるが、同じキリスト教内においても、二つの異なる時間に属する人々がいる。イギリスの守護聖人(他にスペインのカタルーニャなどもそうだが)である聖ジョージの日の前夜の話が出てくる。その夜には、魔物が現れるという言い伝えが東欧にある。ビストリッツの宿屋の女将は、「今晩、時計が十二時を打つと、世界中のすべての悪霊が我が物顔で歩き回る」(第一章)とジョナサンに警告し、魔よけに自分が首に架けていた十字架を与えてくれたのだ。

四月二十三日のはずなのに、ジョナサンの手記では五月四日が前夜になっている。大英帝国のように十八世紀にグレゴリオ暦を採用した西側世界と、いまだに古いユリウス暦を守っている東側世界のずれとなる。ギリシャ正教などの東方教会では、二十世紀になるまでグレゴリ暦を採用しなかったところもある。

ここには、ユリウス暦とグレゴリオ暦の差が認められる(これ自体は、材源となったエミリー・ジェラードの「森のかなたの土地」からストーカーが借用したものだ)。二つの世界は、時間がずれながら共存し、しかも往来できるのだ。さらにオスマントルコなどを考えると、イスラム暦（ヒジュラ暦）では、ユリウス暦六二二年が元年となり、違った歴史を刻んでいるのだ。こうしたずれを内包した世界へとジョナサンは迷い込んでいたのである。そして、戻ってきたときに彼のなかにはオリエントでの体験が染みついているのだ。

【生殖か増殖か】

吸血鬼は直接の生殖が無理なので、血を吸うことによって増殖するわけだ。これが「コレラ」など流行病のメタファーとしてドラキュラを解釈することにつながっている（丹治『ドラキュラの世紀末』）。ジョナサンが城の中の納骨堂で伯爵を発見したときには、移住用の木箱に故国の土を入れて、その中で寝ていた。すでにロンドン移住を決めて、スロヴァキア人たちによって運びこまれた五十個の木箱のひとつだった。ロンドンに到着してからも同じである。つまり、ドラキュラ伯爵はトランシルヴァニアの大地と離れて生きていはいけないので、土ごと移住するしかない。

まるで、植物を移植し根づかせるために、根や種を土ごと移植するようなものだ。その意味で「帰化」することが、第一世代ではむりだった。移民の第一世代が母語の発音や価値観を捨てることができないようなものだ。ジョナサンが出会った三人の女吸血鬼も、ドラキュラ城の近くにそれぞれの墓を持っていて、ヴァン・ヘルシング教授は、一体ずつ首を切断することで、根絶やしにする（第二十七章）。彼女たちもトランシルヴァニアの土があるせいで土着の吸血鬼でありえたのだ。そして大きなドラキュラの墓もある。伯爵はふだんはここを常宿にしていたのかもしれないが、博士が聖餅を入れたことで、逃げこむことができなくなった。

どうやら吸血鬼は自分が生まれ育った土の上に眠ることで長く存続できるらしい。だとすると次の代、つまりイギリスに住んでいるイギリスの土地に根差した「吸血鬼」が出現しないと爆発的な増殖は期待できない。その点でルーシーはドラキュラの第二世代となるはずだった。イングランド育ちで、トランシルヴァニアの土を必要としない者であり、火葬されずに、棺の中に鉛で封印されていた。ルーシーはヴァン・ヘルシング教授たちの排外主義的なやり方によって、吸血鬼化つまりオリエント化することを阻止されたのである。

それに対してジョナサンとミナが二人とも、はたして元の状態に戻ったのかに関しては疑問の余地がある。伯爵が三人の女吸血鬼たちにジョナサンを「おれのものだ」(第四章)と宣言したように、ホモエロティックな関係が生じたのかもしれない。さらに、速記が残っている六月二十九日に城から脱出したのかは確かではないので、ブダペストの病院で口にする夢のように三人の女たちに蹂躙された可能性もある。

また、ミナは伯爵に意識を半ばまで占領されながら、テレパシーによって、まるで通信機のように、ヴァン・ヘルシング教授が伯爵の居場所や動向を探る役目をはたしたほどだ。たとえ伯爵の死によって吸血鬼化の病から解放されたとしても、その病の痕跡が残っていないとも限らない。ミナの変化を物語るのが、ミナの食欲不振である。吸血鬼化することでしだいに普通の食事が受けつけられなくなり、血への欲求も芽生える。そして「穢れてしまった」として、聖餅を額にあてられると火傷のような痕跡がのこっていたが、それは伯爵が退治されたことで消えることになる。

ハーカー夫妻は、伯爵の「死」によって浄化されたはずだが、痕跡として批評家たちが執拗に疑っているのは、二人の間に生まれた子供が、じつは伯爵の息子ではないかという疑問である。しかも、ドラキュラによって両親がともに吸血されていたなら、因子を複数もっている可能性が高い。しかも、戦いで亡くなったアメリカ人クィンシー・モリスの命日十一月六日が息子の誕生日なので、夫妻にとっては生まれ変わりに思えるが、これは伯爵が消えた日でもある(「追記」)。

『ドラキュラ』のストーリーラインは、ヨーロッパにとって「春」といえる五月に始まり、十一月の雪原で終わる。つまり関係者たちが、クリスマス休暇を安心して過ごせるように設定されている。ひょっとすると、真の意味での「ハネムーン・ベイビー」がジョナサンとミナの息子のクィンシーなのかもしれない。だとすると、十一月六日が誕生日でも不思議ではない。しかも、全員をあやかった長い名前がついているので、おそらく「クィンシー・エイブラハム・ジョン・アーサー・ハーカー」とでもいうのだろう。

それに死からの復活や甦りを認めるのはキリストに対してだけなので、「転生」の考えは、キリスト教のなかでも異端だろうが、『ドラキュラ』では最後にはどこか肯定されているように見える。『ドラキュラ』というテクストは合理的で合法的に見える前半から、非合理や非合法を肯定するように見える後半へと進んでいくのだ。これは江戸川乱歩などが目指したミステリーの常道とは逆行する展開である。なので、クィンシー・モリスと同じときに亡くなったドラキュラが「転生」した可能性もありえるかもしれない。

ただし論理的に考えると、伯爵は「不死者」だから魂をもっていないわけで、それでは魂の転生はできない。また、十一月六日の日付が重なるためには、最低でも一年の隔たりが必要となり、伯爵の死の時点でミナが妊娠していた可能性は皆無である。だから伯爵の直接の子種と考えるのには無理がある。それでも批評家たちが「メタファー」として結びつけたくなるのは、ミナはもちろんジョナサンさえも、ドラキュラの「犬歯」によって血や肉体が穢れたと考えることで、「純潔」や「無垢」を重視する古くからの観念に囚われて、彼らの子供まで「穢れてしまった」と考えてしまうせいなのだ。もしも、ミナやあるいはジョナサンまでも性的凌辱のサバイバーとみなすなら、ここから現代的な課題が浮かび上がってくる。

この『ドラキュラ』のなかで生存者であり、だからこそ、いろいろなものを継承していくのがジョナサンとミナのハーカー夫妻である。ジョナサンは自分の事務所を手に入れ、ミナとの結婚、さらにはわが子まで手に入れるのだ。彼らにとってドラキュラ事件は単なる忌まわしい事件ではない。しかも、すべては事務弁護士であるジョナサンとその助手でもあるミナの手によって編纂されたテクストが根拠なのだ。彼らにとって不都合な部分が削除されていたとしても不思議ではない。このあたりが、テクストがもっている暗部となっている。

(★1)ピットマンは英語のつづり字改革にも携わり、たとえば、『ドラキュラ』の二年後にマーク・トウェインが書いた絶筆となる評論「簡略アルファベット」(一八九九年)にも言及がある。そのなかで、トウェインは、発音にあわせてつづり字を改良することを提案し、手書きでもストロークの数が減ることで、単語を速く書けるようになるという考えをしめしていた。

(★2) 日本人の訪問記もいくつかある。冷戦期には、経済人類学者の栗本慎一郎が、ブダペストのポラニー一家への関心から『血と薔薇のフォークロア』(一九八二)で訪れている。その後、当時「ヴァンパイアー戦争」シリーズを書いていた笠井潔と栗本の対談『闇の都市、血と交換――経済人類学講義』(一九八五)では、東欧とりわけブダペストが光と闇の二重性をもち、文明のせめぎ合う場所として関心を向けている。ハンガリーが革命や動乱に巻き込まれた歴史をもっているせいだ。笠井はその後『吸血鬼と精神分析』(二〇一一)という、パリを舞台にルーマニアからの亡命者とシャブロル(=ラカン)の精神分析を交差させるミステリーを発表している。「ヴァンピール」伝説を鍵として、連続殺人の謎を探偵役の矢吹駆が解き明かしながら、精神分析そのものがはらむ問題を掘り下げていく。冷戦後のものとしては、菊地秀行の『トランシルヴァニア 吸血鬼幻想』(一九九六)もある。NHKの「世界・わが心の旅」という番組企画で九四年に訪れた旅行記だが、じつは菊地にとっては八七年についで二度目の体験だった。ホラー作家として菊地はDという「吸血鬼《バンパイア》ハンター」のシリーズや、「蒼い影のリリス」といった吸血鬼ものを代表作としている。

第2章　戦争としての『ドラキュラ』

1　ドラキュラと聖戦の記憶

【侵略小説の仮想敵】

『ドラキュラ』における戦いは、ジョナサンやミナが巻き込まれた「ドラキュラ事件」ではなくて、ヴァン・ヘルシング教授を中心として、多国籍の私兵が結束して、敵を殲滅した「ドラキュラ戦争」とみなすことができる。二十世紀末の湾岸戦争以降に有名になった「民間軍事会社」の活動などと近いものがある。事務弁護士のジョナサンは、じつはククリ・ナイフを使うのが得意で、ドラキュラ伯爵の首を切断できたり、クィンシー・モリスはウィンチェスター銃で武装したりと、それぞれが武器を使用できる(第二十七章)。博学と学究の徒に見えるヴァン・ヘルシング教授さえも、「これは屠殺者の仕事だ」といいながら、三人の女吸血鬼の首を次々と刎《は》ねるという蛮行をおこなうのだ。文明の中心地であるロンドンに集まった男たちが、みな文明人から「退化」したように、闘争や殺戮へと向かうことになる。

彼らの戦いの資金源は婚約者ルーシーを伯爵に殺されたゴダルミング卿であり、彼女への求婚者でもあったクィンシー・モリスだった。蒸気汽船や六頭立ての馬車を購入して伯爵を追いかける準備をするときに、「ゴダルミング卿はお金持ちです。やはりたいへんなお金持ちであるモリスさんとお二人で、糸目もつけずに快くどんどんお金を使っていきます」(第二十六章)とミナはお金の素晴らしさを称賛する。英米の資金が、トランシルヴァニアの悪を殲滅させる戦いのために「正しく」使われるのだ。ミナはお金の使い道の正しさ、つまり正当性を強調する。

この戦いは、宣戦布告のある正式な戦争ではないし、地域紛争ですらない。その意味では「私闘」あるいは「復讐」といえるかもしれない。だが、この小さな争いには、グローバルな規模での戦争の体験が盛りこまれているのだ。それが東の「遅れたトランシルヴァニア」対西の「進んだロンドン」の対立以上に話が広がる理由である。結果として「ドラキュラ」対「人類」、「不‐死者」対「生者」の争いのように拡大解釈されていく。そのおかげで、このたった一冊の小説から今まで多くの物語が生み出されてきたのだ。英語で不滅とは「インモータル」だが、普通の生命をもつ者を「死すべき者《モータル》」と呼ぶ。ドラキュラの異常さは、魂の抜け殻となって死ねないことにあるわけで、それを退治するということは、死すべき者としての本来の死を与えることに他ならない。

「ドラキュラ戦争」には、大英帝国ひいてはヨーロッパが抱えた戦争の記憶が重ねられている。実際に、『ドラキュラ』が九七年に出版された時点で、イギリスはさまざまな戦争を体験していた。十九世紀後半だけでも、クリミア戦争(五三―六年)、第二次アヘン戦争(五六―六〇年)、第二次アフガン戦争(七八―八〇年)、ボーア戦争(八〇―一年)といった一連の戦争を終えたばかりだった。そして第二次ボーア戦争が一八九九年から始まることになる。中国やアフリカやアジアやロシアなどの海外での戦争では、イギリス本土は戦場とはならないが、他の宗主国との覇権争いをする帝国主義の時代に突入していた。しかも第二次が多いのは、決着がつかずに、再度軍事的介入が必要になったせいである。日本とも薩英戦争(六三年)があったことを忘れてはならない。

そして一八七〇年の普仏戦争によってドイツ帝国が成立したことで、イギリス内に、中央ヨーロッパ、とりわけ「プロイセン＝ドイツ」への警戒心が芽生え始めた。その後に第一次世界大戦、さらに第二次世界大戦を通じて高まっていく反ドイツの動きとなる。第一次世界大戦中の一九一七年に、ジョージ七世は、ドイツの出自を明確にした「サクス＝ゴバーク＝コーダ家」から、「ウィンザー家」へと王室の名称変更を余儀なくされた。イギリスに土着化した印として、城のある地名を王室名とする苦肉の策をとった。クリスマスツリーのように、ザクセンからもちこまれた習慣もあるのだが、ドイツとのつながりが忌避されたのである。

G・T・チェスニーの架空戦記小説「ドーキングの戦い」(一八七一)以降の「侵略小説」はドイツを仮想敵としていた。だが、その系譜にあるはずの『ドラキュラ』のなかでは、ドイツ帝国の地理などに関してはほぼ何も語っていない。トランシルヴァニアとイギリスを二極として浮かび上がらせるために、物語上不要なので詳しく語らないだけかもしれないが、それにしても、不在がどこか徴候的に見えてくる。

なぜなら、ジョナサンが片言ながらドイツ語ができることが、トランシルヴァニアまでの旅を続けられた根拠となっているからだ。『ドラキュラ』では、ドイツ系の「ザクセン＝サクソン人」は、トランシルヴァニアを構成する一民族という扱いで、それほど重視されていない。けれども、ジョナサンは「生かじり」や「なけなし」の片言のドイツ語を使うのだ(第一章)。それぞれの民族の言葉が話されているとはいえ、オーストリア＝ハンガリー二重帝国での共通語は実質的にはドイツ語である。宿の女将たちとも、片言のドイツ語を交えることでコミュニケーションが成立するのだが、伯爵の城に行くとわかると「私のドイツ語が理解できないふりをした」（第一章）とジョナサンは不満を述べた。ドラキュラ伯爵に関する事柄になると急にドイツ語が通じなくなってしまう。ハンガリー語やルーマニア語がわからなくても、ある程度まではジョナサンはドイツ語で意思を伝えることができる。こうしたドイツ語が通じる状況は、片言の英語があれば通じるイギリスの植民地圏とも相通じる。しかも「低地ドイツ語＝オランダ語」を話すヴァン・ヘルシング教授は、興奮したときにドイツ語で「マイン・ゴット」と叫ぶのだ。

一方でドイツ帝国に対しては、「アングロサクソン」とか「チュートン人」という括りかたで連帯感が続いてはいた。イギリスがあからさまなドイツへの敵がい心を表出するようになるのは二十世紀に入ってからで、たとえば、コナン・ドイルのホームズ物の「ブルースパーティントン設計書」（一九〇八）は、ドイツのスパイが新型潜水艦の設計図を盗んだのをホームズが犯人を探し出す話だった。舞台設定は九五年になっていて、ホームズはヴィクトリア女王から直接感謝されるのだ。ドイルはさらに侵略小説として「危険！」（一九一四）を書き、そこでは八隻の潜水艦によって、イギリスに打撃を与えたヨーロッパの軍事的小国を登場させる。船長の手柄話として、潜水艦なら安上がりに客船などに打撃を与えることで敵国に優位に立てることを明かし、ドイツによる潜在的な恐怖が海中にあることを告げていた。

しかも、一度は下火になった侵略小説の人気を再燃させたのが、一八八一年にドーヴァー海峡に海底トンネルを建設するための掘削が始まったことだった。八三年には中止となって、結局実現したのは、百年以上経った一九九四年のことだったが、ここにはトンネルを伝って入りこんでくる敵というイメージがある（深町悟「『海峡トンネル、すなわち英国の破滅』における誘導の手法の研究」）。これは、海中から忍び寄る潜水艦ともつながり、姿を見せない侵略者のイメージを与える。

まさに陸上の正規戦とは異なるからこそ、『ドラキュラ』では、「地下」や「夜」や「空中」が戦いの舞台となるのだ。コウモリが戦闘機になり、霧が毒ガスとなっていくように、そうした武器が全面展開するのは第一次世界大戦で、その未来図は『ドラキュラ』の先にある。だが、ゴシック小説以来の暗部に潜む原初的な恐怖のイメージが、近代のテクノロジーを得ることで、実現可能な軍事的脅威としてロンドンの町の上に広がっているのである。

【オスマン帝国の影】

伯爵のもつパワーと多義性を考える上で、やはりモデルとなったヴラド三世、そして彼が戦った相手であるオスマントルコ（オスマン帝国）の存在を忘れるわけにはいかない。何しろ、ストーカーが執筆していたときにもオスマン帝国は存在していて、イギリスにとっても外交関係を結ぶ相手でもあったからだ。

生前ワラキアの王ヴラド三世は、戦いによってオスマン帝国を脅かした。だが、「この勇敢だが残虐な君侯が一四六二年に没落すると、ワラキアも、オスマン帝国の属国となった」（鈴木董『オスマン帝国』）。もっともヴラド三世は幽閉から解放されると、妻の実家であるハンガリー王国の支援を受け、ギリシャ正教からカトリックに改宗までして、反撃を七六年におこない、そこで没するのだ。英雄が残虐な君主に転じたせいで、その伝説が「ツェペシュ(串を刺す者)」とか「ドラキュラ(竜の子)」という恐怖のあだ名とともに残った。そして畏怖を与えるからこそ、地元の人々には守り神や英雄として記憶されるのだ。

歴史上のヴラド三世がぶつかった問題は、ストーカーが描いた十九世紀末のイギリスや現在の二十一世紀の世界ともつながる。多民族国家内の民族の力関係、オスマン帝国やハンガリー王国といった大国の脅威に脅かされてきたワラキアやトランシルヴァニア、イスラム教とキリスト教の対立、さらにギリシャ正教とカトリックとプロテスタントといったキリスト教内の宗派による違いがからんでくる。現在でもシリアからの難民問題やEUの内外を分断する境界線を引くことなど、さまざまな対立や緊張関係やぶつかり合いを生んでいるのが、中近東からバルカン半島にかけての一帯である。『ドラキュラ』で描かれている対立抗争は、二十一世紀の現在でもアクチュアルなのである。

オスマン帝国支配下の黒海は「オスマンの海」として東西交易の拠点となった。エーゲ海さらに地中海へとつながる内海としての黒海の役目は大きく、喉ぼとけのように南に突き出たクリミア半島をめぐって、ロシアとトルコの争いに各国が肩入れしたのが五三年に始まったクリミア戦争だった。そして、現在も二〇一四年の「クリミア危機」以来ウクライナとロシアの間で帰属に関して争いが起きている(半島の付け根にあるのが「腐海」で、これを宮崎駿が『風の谷のナウシカ』で利用した)。

ストーカーが執筆した時点で、トランシルヴァニアはオーストリア＝ハンガリー二重帝国の一地域として、一応安定していた。領内にはルーマニア人のほうがハンガリー人よりも多かったが、ユダヤ人もドイツ(ザクセン)人もまだいた。その後ユダヤ人は反ユダヤ主義の運動のなかで迫害され、第一次世界大戦後にルーマニアにトランシルヴァニアが併合された後、ナチスドイツに同調してユダヤ人殺害のポグロムも起きた。そして第二次世界大戦後には今度はドイツ人が国外追放されたのだ。ハンガリー支配のなかでのトランシルヴァニアの独立はありえなかった。

つまり、伯爵がジョナサンに向かってセーケイ人とトランシルヴァニアを結びつけた連続性を訴える演説は、かなり空想的な内容ともいえる。ワラキア公ヴラド三世はセーケイ人ではなかったし、トランシルヴァニアに居城を持っていたにすぎない。だが、トランシルヴァニアの置かれている地理的・歴史的位置は、併合されて連合王国として帰属させられているアイルランド出身のストーカーには他人事には思えなかっただろう。けれども、ドイツ帝国に対してと同じように、アイルランドに関しても『ドラキュラ』というテクストは沈黙していて、物語はストーカーの滞在した北海に面したホイットビーとロンドン、さらにドーヴァー海峡に面したエクセターに終始している(アイルランドとのつながりは第5章で扱う)。

また、ドラキュラが敵対したオスマン帝国も、一八七七年の露土戦争に敗れ、翌年のベルリン条約でルーマニア王国などの独立を認めざるをえなくなった(ただし、このときトランシルヴァニアはハンガリー領だった)。衰退して求心力を失っていたのだ。かつてドラキュラが戦った相手も、「東方問題」と呼ばれ、ヨーロッパの列強やロシアとの争いによって弱体化し衰えていたのだ。

そう考えると、伯爵が選んだトランシルヴァニアとイギリスを往復する経路にも特徴が感じられる。往復の交通手段は、馬車や鉄道と船旅を組み合わせたものだった。もちろん木箱に隠れているという普通の乗客ではないので、往路では、ロシア船のデメテル号を使って、ブルガリアのヴァルナから、黒海そしてダーダネルスとボスポラス海峡を通り、地中海を経て北イングランドのホイットビーに到着した。そのあと木箱は鉄道でロンドンへと運ばれた。このなかで黒海からエーゲ海までは、かつての宿敵であるオスマン帝国の領土内を通過することになるのだ(次頁の図を参照)。

たった一つ残った木箱とともに移動する復路は、ロンドンのドゥリトル波止場からブルガリアのヴァルナへの船旅で、伯爵はそのあと馬車に乗ってトランシルヴァニアのドラキュラ城へと向かう。わざわざ地中海経由にしているのは、もちろん貨物の運搬のためだが、同時に、まさに黒海からイスタンブールにつながるこのルートこそが、オリエントとの境界線でもあった。その間を縫うように進んでいくのだ。しかも、さらに川をさかのぼったルーマニアのガラッツが荷揚げの場所だった。

伯爵のコースをわざわざ強調したのは、他の登場人物の経路はこれとは異なるからだ。ジョナサンは旅についてはウィーンからの出来事しか語っていないが、鉄路をたどってきたはずだ(第一章)。ミナがブダペストの病院へジョナサンを迎えに行くときには、イングランド東部のハルまで鉄道で行き、そこからハンブルクへと船で向かい、さらに鉄道を利用した(第九章)。ここからドイツ北部と北海を使う航路があることがよくわかる。ひょっとしてジョナサンもこの経路を使ったのかもしれない。ただし、ミナがジョナサンを連れて帰ってくるときのルートについては何の言及もない(第十二章)。デンマークや北西ドイツとの近さは、かつてデーン人やサクソン人がブリテン島へと北海を船で渡って入植してきた経路を考えるとわかってくる。海外からの侵略路のひとつでもある(ハンブルグのルートが、七一年にコレラが上陸した感染経路だったと丹治は『ドラキュラの世紀末』で指摘しているが、伯爵のルートとの違いには特に言及はない)。

さらにドラキュラ退治のために、黒海経由でトランシルヴァニアに向かった伯爵に先回りして追いつくために、ジョナサンたちはロンドンのチャリングクロス駅から「オリエント急行」の席を確保し、ブルガリアのヴァルナへと到着する(第二十五章)。八三年に運行を始めたオリエント急行は、イギリスの対岸のフランスのカレーからトルコのイスタンブールまでをつないでいて、いくつかのルートをもっていた。

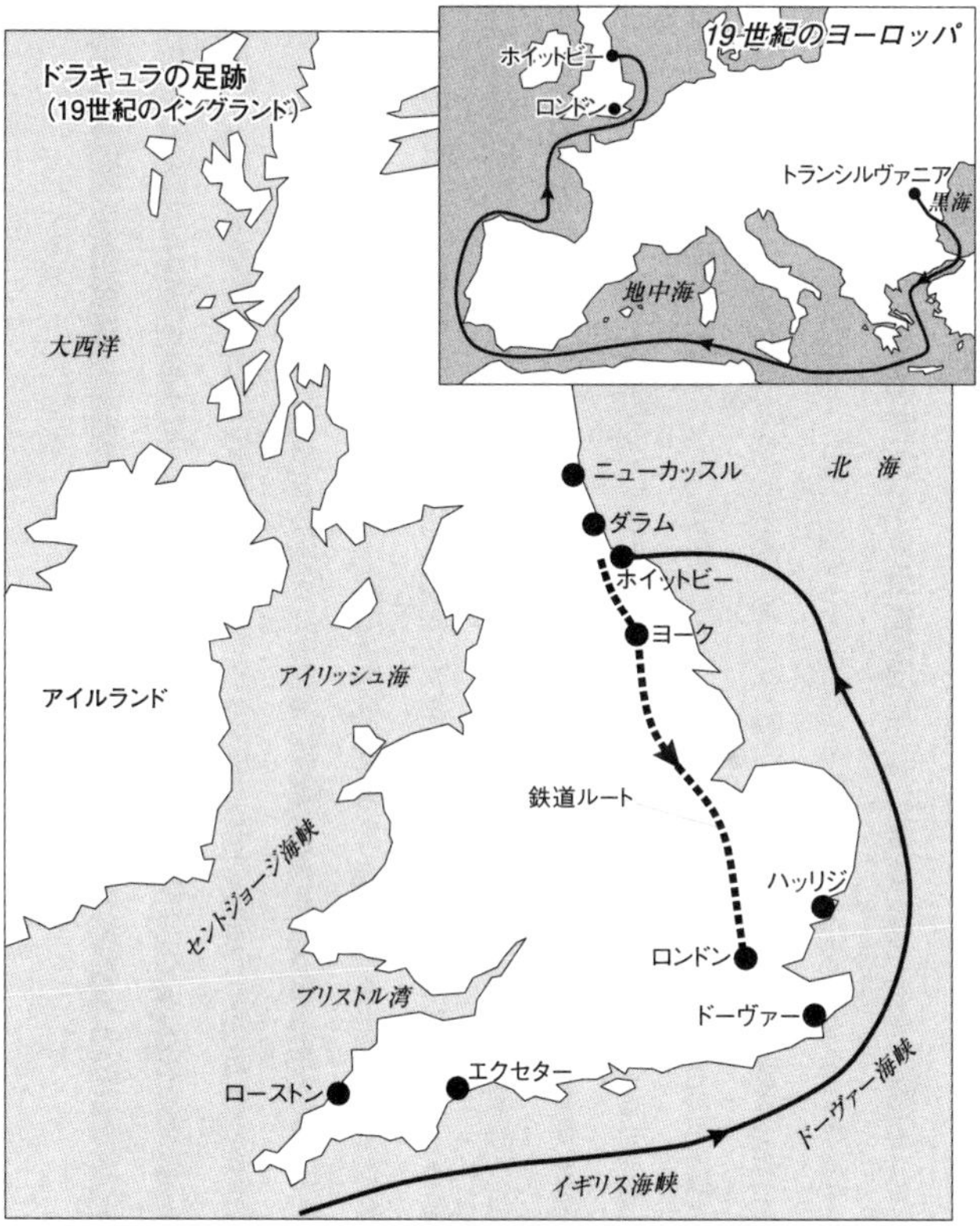

トランシルヴァニアからロンドンへ向かったドラキュラは、まずは北東部の港町ホイットビーに上陸した。そこから木箱に入って、北部鉄道によってロンドンに運ばれてきた。

その一つがウィーンやブダペストを経由し、ヴァルナから船を使って黒海を渡り、終着駅のイスタンブールに到着するルートなのだ。これに乗ることができたのは、明らかにゴダルミング卿たちの潤沢な資金のおかげである。もしも伯爵が三週間もかかる船旅でなくて、オリエント急行のルートを選んでいたのならば城への早期帰還ができたようにも思えるが、数多くの国境線があり検問も控えているので、「安全」をとって海上輸送を選んだのだ、とミナは推測してみせる（第二十六章）。

ドラキュラの侵略と退却のルートそのものが、当時のイギリスの仮想敵国であるドイツ帝国を回避しながら、トランシルヴァニアとイギリスをつないでいるのだ。トランシルヴァニアには、西へと向かうために、カルパチア山脈を一度東へと横切って迂回するというルートがあるので、一種の盲点となった。他の登場人物はドイツ帝国の領地を利用してショートカットしている。ただし、ヴァン・ヘルシング教授を中心とする一行のブルガリアのヴァルナからガラツまでの汽車は、オリエントらしく「すでにブカレストで三時間遅れている」ので、予定よりも遅く到着する。それでも結局『ドラキュラ』では、移動に「安全」よりも「最短」を採用した側の勝利となる。時間をお金で買う方が有利となるのだ。そして、オスマン帝国という「ヨーロッパの自己形成を遂げさせた強大な『例外の磁場』」（新井政美）の影響下にあるトランシルヴァニアで戦うことになる。

【聖戦としてのドラキュラ退治】

ヴァン・ヘルシング教授は出陣を前にして、すでにルーシーの魂を取り戻したので、「さらに多くの魂を取り戻すために、我々は今、古《いにしえ》の十字軍の騎士のように出陣するのです」（第二十四章）と宣言する。皮肉なことに、ヴァン・ヘルシング教授たちに倒されるドラキュラ伯爵は、もとは十五世紀のオスマントルコの勢力と戦った反イスラム教徒の英雄だが、それが一転して、イギリスを侵略する吸血鬼となった。『ドラキュラ』という作品がもつ迫力は、かつてバルカン十字軍の君主であったヴラド・ツェペシュが、十字架をお守りとする十字軍的な多国籍軍（イングランド―オランダ―アメリカ合衆国）によって滅ぼされる逆転の構図によるところが大きい。

十字軍とイギリスの関係は深い。イングランドの国旗が「赤い十字」（セント・ジョージズ・クロス）となったのも、聖地エルサレムへの十字軍と関連づけて理解されている。勇猛果敢で知られるリチャード一世（獅子心王）が採用したからだという説もある。第三回十字軍には赤い十字を盾の紋章にしていたテンプル騎士団が参加していた。遠征からの帰り路にリチャード一世はドイツのレオポルド五世によって虜囚の身となり、身代金を払ってようやく帰国する。十字軍も一枚岩ではなく、味方が味方を攻撃したり略奪したりする歴史でもあった。そうした国家どうしの緊張関係はワラキア公国とハンガリー王国とのつながりからでも浮かび上がってくる。

ドラキュラ伯爵を十九世紀のイギリス人が葬るというのは、過去の正しいキリスト教徒が悪へと転落した誤りを、後のキリスト教徒が正すことでもある。ヴラド三世としておこなった串刺しなどの虐殺という過去の清算ともなる。実際のヴラドは没落後、ギリシャ正教から、ハンガリー王国の王家から迎えた妻に合わせてカトリックに改宗して、ハンガリーの助けを借りてオスマン帝国と最後の戦いをおこなった。伯爵において、善が悪へ、光が闇へと逆転していることで、ヴァン・ヘルシング教授たちが倒すべき理由はもっと大きくなる。転落者や背信者は、キリスト教の意味合いを知っているからこそ、十字架に畏怖を感じるのである。

そして、ドラキュラ城の手前で伯爵は追い詰められる。伯爵の木箱を載せた荷馬車に、シュワード博士とクィンシー・モリスの乗った馬と、ジョナサンとゴダルミング卿が乗った馬が二頭ずつのグループとなって追いかけている。それをヴァン・ヘルシング教授と皆が伯爵の墓の近くで待ち構えているのだ。伯爵の木箱に三方向から攻めかかることになる。この交差したところで、ウィンチェスター銃に囲まれながらも、伯爵にとどめを刺すのは、ジョナサンが振るうククリ・ナイフにクィンシー・モリスが振るうボウイー・ナイフなのだ。これはキリスト教徒ではもはやないという意味で異教徒と化した伯爵を葬り去り「浄化」するための宗教儀式となる。

2　トランシルヴァニアとアメリカ

【アメリカから来た求婚者】

ドラキュラ伯爵が支配しているトランシルヴァニアという空間は、パプリカ料理も含めてオスマントルコ経由の文化が入りこんだ「オリエント」の世界である。多民族が共生し、征服と奪還の繰り返しによって、いろいろな文化が入り混じっている。伯爵の手下となっているのは、直接血縁関係のないツィガニー人(ジプシー)やスロヴァキア人だった。ジョナサンは密かに手紙を送ってもらおうとして、ドイツ語が通じない相手に、身振りで頼むのだが、彼らは自分たちの主人である伯爵にその手紙を渡してしまう。地元のセーケイ人たちは伯爵を恐れて近寄らないので、ジョナサンは彼らの協力を得ることはできなかった。

ドラキュラ伯爵自身は複数の出自をもつと豪語している。吸血鬼という血をめぐるこの物語は、個体を維持する生命力や栄養としての血だけでなく、家系や歴史というもうひとつの血の働きについても触れている。直接他人と交わる生殖の形では吸血鬼の数は増えないので、「純血種」は本来ありえない。そのためなのか、セーケイ人と自認しながらも、「我々の血管には、主君のために獅子の如く闘い抜いてきた幾多の勇敢な民族の血が流れている」(第三章)と伯爵は述べる。そして勇壮な北欧神話をもつアイスランド経由のウゴール族、アッティラが率いてハンガリーのもととなったフン族の血を引き継いできたとジョナサンに説明する。どちらも歴史上の事実というより、民族神話に近いのだが、だからこそ伯爵の自尊心をくすぐってくれる伝説のようだ。

血や文化が混交するときに、他者を吸収しているとみなすのか、他者に汚染されているとみなすのかは解釈しだいである。混血をめぐる人種や民族観の良い例が、二〇〇九年に第四十四代アメリカ大統領に就任したバラク・オバマだろう。父親のアフリカ系の血を称賛する側は黒人大統領と呼び、母親の側を気にする方は混血と考えていた。もしも「一滴でも黒人の血が混じれば黒人」という南北戦争以前の文化的な枠組ならば、オバマは黒人ということになるし、他方で「純粋」な黒人たちからは「半白人」とみなされる。

実際に二〇〇〇年のイリノイ州の下院議員選挙で黒人のボビー・ラッシュに負けたのは、オバマの容貌が黒人マイノリティらしくないせいだったとされる。その後オバマは上院議員となり、「黒人や白人やヒスパニックのアメリカ」があるのではなくて、「アメリカ合衆国(＝州の連合体)」という主張をして大統領に上り詰めることになった。その主張の根拠となったのは、ハワイやインドネシアでの体験をもつオバマ自身の人種的文化的な混交性だったのだ。

セーケイ人の素晴らしさをたたえる伯爵の宣言のなかに、混血の概念が混じるのは不思議ではない。

歴史的には不連続なものから、「純粋」という直線的な神話を作りあげるときに、皮肉にも入りこむものなのだ。虚構的な「純粋」を尊ぶ立場を採用する態度は、「アーリア人」という虚構の概念の優越を証明するために、ユダヤ人の血が混じることを忌避したヒトラーのナチスドイツの場合と同じである。それは、流れている血の判別へと私たちに関心を向けさせるのだ。ＡＢＯ式の血液型がウィーンで発見されるのが一九〇一年で、それ以降ますます科学的な証拠によって、血のつながりを証明することになる。

ドラキュラ伯爵がこうした人種的あるいは民族的な混交に言及するのも、トランシルヴァニアが、昔から人々が入植や征服を繰り返してきた「フロンティア」であり、戦争の前線という意味での「フロント」でもあったからだ。そう考えると、ルーシーの婚約者のひとりとして、テキサスの金持ちの息子のクィンシー・モリスが登場するのは、単に「アングロサクソン」とか「チュートン族」といった出自の共通性を語るだけではなさそうだ。

クィンシー・モリスは、ゴダルミング卿とシュワード博士の友人であり、ウィンチェスター銃を扱うハンターでもあった。ルーシーの求婚者の一人で、拒絶された後も、そして、ルーシーの死後は伯爵退治に加わり、さらには伯爵に襲われたミナの惨状を見て、最後には、トランシルヴァニア遠征にも加わるのだが、そこで命を落としてしまう。「トランシルヴァニア」とは「森を越えた土地」という意味をもつ、ヨーロッパの中心から見た辺境という意味のラテン語である。それになぞらえるならば、大西洋を越えた「トランスアトランティック」の意識をクィンシー・モリスは体現している。それを指摘するのはシュワード博士の病院にいるレンフィールドという患者だった。

彼はゴダルミング卿といっしょに面会にきたクィンシー・モリスに、一八四五年のテキサス併合がアメリカ合衆国にとって相応しい処置であり、モンロー主義が政治的虚構として扱われるべきだと主張する。しかも、モンロー主義は、他国の干渉を避ける孤立主義の立場を唱えながら、南北アメリカの「西半球」をアメリカ合衆国の生存圏とする発想を帯びていた。この背後に丹治愛は「ヴェネズエラ国境問題」においてイギリスとアメリカが対立したことを読み取る(『ドラキュラの世紀末』)。イギリスが干渉する権利をアメリカに認めさせようという論旨というわけだ。だが、歴史的経緯を考えると、どうやらそれだけでは済みそうにない。

【白いオセロとして】

クィンシー・モリスをどう考えるのかに関して、本文のなかで何よりも重要なのは、ルーシーがシェイクスピアの『オセロ』をもちだして、自分をデズデモーナに、クィンシー・モリスをオセロになぞらえるところである。「危険な冒険談をいろいろ聞いて感激したデズデモーナの気持ちが、ほんとうによくわかります。たとえそれを話したのが黒人であったとしてもです」(第五章)とミナへの手紙で述べる。ここには、ルーシーを通じてストーカーの人種差別的なまなざしがあると指摘されるが、テキサスという南部の紳士であるクィンシー・モリスに対して、ルーシーが好意をもったのは間違いない(★1)。

ルーシーのオセロへの言及は、このテクストのなかに隠れている考えを幾重にも浮かび上がらせる。アメリカ南部＝黒人という連想から、最終的にクィンシー・モリスを求婚者から外した可能性もある。

『ヴェニスの商人』の箱選びでの求婚者の一人は、オセロと同じムーア人のモロッコ王だった。しかも、ルーシーと求婚者のクィンシー・モリスの二人こそが、『ドラキュラ』のなかで命を落とすキャラクターなのだから、彼らを『オセロ』とおなじ悲劇の主人公と考えても不思議ではない。もちろん、死に方はオセロがデスデモーナを殺害し、自害するというシェイクスピアの展開と同じではないし、彼らは夫婦ではない。だが、犠牲者として二人が選ばれた理由のひとつが『オセロ』の構図にある。

しかも、クィンシー・モリスは、求婚が退けられたあとで、ルーシーにキスをねだるのだ。「私はこれから人生の終わりまで、孤独な道を歩いて行くつもりです。私に一度だけキスをしてもらえないだろうか。そうすれば、時折孤独の闇を払う力とすることができるだろう」(第五章)と感嘆すると、ルーシーのほうからキスをするのだ。『ヴェニスの商人』では、ポーシャの求婚者たちは、箱選びに失敗すると、一生独身を貫く誓いをたてるのだが、クィンシー・モリスもその流儀にならっている。けれども、このキスが、二人の間に秘密めいた紐帯を作り出しているのも確かである。最後にルーシーに輸血をするのが、クィンシー・モリスということにつながるのだ。

ムーア人であるオセロは、ヴェネチア共和国に雇われた傭兵だった。将軍としての地位があっても、元老院議員の娘であるデズデモーナにふさわしいとは思われていなかった。そして、彼が敵対するのはオスマントルコである。オセロはヴラド三世と同じく、キリスト教徒なのである。そして、敵の船団をやっつけたあと、前線のひとつであるキプロス島の守備のために向かうことになる。

黒海や東地中海の海上の覇権を握ったのはオスマン帝国だった。ヴェネチアは当初良好な関係にあり、聖地巡礼や東西交易の独占権をもっていて繁栄していた。ところが、一四五三年にコンスタンチノープルを陥落させたメフメット二世は、フィレンツェを新しい相手として選ぶことになる。それがメディチ家の繁栄やルネサンスへとつながるのである。当然、寵愛と利権を失ったヴェネチアは、オスマン帝国と戦火を交えることになり、オセロのような傭兵将軍の存在もリアリティがあるのだ（新井政美『オスマン vs.ヨーロッパ』）。

オセロの矛盾や苦悩は、肌の色が黒い点にあるのではない。「ムーア人」という本来は北アフリカのイスラム教徒に与えられた名称と、キリスト教徒としての自分とのギャップのなかで、より凶暴な形でオスマントルコに向かったのである。彼は、ヴェニス共和国のために、より多くのイスラム教徒の血を流すことによってしか、自己の存在を証明できないのだ。そして、オセロはイアーゴの情報攪乱に惑わされて、自分がデズデモーナの首を締めて殺したことを嘆くのである。

その後で、イスラム教徒と戦った証として、「昔アレッポで、ターバンを巻いた邪悪なトルコ人が、ヴェネチア人を殴り、ヴェネチアを罵っていました。そこでトルコ人の喉を掴むと、こんな風に切り裂いたのです」（五幕二場）と言いながらナイフで自害をする。まるで、ドラキュラ伯爵の最後のような惨劇である。アレッポが今もシリアの激戦地であることを考えると、キリスト教とユダヤ教といった「啓典の民」とイスラム教との間の戦いはやんでいないことがわかる。しかもオセロは、一瞬加害者と被害者の立場を入れ替えるような台詞を吐くのだ。この栄光あるキリスト教徒の将軍オセロが、嫉妬と人種的偏見への過剰な意識から無実である妻を殺す者へと転落したように、ヴラド三世というキリスト教を守った君主が、キリスト教徒を襲う吸血鬼になってしまう転倒が重ねられているのである。

他方でオセロは、クィンシー・モリスとも重なるのだ。彼がオセロのように新大陸からやってきた

「傭兵」の役割を果たしている。たとえルーシーとの結婚がかなったとしても彼はイギリス人にはなれない。しかも、ルーシーは話の中身だけでなく、彼のアメリカの「俗語」（第五章）に魅了されたのだ。つまり、社交界ではどこまでもアメリカ性を隠さないと紳士として扱われないのだが、彼の本性はテキサスの俗語の世界なのである。オセロがデズデモーナに渡したハンカチの行方を尋ねるときに、そのハンカチは「あるエジプト人がおれの母親にくれたもので、彼女は魔法使いだった」（三幕四場）と述べて、キリスト教的でない異教的な要素がにじみ出ていた（エジプト人から「ジプシー」という言葉ができたことを考えるとさらに意味深である）。

もちろん、クィンシー・モリスはオセロのように自害したわけではないし、ヴラド三世のように吸血鬼になったわけでもない（男性吸血鬼は伯爵以外にテクスト上は登場しない）。そして、伯爵の木箱を開けるために、ジョナサンといっしょに荷馬車に飛び乗り、ボウイー・ナイフで心臓を貫いた。そのときに、クィンシー・モリスは、ジプシーのナイフに腹を刺されてしまう。脇から赤い血を流しながら、伯爵の消滅を見届けて、赤い夕陽のなかで死んでいくのだ。

それは、この後繰り返される西部劇のメロドラマのエンディングの原型のようである。ルーシーは「西」という言葉の入った「ウェステンラ」という苗字をもち、クィンシー・モリスはアメリカの西部テキサスから来た男である。日没をしめす西が死を連想させるのがわかるし、クィンシー・モリスはイギリスを越えてアメリカの方を見ながら死ぬのである。この落日を求めて全員が突進するエンディングのために、東の黒海から西のトランシルヴァニアを目指すという経路の選択が物語上必要だった。

【ジョン・スミス船長とドラキュラ】

それにしてもクィンシー・モリスとは何者だろう。ルーシーがいう「オセロ」だけでは解き明かせないようにも思える。そこで、クィンシー・モリスの行動を理解するための補助線を引いてみたい。そのために、アメリカ史に名前を残すジョン・スミス船長(一五八〇―一六三一)に注目しよう。イギリス生まれの冒険家であり、「征服することが生きること」というのがモットーの人物だった。一六〇七年に、イギリス王ジェイムズ一世(正確にはスコットランド=イングランドの二重王国の王であるが)にちなんだ、ヴァージニア州のジェイムズタウンの建設にたずさわったことで名前を残している。ここでは「働かざる者食うべからず」という過酷なモットーを振り回して、厳しい状況を乗り越えたのだ。

また、ジョン・スミス船長はディズニーのロマンティックに解釈されたアニメ『ポカホンタス』(一九九五)でも知られる。原住民の部族から処刑を命じられたときに、原住民の娘ポカホンタスに救ってもらったという一種のロマンスで語られてきた。白人の植民者男性と原住民女性の友好関係として、さまざまな神話的エピソードの原型となってきた。

最近では『ナイト・ミュージアム』(二〇〇六)のセオドア・ローズベルト大統領とサカジャウィアのように時空を超えた結びつきさえ描かれる。二十世紀初頭のローズベルト大統領は西半球論者であり、米西戦争でスペインと戦い、好戦的な大統領として知られる。サカジャウィアは、ショショニ族の娘で、百年前の十九世紀初めに西部を調査したルイス&クラーク探検隊に同行して道案内をした「良い原住民」の代表とされるのだ。ポカホンタスの伝説は、こうした関係のお手本としてとらえられるのだが、ほぼジョン・スミス船長による捏造だったとみなされている。

そして、このジョン・スミス船長こそ、ディズニーのアニメでは描かれていない「前史」をもち、トランシルヴァニアでトルコを相手に戦って傭兵として活躍した人物なのだ。まさに「白いオセロ」（ポンパ・バナジー）なのである。ヴラド・ツェペシュの一世紀以上後に活躍したことになる。彼が残した『本当の旅』（一六三〇）という回想録で書かれていたのは、まるでアラビアンナイトか冒険活劇のような話である。

それによると、スミス船長は、ワラキア公国に味方し、オスマン帝国の将軍と三度戦うが捕らえられ奴隷となる。その後、トルコからロシアやポーランドを経て逃げ出してきたというのである。トランシルヴァニア公国のバートリ・ジグモンドから爵位ももらっている。その後一六〇四年にイギリスに帰国してから、今度は一六〇七年からヴァージニア植民計画に加わるのだ。ただし、回想録が出版されたのはずっと後の一六三〇年なので、ポカホンタスとの話も含めて多くが、過去を捏造した「虚構」とみなされてきた。当時すでに「フォルスタッフのようなほら吹き兵士」の系譜に入ると思われていたのだ。

そうした見方を修正したのが、ラウラ・ポランニー・ストライカーによる論考「ジョン・スミス船長のハンガリーとトランシルヴァニア」（一九五三）であった。ラウラは、経済人類学者のカールと「暗黙知」で有名な科学哲学者のマイケルのポランニー兄弟の姉で、ブダペスト大学で最初に女性で博士号を取得した歴史学者だった。アメリカに亡命した後で、新大陸に植民地を築いたジョン・スミス船長に関心をもち文献を調べ、ラテン語によるジョン・スミス船長伝を翻訳さえしたのだ。そうした成果のおかげで、現在歴史テーマパークとなっているジェイムズタウンの紹介説明でも、多少留保しながらも、ジョン・スミス船長のヨーロッパでの過去を一応事実だと認めている（サイト「ジェイムズタウン再発見」）。

そして、オスマン帝国と戦ったヴラド三世から変貌したドラキュラ伯爵を、ジョン・スミス船長の末裔ともいえるクィンシー・モリスが戦って倒したともいえるのだ。首を斬り落としたのはジョナサンだったが、心臓を突き刺したのはクィンシー・モリスで間違いない。開拓や未知の土地という「フロンティア」と、敵との前線「フロント」が同義であるようなテキサスを舞台に育った者の力を借りたともいえる。そして、北アメリカに植民し、イギリス帝国を作ろうとしたときに、ジョン・スミス船長のような存在を必要とした。「ニューイングランド」と名づけたのも、彼だとされている。つまり、大英帝国を守るために、トランシルヴァニアで戦うのは、一種の先祖返りでもある。

ただし、クィンシー・モリスを強大化するアメリカの表象ととらえて、脅威に思うイギリスが、利用しつつも葬り去るという解釈もうなずける点がある（モレッティ『ドラキュラ・ホームズ・ジョイス』）。アメリカを利用することで、大英帝国を守ろうとしたのは間違いない。ここで指摘しておきたいのは、ジョン・スミス船長のような連中にとって、新大陸で「原住民」相手に冒険家的な活躍をする予行演習の場として、オスマン帝国との戦いがあり、トランシルヴァニアもそうした土地の一つだった点である。「蛮族の住む土地＝オリエント」として、「東西インド」の重ねあわせが可能となったのだ。

3 大英帝国を防衛する

【防衛ネットワークの診断】

では、ドラキュラ伯爵の侵入と、ヴァン・ヘルシング教授たちによる阻止によって、何が明らかになったのかといえば、大英帝国のブリテン島という本土の防衛システムの不備に他ならない。しかも単に防衛力とか軍事力の不足ではないのだ。

五十個の木箱は、ロシア船デメテル号に載せられ、「土」という積み荷のせいで検査を通り輸入された。合法的手続きによって入りこんだのだ。船長以外の死体がないにもかかわらず、海難審判では謎は読み解かれなかった。そして、船から逃げた犬や、ロンドン動物園から逃げた狼のように、それぞれ動物愛護協会や動物園の管轄とされ、社会面の記事を飾るだけだ。また、金融機関も伯爵の金を「マネーロンダリング」しているわけだが、おかげで伯爵が使う小切手からソヴリン金貨までふつうに通用しており特に問題は生じない。

こうした合法的な相手に対してどのように対処するのか。真相を知っている唯一の人物であるジョナサンは、当初誰にも打ち明けられずにいた。妻となったミナが、伯爵を見かけて怯えるジョナサンから手記を受け取り、それを読んだことによって真相を知る。そして、ホイットビーで伯爵に襲われたルーシーの症状に関して、ゴダルミング卿がシュワード博士に相談し、さらにヴァン・ヘルシング教授をアムステルダムから呼びよせることによって調査が開始され、正体が判明してくる。こうして民間の防衛網が、知識を共有した「チーム」として確立していく。どうやら、イギリスには危機に対応できる潜在力があるとわかる。もっとも、階級やジェンダーや国境さえ越えて、協力しあえる体制を作ることができればなのだが。

シミュレーション小説としての『ドラキュラ』がおこなっているのは、現在コンピューターネットワークでおこなわれる「侵入実験」にも似ている。社会システムの穴を見つけることが目的なのだ。伯爵は「私の復讐は、今始まったばかりだ！　何世紀もかけて、広めてやるぞ」と遠大な計画を述べる（第二十三章）。H・G・ウェルズの『宇宙戦争』（一八九八）で火星人が「嫉妬のまなざし」で長年地球を見おろして、侵略のチャンスを狙っていたのと同じである。たとえ長期計画がおこなわれて、第二、第三のドラキュラ伯爵が登場しても大丈夫なように備えておくようにと警告する。これこそが「侵略小説」の役割だった。

ただし、ヴラド三世から四百年以上、ジョン・スミス船長から三百年近く経った十九世紀末において、トランシルヴァニアが、イギリスの関心の対象となるとすれば、それはイギリスの植民地としてではないし、軍事的大国としてでもない。ドイツ帝国のはるか向こうにあり、経済規模からいっても工業国としての潜在的な脅威を与えもしない。政治経済的なことはおろか、文化的社会的な相互関係もないのだ。けれども、そこからやってきた邪悪なものが、イギリスにおける混乱の源となったとすると、「防衛」の観点から退治する必要が出てくる。伯爵を古巣に追い返すだけではすまないのだ。

これは「先制攻撃論」と結びつく態度となる。ドラキュラ伯爵の脅威が拡大し拡散し、新聞などのマスコミがかぎつける前に封じ込めて、ヴァン・ヘルシング教授たちは、ドラキュラの墓や本人を破壊してしまったのだ。これは、イラク戦争においてブッシュ(子)大統領が、二〇〇五年六月二十八日に、ブラッグ駐屯地で「やつら(=イラクのテロリスト)に対する唯一のやり方がある。わが国で攻撃をする前に、外国で叩き潰すことだ」と演説したのともつながっていく(マイケル・ドイル『まず攻撃だ——国際紛争における先制と予防』)。遠く離れたトランシルヴァニアという東方の地で問題が解決されてしまう。だが、この出来事はあまりにも小さすぎて、新聞の国際欄の記事とはならないレヴェルである。『ドラキュラ』では、多国籍軍は、先制と予防の観点から、伯爵が侵入と侵略によって市民社会が脅威にさらされる前にイギリスから追い出し、トランシルヴァニアに封じ込めて「消毒し」影響を及ぼさなくなるようにしたのだ。こうした「私兵」による報復は、法を犯すことで成り立つ。捜査権をもつはずもないヴァン・ヘルシング教授たちは、伯爵のカーファックスの屋敷の錠は合鍵を使って、ピカデリーの屋敷の錠は錠前屋を呼んで不法に開けてしまう(第二十二章)。これはイギリスの法律を破っているわけだが、事務弁護士のジョナサンも、法学博士の資格をもつヴァン・ヘルシング教授も良心は痛まない。

それどころか、ピカデリーの屋敷の持ち主のふりをして錠前屋に開けさせるというアイデアをもちだしたのはヴァン・ヘルシング教授に他ならなかった。目立たぬように人通りの多い午前十時過ぎにやろうとまで提案していた。そして、トランシルヴァニア内での武器を使った戦いは、オーストリア=ハンガリー帝国がもつはずの軍事的・警察的な管轄を超えた介入となる。もちろんフィクションだから許される「愛国無罪」であり、イギリスの冒険小説やスパイ小説で主人公が境界侵犯的に活躍するパターンを採用している。

だが、こうした世界に悪をまき散らす「拠点」を叩くという発想は、現在にいたるまで現実政治において採用されてきた。アメリカは9・11の主犯とみなしたウサマ・ビン・ラディン容疑者を国際司法の手に委ねることなく処刑した。「ジェロニモ」と暗号名を名づけたラディンを、二〇一一年五月二日、オバマ大統領の指示で、アメリカ軍の特殊部隊が秘密裏にパキスタン国内で殺害した。そして死体をアラビア海に水葬したのである。これが、パキスタン政府に報告もなく実行されたことも含めて、『ドラキュラ』に潜在する論理を拡大したものといえる。それはオスマン帝国を敵対視していた過去とあまり変わらない。

そもそもフルネームをバラク・フセイン・オバマという大統領にとって、アフリカ出身のイスラム教徒である父親の影を切り捨てるには、ドラキュラ伯爵のようにおぞましい存在であるビン・ラディンを亡霊として復活させないために、身体を水中に葬りさるしかなかったのだろう。デメテル号の乗組員たちがたどったように、海中ならば吸血鬼として復活することはない。しかも作戦の「ジェロニモ」という暗号名が、ビン・ラディンを「アメリカ原住民」と同一視していて、ジョン・スミス船長のジェイムズタウンやクィンシー・モリスのテキサスが終わっていないこともしめしている。

【大草原・チチカカ湖・朝鮮】

伯爵はジョナサンに「トランシルヴァニアはイギリスではない」と言い放つ（第二章）。そして、ハーカー・ジョナサンと思わずひっくり返した呼び方をする。もちろんこれが、苗字を優先する「オリエント」の印であり、伯爵の外面と内面とがいつでも反転する可能性を物語っていた。「ドラキュラ」とか「伯爵」と呼ばれ、本名が定かではないが、歴史上のヴラドだとすると、彼は本名で呼ばれることはない。これはアーサー・ホルムウッドがゴダルミング卿であるような意味で名づけられているように見えるが、ひっくり返されるような名前をもってはいないのだ。

ヴァン・ヘルシング教授がなぜか「モリス・クィンシー」とひっくり返して呼ぶ場面がある（第二十五章）。誤植とされたり、注釈が無視したりする部分だが、アメリカもハンガリーと同じオリエントの住民に含まれるとみなしていたとすれば、ありえることかもしれない。伯爵の関心とは異なって、イギリスとトランシルヴァニアの二極間の争いと往復に見える『ドラキュラ』が、グローバルな関心があるのを示すのは、クィンシー・モリスのテキサスやモンロー主義との関係ばかりではない。

クィンシー・モリスがまだアーサー・ホルムウッド時代のゴダルミング卿にあてた手紙が、彼らの冒険の広がりをしめすのだ（第五章）。そのなかで、ゴダルミング卿とクィンシー・モリスとシュワード博士というルーシーの求婚者たち三人は、互いに旧友どうしだとわかる。これは「結合する力」として働くのだが、同性愛忌避に基づく「男たちの連帯」をよく表現している。こうした男同士の連帯は、ゴシック小説をはじめイギリス小説に連綿とあると指摘される（セジウィック『男たちの絆』）。ルーシーは結婚予定日の九月二十八日には結婚と初夜を迎えることなく死んでしまった。ドラキュラ伯爵に汚された彼女の身体を中心に三人は強固な連帯感をもっている。

その手紙のなかに、「大草原（プレーリー）」と、「チチカカ湖」そして、「朝鮮」という表現が登場する。それ以外の情報がないので、文脈を補う必要がある。もちろん、モンロー主義は、南北アメリカを中心とした「西半球論」を支えたから、南北のアメリカの地名が出てくるのだ。そして、シュワード博士の患者のレンフィールドは、「北極や熱帯」もアメリカ合衆国に入ると予言し、二十世紀半ばになって「アラスカやハワイ州」としてそれが実現する。もっとも、アメリカ中心の西半球論からすれば、こうした地域の支配も当然の帰結でもある。

どうやら、イギリスから見て大西洋の西の新大陸のさらに西へと関心が向かうことになる。一八九〇年代には、ヨーロッパにおいて朝鮮半島への注目が高まっていた。九四年の半島南部での「東学党の乱（甲午農民戦争）」に日清が兵を出し、日清戦争へと発展した。これが東アジア情勢を大きく変えることになるし、大英帝国の関心も強かった。

しかもウィンチェスター銃で武装すると決めたときに、西シベリアの「トボリスク」で狼の群れに囲まれた際の話が、クィンシー・モリスの口から出てくる（第二十四章）。それに対して、ルーシーがミナに手紙で愚痴ったように、ゴダルミング卿は冒険の話をしないのだ。ここから、どうやらロシアにも彼らは行ったことがあるとわかる。とすると、ほぼ世界中を歩き回ったことになる。

彼らが世界中に出かけるというのは、イギリスにとっての戦争がどこにでも起きることをしめしている。そのひとつが「ドラキュラ戦争」というわけだ。では、金持ちの道楽として、キツネ狩りやオオカミ撃ちに興味をしめすゴダルミン卿やクィンシー・モリス以外の民間人が、有事に役立つためにはどのような資質が必要となるのか。それがジョナサンとミナの夫婦がもつスパイや軍事としての能力や主体なのである。

【スパイの主体として】

グローバルな関心をもつ大英帝国にとって、旅行者や探検家の現地の記録というのは、そのまま重要な情報源となる。どうでもよい三面記事がさまざまな出来事の徴候となるように、そしてロイズのような保険会社にとって、世界中の船舶の動向がそのまま各国の軍事から経済までの動向をしめすように思えるのだ。ヴァン・ヘルシング教授たちが利用した船舶情報、さらにガラツなどにまで副領事を置く大英帝国の通信網が、電報などで即時に情報を伝えて、人々は共有しあっていた。

こうした世界の動向への関心は、シェイクスピアの『ヴェニスの商人』でも貫かれている。シャイロックから借金する羽目になるヴェニスの大金持ちアントーニオの持ち船はすべて海外にある。シャイロックは、そうした船が、トリポリ、東西両インド、イギリスなどに出かけていて、しかも難破や海賊の恐れもあるとあれこれと災難を数え上げる。つまり、大資産といっても流通し海上にあるのだ。この不安こそが、ヴェニスの抱える不安であり、同時にそれを観ていたロンドンの観客たちの抱える不安だった。それは『ドラキュラ』の漠然たる不安にも通じるものなのだ。

アントーニオは今すぐ現金が必要なので、三千ダカットの借金を返却できなければ、肉一ポンドを担保として差し出すという契約を結んでしまう。そこまでして、アントーニオは、バッサーニオという若者の期待に応えたかったのだが、この飛び切りの友情にホモエロティックを読む読解もあるので、同じ性向をもつストーカーは見逃さなかったはずだ。ここで契約の鍵を握るのは「血」だ。ポーシャは契約が有効だとするが、血を一滴も出さずに肉一ポンドを正確に切り取れとシャイロックに命じる。『ヴェニスの商人』は、金と肉と血が奇妙にからんだテクストであり、その部分を『ドラキュラ』は受け継いでいるのだ。

ロイズ保険会社の始まりが、アラビア起源のイスラム教徒の飲み物であるコーヒーを出す「コーヒーハウス」だったように、こうした情報のやり取りが、十八世紀には、「新聞」などのジャーナリズムを生み出していくことになる。そして、イギリス小説もそのなかから生まれてくるのだ。『クラリッサ』(一七四八)のような書簡体小説、『ロビンソン・クルーソー』(一七一九)や『ガリヴァー旅行記』(一七二六)のような実録や空想の冒険物、『ペスト年代記』(一七二二)のような過去の記録などが書かれる。つまり、『ドラキュラ』に必要な道具立ては、十八世紀にはすでにそろっていたのだ。

だが、世界の状況や動向の情報を集積するためには、詳細な観察と記録に残す作業が必要となる。しかも女性の視点が入れば、日常生活や思わぬ領域の情報が手に入ることになる。女性旅行者や海外体験者の増大は、そのまま多くのタイプの情報が入手しやすくなるということでもあった。そもそも、ストーカーが利用した「森のかなたの土地」や「トランシルヴァニアの迷信」(一八八五)を書いたエミリー・ジェラードも、エキゾチックな海外体験を雑誌に載せて人気を得たわけだ。ミナが触れている女性ジャーナリストとともに女性エッセイストの視点からの雑誌の記事や書籍が大英博物館の図書室にはたくさんあったのだ。

そのときに求められた能力の一つが観察眼だろう。観相術のような細かさで、風景から始まりさまざまな情報を見たまま正確に書き留めること。しかも、速記術を利用し「暗号化」して、他人に知られないように持ち運んでくること。いわば、「エスピオナージ」つまりスパイ的主体としてジョナサンとミナは考えられることになる。速記術の技術が、そのまま「スパイ」としての視点を与えることになる。もちろん、観察しているのは土地の人間や風景や料理だった。ところが、これを軍事施設や軍隊の動向に向けたらどうなるのか。すでに、ドラキュラ城の防御施設や壁の具合や高さ、さらには部屋のようすなど、ジョナサンは細かく伝えていた。正しい報告をするというスパイの素質をもっている。また、現地でミナが「この道です」とドラキュラ城へと向かう正しい道をヴァン・ヘルシング教授にしめすのだが、驚く博士に「ジョナサンがここを旅して、このことを書いておりませんでしたか」と返答する(第二十七章)。速記をタイプライターで起こすなかで情報を記憶したわけだ。

しかもミナの場合は、伯爵に血を吸われ、さらに血を飲まされたおかげで、半分吸血鬼化し、遠くにいる伯爵と意識が通じるようになった。この部分はテレパシーとして理解される。女性を「道具」や「メディア」とし一方的に利用しているとされ、ミナを通じて伯爵の位置をつきとめようとするヴァン・ヘルシング教授たちは、ミナの身体をもてあそんでいるとジェンダー論では非難されてきた。

だが、二重スパイとしてミナの立場を考えると、これは一見脆弱でありながら、その弱さゆえに相手を安心させてなかへと取りいる方法でもあるのだ。しかもミナは自分が伯爵をスパイするだけでなく、伯爵が自分をスパイする可能性に気づいて、作戦会議から自分の意志で遠ざかる(第二十四章)。メディアとして一方的にミナが利用されているのではなく、カモフラージュや偽の情報を掴ませるという軍事的な利用も含まれている。もちろん伯爵の側も同じことを考えて、実際にはガラツへと向かっているのをミナから巧みに隠してヴァルナ行きだと思わせていた。まさに情報戦そのものである。

【軍事行動の主体として】

では、スパイの主体からもう一歩進んで、軍事的行動の主体としてのジョナサンとミナはどうであろう。ジョナサンは、ミナが伯爵に襲われて以降、しだいにアクティブな兵士に変貌する。船に積まれた伯爵の木箱を発見したら「ヴァン・ヘルシング教授とシュワード博士が直ちに首を切り離し、心臓に杭を打ちこむ」という手はずだった(第二十五章)。そういう残虐な行為は患者の身体を刻むのに慣れている医者の役目というわけだ。

実際には、ジョナサンがククリ・ナイフで伯爵の首を斬り落とすことになる。そのためにナイフの刃を一人で冷静に研いでいるところをシュワード博士が目撃してもいる(第二十五章)。事務弁護士として、小説の冒頭では、法律用語以外は操れそうもなかった人物が、たえずククリ・ナイフを持ち歩くようになる。しかもネパールのグルカ兵が所持するククリ・ナイフとは、「オリエント」な雰囲気がたっぷりとある武器である。近代的なウィンチェスター銃とは対照的である。

けれども、いちばん軍事的な主体となったのは他ならないミナである。最後にはリヴォルバーを持って伯爵と対峙しようとする(第二十七章)。それ以上に記録係の立場を超えて、驚くべき事務処理能力を発揮することになるのだ。速記原稿をタイプライターで打って、さまざまな記録を集め、時系列に編纂するだけではない。たとえば、「ミナ・ハーカーのメモ」(第二十六章)として、伯爵の行方と経路を条件ごとに整理してみせる。「伯爵は誰かに運んでもらわなければならない」「どのように運ばれているのか」として、「陸路」「鉄道」「水路」をあげて、条件にかなうのは水路だとする。そして、シレト川とプルト川のいずれかをさかのぼっているとして、「シレト川はビストリッツ川と合流するので、ドラキュラ城に最も近くまでいける」と結論づける。こうしてミナが蓋然性をひとつひとつ確かめたことで、ヴァン・ヘルシング教授たちは無駄な行動を省けたのである。

そして、ガラツから追いかけるための列車の出発時刻についても、「明朝、六時三十分です！」と即答させてみなを驚かせる。夫の役に立ちたいと、エクセターでも列車の時刻表を頭に入れているし、自分で言うように「鉄道マニア」なのだ（松本清張の鉄道ミステリーの『点と線』（一九五八）で、時刻表マニアの女性が殺人事件の背後にいたことを連想させる）。地図や列車の運行を頭に入れておくことは、兵站《ロジスティックス》の基本でもある。さらに「犯罪者の気質なので利己的」だと伯爵の頭脳や行動に推理を働かせるのである（第二十五章）。犯罪学者のロンブローゾの意見などを参照して相手を定義し、敵の行動を予測しているのだ。

こうしてミナは、「スパイ」として自分の能力を使うだけでなく、「ドラキュラ戦争」の軍事的主体、それも戦略立案者としてヴァン・ヘルシング教授と肩を並べるのである。通例、「ドラキュラ対ヴァン・ヘルシング教授」と考えられているが、それは男性中心主義で不十分でもある。ミナを単純に女性の犠牲者と考えては、「ドラキュラ戦争」の勝利に貢献し、責任を分担している点を無視することになる。「総力戦」とか「総動員」とは、二十世紀の戦争の特徴となるが、その予兆がここにある。

ミナがウィルヘルミーナの略称で、当時のオランダ女王と同じ名前がつけられていることが注目されてきた。前半はルーシーが男たちの中心となるが、ルーシーが亡くなった後は伯爵の犠牲者としてのミナが中心となる。ミナは伯爵への反撃のために男たちを軍事的に組織化する象徴的な権威というだけでなく、もっと積極的な存在となる。もっとも、そうした変化のきっかけが、他ならない伯爵の血を飲んだということにあるのかもしれないが。

不在の影として、ヴィクトリア女王を読み取ることもできるかもしれない。ロンドン市内の拠点を考えると、ドラキュラ伯爵が周辺から中心へと近づいていることがわかる。ホイットビーからイギリスに入り、まずはロンドンの東のパーフリートの屋敷に落ち着いた。市内にはテムズ川の南のバーモンジーに家が、さらにルーシーの墓のあるハムステッドは西北にある。最終的には、バッキンガム宮殿に近いピカデリーに屋敷を構えたのだ。だが、それ以上の接近はできなかった(まるでゴジラが皇居に踏み入れられないようなものだ)。それは、ヴァン・ヘルシング教授たちが情報を集め、足取りをたどって、それぞれの箇所を聖餅で清めたからであり、何よりもミナ・ハーカーという軍事的な主体が立ちあがって、勝利《ヴィクトリー》を手にしたからである。

(★1)こうした南部紳士を皮肉ったのが、マーク・トウェインの『アーサー王宮廷のコネティカット・ヤンキー』(一八八九)だった。過去へのタイムトラベル物だが、時代遅れの封建社会として描かれたイギリス中世が、アメリカ南部の比喩だともされる。機械工であり工場長でもあった主人公が、そこに自転車や電話といったテクノロジーや産業システムをもちこむことで魔術師マーリンと戦う。ストーカーはトウェインの知り合いで、投資話に乗って大損している。

第3章　身体という戦場

1　ヴァン・ヘルシングと身体の争奪戦

【オランダからやってきた男】

　ミナと同じ名前のウィルヘルミーナが、十歳でオランダの女王に即位したのは一八九〇年のことだった。それから一九四八年まで女王をつとめた。そのオランダのアムステルダムから、アブラハム・ヴァン・ヘルシング教授をシュワード博士は呼びよせる(第九章)。イギリスに入りこんだドラキュラを退治するために、この男が解決の鍵を握るのは間違いない。

　伯爵の侵略への具体的な反撃は教授の到着から始まるので、第八章までは事件の概要や背景の説明ともいえる。そして、「真犯人対名探偵」のように、「ドラキュラ伯爵対ヴァン・ヘルシング教授」という軸を中心に読み解くとわかりやすいので、ヴァン・ヘルシング教授は多くのドラキュラ物の映画や小説で、ドラキュラを退治する「吸血鬼ハンター」として描かれてきた。吸血鬼に立ち向かうイメージのせいか、知的な博士や教授の姿をとるだけでなく、豪快で闘争的なヒーローとして描かれることも多い。

　そもそも『ドラキュラ』という小説のなかで、アムステルダムからやってきたこの男は何者として描かれているのだろう。名前の「アブラハム」は著者のストーカーと同じなので本人と重ねている可能性が高い。また「ヘルシング(Helsing)」という苗字はオランダにはなく、フィンランド語だ、とオランダ語版のウィキペディアに記載されている。確かに東京オリンピックのときの柔道で有名な「ヘーシンク(Geesink)」とも違い、オランダ人からみると異質な表記なのだ。

「ヘルシング」は、フィンランドではスウェーデン系の人々を指す名前で、たとえばヘルシンキなどと関連する。ヘルシングが北方系の苗字であるなら、伯爵が自分のなかに「アイスランドからやってきたウゴール族の血が流れている」(第三章)と言っているのも納得できる。「フィン=ウゴール語族」とは、フィンランドからシベリア東部にかけての語族のことで、そのなかにハンガリー語も含まれている。これは伯爵とヴァン・ヘルシング教授が相同性をもつ証拠ともいえる。そして、「ヴァン」とはオランダ語の前置詞で出身をしめすものだ。画家の「ヴァン・ゴッホ(オランダ語では「ファン」だが)」のヴァンであり、これがオランダ系であるという響きを与えている。

ヴァン・ヘルシング教授は医学博士というだけでなく、パラサイコロジー(超心理学)の学者で、犯罪や侵入の手口を熟知した私立探偵で、民俗(族)学者や博物学者でもある。実際シュワード博士に送った返事の手紙には、「医学博士・哲学博士・文学博士等々」(第九章)と肩書きがついている。「等々」のなかに法学博士が入っていることがあとで明らかになる。まさに学問の万事屋《よろずや》といえる。

もちろんいちばん重要なのは筆頭の「医学博士」であり、すべてを「治療=退治できる」という医学的な立場を貫く人物である。そして現代医学と過去の民族学的知識や宗教的儀式の結合で伯爵を退治するのだ。ただし、ヴァン・ヘルシング教授が万能かといえば、第2章ですでに確認したように、ミナが情報担当の軍事上の片腕として大きな役割を果たすし、弟子のシュワード博士も、時々その判断に対して懐疑的な意見を述べるのだ。

ヴァン・ヘルシング教授をシュワード博士が呼びよせたのは、ルーシーの容体が尋常ではないせいである。貧血症状が見えたので、「血を二、三滴確保し、これを分析した」(第九章)が正常だった、とシュワード博士はゴダルミング卿に報告している。貧血なのは伯爵に血を吸われて、吸血鬼化が進んできた段階にあるためだが、シュワード博士にもわからない未知の病気が原因だと考え、より専門的な知見を得ようと、ヴァン・ヘルシング教授を迎え入れた。もしも、ヴァン・ヘルシング教授がいなければ、ルーシーの貧血の原因がドラキュラ伯爵だとは突き止められなかっただろう。

ヴァン・ヘルシング教授は「教授」と呼ばれているので、アムステルダム大学の医学部に所属していると考えられる。ここには、一八五一年に、オランダ医学会が所蔵する世界最大規模の医学史の関連資料が貸し出された。つまり、ヴァン・ヘルシング教授が、ドラキュラや吸血鬼について過去の文献を調べるのにふさわしい「書庫《アーカイブ》」を所有している大学なのである。ルーシーを診た後で、アムステルダムに戻り「二晩、旅行をし、その間、昼には文献を調べねばならなかった」(第十章)と述べているのは、大学の書庫で医学史や吸血鬼関連の文献を調べる必要があったせいだろう。

ちなみに、イギリスから見てオランダが医学先進国なのは、たとえば『ガリヴァー旅行記』でリミュエル・ガリヴァーがケンブリッジ大学のあとライデン大学へ留学して学んでいることからもわかる。そして、十七世紀には写実絵画のフェルメールと顕微鏡で生物を観察した「微生物学の父」レーウェンフックとの関係も知られている。レーウェンフックは織物商だったので、糸の良しあしを判別するためのレンズを利用していたことで顕微鏡にのめりこみ、見えない空間に微生物の世界が広がっていることを発見した。シュワード博士がルーシーの血の分析に使った顕微鏡はその末裔なのである。

近年オランダでの「マリファナ（大麻）」の合法化も議論を呼んだが、薬物に寛容なのは、背後にオランダが阿片輸出国として、阿片を許容してきた歴史があるせいだ（佐藤哲彦「ドラッグ使用をめぐる寛容性の社会的組織化――オランダのドラッグ政策をめぐって――」）。そしてヴァン・ヘルシング教授は、ルーシーに睡眠薬として「モルヒネ」を打つが、これは阿片から抽出したもので、手術などでの麻酔薬としてアメリカの南北戦争以降に普及したものだった。モルヒネからさらにヘロインがとれる。そして「コカイン」がやはり麻酔薬としてドイツから新しく登場した。

こうした麻酔薬は十九世紀に入り、戦争で大量の負傷者が出るようになり、外科手術の必要性が出てきて開発された。そして、アルコールとともに、兵士たちに処方された医薬品が中毒症状を与えて、戦後には帰還兵の社会問題となるのだ。シュワード博士も「抱水クロラール」という睡眠薬を常用していて、「中毒」にならないようにと自戒の言葉を録音機に吹きこんでいた（第八章）。抱水クロラールは日本では劇薬に指定されている。こうした麻酔や睡眠薬を処方する側である医師は入手しやすいので、薬物依存症になりやすいのだ。

また、オランダはチューリップなど植物の栽培で有名だが、ルーシーの首周りや室内を飾るニンニクの花は「遠路ハールレムから届いた。私の友人のヴァンデルポールが、温室で一年中薬草を栽培している」とヴァン・ヘルシング教授は言っている（第九章）。ニンニクはふつう五月に花をつけるのだが、九月の段階でも季節を問わずに入手できたのはオランダの植物栽培のおかげだった。当時ハールルレムには、インドネシアをはじめ植民地の文物を集めた熱帯博物館と付属の植民地研究所があった。そこでは、コーヒーなどの改良をおこなっていたので、ヴァンデルポールはそうした役割も担っていた人物なのかもしれない。そして、大麻は麻から、阿片はケシの花から、コカインはコカの実から採れるように、麻薬は植物由来であり、こうした製薬技術が眠りや死の制御と深い関係をもつようになる。『ドラキュラ』の背後に、薬学や病理学をめぐる新しい動き、とりわけ麻酔薬や睡眠薬の発達がある。

名声の高いヴァン・ヘルシング教授を片道十八時間かかるオランダからすぐに呼びよせることができた理由も興味深い。シュワード博士自身はゴダルミング卿への手紙に「個人的な理由で」ともったいぶった言い方をしていた。だが、ヴァン・ヘルシング教授からの手紙に書かれたエピソードによると、どうやら手術中に別の友人が緊張のあまり、患者の壊疽の毒がついたメスを落してヴァン・ヘルシング教授がけがをした。そのとき、傷口からシュワード博士が毒を吸いだして命を救ったのだ（第十章）。命の恩人という美談でもあり、ここに「血を吸う」という行為の原型がある。この血と共に毒を吸いだすというのは、宮崎駿のアニメ映画『もののけ姫』で、サンが母親である山犬のモロの君の傷口から血を吸いだした例がある。口の周りを吸血鬼のように赤い血で染めたサンの顔がアシタカにも観客にも強い印象を残した。きわめて原始的な治療術でもあるのだ。

しかも、ヴァン・ヘルシング教授は、患者ではなくて「君のために行くのだ」という言い方をしている。ここから師弟の濃密な関係を読み取ることができる（もっとも、ルーシーを見ると彼女に興味を寄せて、患者の為に行くと方針を変えるのだが）。ヴァン・ヘルシング教授は、知識の宝庫を背後にもち、カバンに輸血の道具を持ち運び、医学博士として伯爵と対峙する準備ができていたのだ。

【輸血と身体の争奪戦】

さっそくルーシーを診断したヴァン・ヘルシング教授は、貧血に「機能上の原因はない」と結論づけた（第九章）。九月四日にはシュワード博士から「マエヨリ　ゲンキニ　ナッタ」と電報が届いたが、六日には容体が悪化したという報せに変わる。数日で急変したので、不足している血液を補うために輸血をすることになった。その現場にゴダルミング卿がやってきたので、輸血について「ある人物の豊かな血管から、血液を必要とする貧しい血管へ血液を移し替えることだ」とヴァン・ヘルシング教授は説明して血の提供を求めた（第十章）。貴族の血は「青い」などとされていたが、もちろん赤いわけで、経口麻酔で眠っているルーシーに、まずは婚約者の血が入ることになった。しかもヴァン・ヘルシング教授たちよりも若くて、キツネ狩りをするようなスポーツマンの血なので輸血によりふさわしいというわけだ。

ここでおこなわれる「輸血（transfusion）」にも、「トランシルヴァニア」同様に「トランス」という語が英語に入っていて、人間の身体を超えて、他人の血液が入りこむことを指す。輸血が「おぞましい」と思えるので、博士たちは心臓病で弱っているルーシーの母親には言わないようにと釘をさす。輸血と吸血は深いつながりをもつ。血を移動させる点では同じで、ドラキュラとの違いは、犬歯によって穴を二つ残すのと、注射痕を一つ残すのかの違いかもしれない。現在のように血液を保存する技術がなかったので、直接管を通じて二つの身体が結ばれる。若いゴダルミング卿には不要とされる

「凝固除去処置」というのは、結びつける管や注射針で血が凝固するのを防ぐものだった。血液は空気に触れると凝固する性質(これがないと血友病になる)をもつので、輸血は命がけだった。

輸血そのものは古くから試みられてきたが、血液の凝固や血液型の不一致による死が原因で、十七世紀から禁止されていた(スター『血液の物語』)。だが、十九世紀後半に、新しい医療技術として利用されるようになった。「輸血」が社会に与える期待とおぞましさに関しては、H・G・ウェルズの『モロー博士の島』(一八九六)に出てきたモロー博士の前歴が参考になる。南米沖の島で動物から改造人間を作る博士は、輸血の研究で名をあげた人物だった。さらに犬の生体解剖をしているところが発覚してスキャンダルとなり、イギリスにはいられなくなったのだ。こうした一連の新しい医療は、人間の身体にさまざまな影響を及ぼすことを予想させる。その影響は二十世紀には外科治療から細胞の遺伝子操作をする「生命工学」にまで拡がっていくので、『ドラキュラ』の場合のように、新しい恐怖は医学や科学の裏づけをもつことになる。

他人の血液を体内に取り入れたことで、一時的にルーシーの容体は良くなるが、やはり伯爵に血を吸われてしまい、衰弱していく。そこで、緊急のためにシュワード博士(第十章)、ヴァン・ヘルシング教授(第十一章)の血が輸血される。さらに最終段階では、クィンシー・モリスの血も入る(第十二章)。十日間で四人の男性の血を受け入れたことになる。ところが、伯爵の最後の攻撃のときに、心臓の病を抱えた母親が亡くなり、ルーシーの血も吸いつくされて結局は死亡してしまうのだ。

こうして輸血を媒介にした男たちの共同体ができあがる。ルーシーの周りに集まった、オランダ(ヴァン・ヘルシング教授)とイギリス(シュワード博士、ゴダルミング卿)とアメリカ(クィンシー・モリス)の男たちはみな彼女に魅了されている。主治医と三人の求婚者だが、彼らが輸血したにもかかわらずルーシーは死んでしまった。そして次にはルーシーの墓を暴き、吸血鬼となったルーシーの頭を切断し、口にニンニクを詰め、心臓に杭を打ち、二度と甦らないようにするのだ。

この一連の行為に、女性嫌悪の男性たちによる集団レイプや輪姦のような性的な凌辱のイメージを重ねて読み取るのは、日本の批評でも定式化した。そして、谷内田浩正の「処罰と矯正」(一九九七)から、宮地信弘の「ブラム・ストーカーの『ドラキュラ』:ホモソーシャルな男たちの性的幻想」(二〇一二)まで、とりわけ男性批評家の関心を惹いてきた。こうした批評はジェンダーとセクシュアリティに関する新しい知見を取りこもうとしている。ただし、ルーシーにとどめを刺す第十六章の「アーサーは杭とハンマーを手に持った」で始まる場面を詳細に分析することが、そのまま批評におけるセカンドレイプとなる危うさを秘めていることは指摘しておきたい。

ここで注目したいのは、輸血をした男たちが、性的欲望のレヴェルで横並びになるだけではなく、ルーシーという一つの身体に対して異なる利害や関心をもつ点である。そもそも、「ルール・ブリタニア(ブリタニアよ、支配せよ)」の歌にあるように、国を「彼女」という代名詞で呼ぶ文化圏では、国土の奪い合いは、女性の身体の奪い合いと重なる。はるばる森を越えてトランシルヴァニアからやってきた伯爵とルーシーの身体を奪い合う男たちが、植民地や本土の覇権を握ろうとする三ヵ国の代表とみなすなら、友好だけでなくライバル関係も気になってくる。オランダ、イギリス、アメリカが共通の利害をもっているわけではない。そうした三ヵ国の敵対や利害関係を、彼らが代理して表現しているのかもしれない。

一六七二年から四年にかけての第三次英蘭戦争でのイギリスの勝利によって、アメリカにおけるオランダの覇権は退いた。ニューヨークがかつてニューアムステルダムだったように、黒人地区として知られるハーレムの名もオランダのハールレム（ニンニクの花を取り寄せたところだ）に由来する。地名のブルックリンもブロンクスもウォールストリートももとはオランダ語の表現だった。手塚治虫の『ドン・ドラキュラ』で、ドン・ドラキュラの好敵手が、リップ・ヴァン・ヘルシング教授となっているのは、オランダ移民の民話「リップ・ヴァン・ウィンクル」をワシントン・アーヴィングが独立戦争をからめて再話したものに基づいている。この話は日本では森鷗外訳の「新浦島（新世界の浦島）」としても知られる。アメリカ独立後にオランダ系住民は、イギリスからの抑圧がなくなったので、「ペンシルヴァニア（ペンの森）」州などで力をもつようになり、「ペンシルヴァニア・ダッチ」と呼ばれる。

ルーシーをめぐる男たちは、スペイン衰退後の世界での覇権を握ろうとするオランダ、イギリス、アメリカの動きを反映するようでもある。確かに婚約者としてのゴダルミング卿は勝者だろうが、他の者たちも輸血によって利権を声高に宣言している。たとえば、クィンシー・モリスに関して、シュワード博士は「このような男を生み出し続けることが可能ならば、アメリカは、必ずや世界の列強になることであろう」（第十三章）と述べている。そして、最後にルーシーにアメリカの血が入ったことで多少の延命ができたわけだ。それでもルーシーは死に、そしてミナまでが穢されたことで、男たちは反撃を考えるようになる。

ヴァン・ヘルシング教授が強調する「連合する力」を利用することで、「大西洋をまたいだ」(transatlantic)三国であるオランダ、イギリス、アメリカの連合が、東からやってくる勢力（そこにはドイツから東欧さらにスラブまでの影がある)を阻止することになる。自分たちを十字軍に擬して「彼らのように、我々も日の昇る土地へと旅立つのです」と叫ぶのも当然である(第二十四章)。だとすると、黒海からトランシルヴァニアがドラキュラ戦争の攻防線の舞台となるのも、中央アジアのアフガンの覇権をめぐってロシアの南下を防ぐ「グレート・ゲーム」とつながっている。ロシアを警戒するイギリスの意識がここにあり、ロシア船のデメテル号で伯爵がやってくるのも、どこか象徴的に読めてくるのだ(ロシア嫌悪との関係については、ジミー・ケイン『ブラム・ストーカーとロシア嫌悪』を参照)。

2　帝国よりも大きくゆるやかに

【流行病とドラキュラ】

ルーシーが息を引き取るのを見届けて「ついにルーシーに心の平穏が訪れましたね」というシュワード博士に、「これは始まりにすぎないのだよ!」とヴァン・ヘルシング教授が叫ぶ(第十二章)。そして危惧通りに、ルーシーはハムステッドの墓の周辺に出没する「きれいなおねえちゃん」となって、子供たちを誘惑して襲うのである。

死体からでも、いや死体だからこそドラキュラ化は拡散するので、多くの批評がドラキュラの侵略を「病のメタファー」ととらえてきた。ドラキュラが動物に変身したり、「霧」を操ったりできるのが、伝染病の可能性をしめしている。多くの伝染病は虫や動物を媒介にすることが多かったからだ。伝染病としてのペストやコレラに関しては、住居や下水道の環境のような外的な要因のせいで罹患するとみなす「瘴気」説が有力で、パストゥール以降の細菌説はまだまだ新しいものだった(丹治『ドラキュラの世紀末』)。

ヴァン・ヘルシング教授とシュワード博士がもちこむ医学的な知は、事務弁護士であるジョナサンとミナがしめす法律的な側面に別の解釈を与える。たとえ合法的な移住であっても、そこに病原菌を伴なうのならば、公衆衛生の予防的な法律の対象となる。ルーシーそしてミナという被害者が「感染者」となって新しく次の被害者を増やすのではないかという不安から、患者と非患者を分け、隔離や予防措置をとることになっていくのだ。

中世からヨーロッパを襲ったペストは、「黒死病」と呼ばれていた。イギリスでも十六から十七世紀にかけて流行し、とりわけロンドンのような都市部で被害が拡大し、公衆劇場のような場所から感染が拡大するので、劇場閉鎖が起きたりして、シェイクスピアの劇団も被害を受けた。ペストはネズミに寄生するノミを媒介することで、一六六五年に大流行があった。それが一六六六年のロンドン大火によって木造住宅といっしょにネズミも焼け死んだせいか、それ以後大きな流行はなくなった(見市雅俊『ロンドン＝炎が生んだ世界都市』)。だが、伯爵が最初の根城としたカーファックスのお屋敷には、大量のネズミがいて、侵入したヴァン・ヘルシング教授たちを驚かせる(第十九章)。まだネズミとそれから連想されるペストへの恐怖が残っていた。

それに対して、十九世紀に新しい流行病となったコレラは、インドから入ってきた病気である。バーネットの『秘密の花園』(一九一一)で、ヒロインのメアリーがインドでいきなり孤児となったように、もとは「風土病」という扱いだった。引き取られたヨークシャーの親戚の館で、彼女はインド生まれの「現地人」として、使用人からも差別的なまなざしを向けられる。一種の病原菌として扱われたメアリーが、クル病という病にかかっていると思いこんだコリンという男の子といっしょに、彼の母親が残した秘密の花園をエデンの園に変えていく物語である。ここには伝染病のない世界としてイギリスが描かれている。だが、実際にはコレラは何度もイギリス本土やアイルランドを襲ったのだ。

コレラがロンドンで一八三一年に流行した理由を、疫学の創始者であるジョン・スノウは、論理的に突き止めて、ひとつの井戸から伝染したことを明らかにする。つまり、水道の源泉である汚染された井戸からあちこちに伝播したとわかったのだ（ヴィンテン＝ジョハンセン他『コレラ、クロロホルム、医療の科学―ジョン・スノウの生涯』）。ジョン・スノウが確立した疫学によって、水がもつ目に見えない質の違い、つまり細菌が中にいるかどうかが問題視されるようになった。伯爵がテムズ川をかんたんに渡れないのも、地区によって異なる質の水が流れていて、それは水道供給会社が違うせいだ、といえるのかもしれない。やはり伯爵は病原菌に汚染された水の方を好むのだろう。

ストーカーの母親はアイルランドのスライゴーで翌一八三二年に発生したコレラの流行体験を手紙で息子に伝えている。路上で遭った近所のホームズという十人ほどの大家族と「午後の九時に元気に別れたのに、翌朝の九時には、ホームズさんとその母親、二人の息子、娘一人に小さな孫まで、みんな亡くなって埋葬された」と報告している（ペンギン・クラシックス版付録）。空気感染だと信じられていたので、大気が穢れているとして、タールを燃やして清めたという記述も出てくるが、コレラの脅威は恐ろしいものだった。これが『ドラキュラ』の背後にあると推測されても不思議ではない。

そして、こうした流行病は、第一次世界大戦を襲った「スペイン風邪＝新型インフルエンザ」という新しい病気によって、地方病から流行病（エピデミック）さらに世界規模の流行（パンデミック）へと姿を変える。インフルエンザは、水ではなくて空気感染するからだ。そして、戦争のような大量の人間移動が流行の原因となり、ヨーロッパの戦場に行った兵士たちがアメリカにもち帰ってきて、一九一八年の流行となる。作家メアリー・マッカーシーは、移動する列車のなかで次々と病気が広がって人々が倒れ、最終的に両親を失った体験を語っているが、こうした流行病の体験や記憶が、ストーカーの場合のように、多くのホラー小説の出発点となってきた（ジャック・モーガン『ホラーの生物学』）。

しかも、ペストやコレラといった流行病は、社会的に排除したい相手を特定する手法として使われる。ヴァン・ヘルシング教授の使う「消毒」が、医学だけでなく、宗教にとっても鍵語であり、社会的な意味をもつのだ。たとえば、「ユダヤ人―チフス―シラミ」というのが、ナチスドイツの標語だった。そこにあるのは腸チフス菌の媒体者であるシラミを駆除するように、ユダヤ人をガス室などで駆除するという発想である。チフスを蔓延させない論理と同じ論理で「民族浄化」をおこなうのだ。病気を駆逐する、という大義名分の前に、さまざまな道義心が消えてしまう。腸チフス菌に共感や同情をして駆除をやめる者はいないからだ。そこで、ユダヤ人を同じように病原菌ととらえることで、中世のペスト流行以来、「流行病の駆除」と「民族浄化」が連動して、とりわけ東ヨーロッパからスラブにかけておこなわれてきた（ヴァインドリング『東ヨーロッパにおける流行病とジェノサイド、一八九〇年から一九四五年まで』）。こうした排除の思想は、さまざまな流言飛語によって、まさに伝染病のように広がっていくのである。

ストーカーは「見えない巨人」という子供向けの短編を、『日没の下で』（一八八一）という短編集のなかに入れているが、これが母親から聞いたコレラの恐怖を最初に適用した例とされる。人々が信じなかった「巨人」がいきなり襲ってくる話だが、巨人がコレラのメタファーとなる。伯爵がトランシルヴァニアという東方からやってくるのも、そうした病の出発点となる恐怖の場所として「オリエント」が考えられているからだ。

【身体接触による病】

大量死を招くペストやコレラは、確かにイギリスを襲う潜在的な不安や恐怖となりえる。けれども、大量の突然死を招くタイプの流行病は、ドラキュラ伯爵の単身の侵略とはどこかそぐわない。伯爵の悪臭を吸ったくらいで、空気感染はしないし、伯爵が日中ロンドン市内を歩き回っても、それで人がバタバタと倒れもしない。伯爵の悪臭は加齢臭や死臭のせいかもしれないが、やはり相手の首筋を噛むという具体的な身体接触によってドラキュラ化は進むのである。

その意味で、性病である「梅毒」とのつながりを指摘したのは、ストーカーと血縁関係をもつダニエル・ファーソンによる伝記だった(『ドラキュラを書いた男』)。オスカー・ワイルドの元恋人を妻にしたストーカーだが、夫婦関係は冷たくて、そのために娼婦と性的関係をもって梅毒になったと推察する。ルーシーたち女性への嫌悪は、妻への反感からだというわけだ。『ドラキュラ』という作品がもつ「性的な清潔志向」(谷内田)と呼べる背後に、私的な体験があっても不思議ではないが、それだけを描こうとした作品とは到底思えない。他の病のメタファーも含んでいるからだ。

梅毒は個人的な身体接触によって広がる病だが、吸血行為との関係でいえば、蚊によるマラリアやデング熱やジカ熱といった伝染病が考えられる。とりわけマラリアは現在でも二億人近い患者がいると推定される病で、アフリカを中心に熱帯地方に被害が広がっている。マラリアは、世界に植民地を広げようとするヨーロッパの宗主国にとって、克服すべき病の一つだった。そのためには十九世紀には南米産のキニの皮から作ったキニーネが必要不可欠だった。この薬のおかげで、ヨーロッパの列強は熱帯を植民地支配の対象とできたのだ。

のちの二十世紀には、オランダが植民地のインドネシアのジャワ島で、原料のキニの巨大なプランテーションを作って供給するまでになった。どれだけ有効にマラリア対策ができるかが、戦場や植民地の拡大とつながっていた。日本でモルヒネやキニーネの開発に取り組んだ企業に星製薬がある。SF作家の星新一の父親が経営していた製薬会社で、顛末は『人民は弱し、官吏は強し』(一九六七)に詳細に述べられている。

ルーシーに襲われた子供たちのようすを、北部病院に勤めるヴィンセントという医師にヴァン・ヘルシング教授たちは確認をする。彼もまたヴァン・ヘルシング教授の教え子で、子供たちの首筋についた傷がコウモリによるものだとして、ロンドン北部の高台に棲息するようになった「南国産の有害で危険な種類がいるかもしれませんね。船乗りかなにかイギリスに持ちこんだやつが、逃げ出したりしてね」(第十五章)と述べる。イギリスが外に開かれているからこそ、病原菌をもった小動物や虫が「熱帯」から入ってくることもありえるのだ。

そして、ルーシーの歯は「以前よりずっと鋭くなって」しまう(第十五章)。吸血鬼化すると犬歯が伸びて凶暴になるのだが、伯爵はテムズ河などの水を自分ではかんたんに渡ることができなくなる。

ここには恐水病ともされる「狂犬病」が重ねられているのかもしれない。ドラキュラ伯爵はロシア船から逃げ出したときに犬に変身した。狂犬病は犬に噛まれることによって発症するのだから、まさに噛むという意味で相応しいように思える。そして噛まれたルーシーは感染者となる。

さらに、ミナはヴァン・ヘルシング教授に聖餅を押されると額に傷が生じたことで、「穢れている！　穢れてしまっている！」(第二十二章)と叫ぶ。これは聖書以来のいわゆる「ライ病＝ハンセン病」の患者として彼女が自己認識をする場面である。古代の決まりとして、自分が病であると名乗らなければならなかった。ハンセンによってライ菌が確認されたのは一八七三年なので、この病が細菌によって伝染するという発想は新しいものだった。映画化もされて有名なアメリカのルー・ウォレスの『ベン・ハー』(一八八〇)は、キリスト教に改宗するユダヤの王族の息子を主人公にしていた。ようやく探し当てた母親と妹は「ライ病」となっていて、それがイエスの力によって癒えることで信仰を獲得するという奇跡物語でもあった。ハンセン病が遺伝や呪いではなく、治療法のある伝染病だと分かり始めていた時期だからこそ、ミナの症状は伯爵から吸血鬼になる病原菌が感染した結果とも理解されうるのだ。

どうやら複数の病のイメージが「ドラキュラ伯爵」の背後にある。ペストやコレラだけではなく、蚊や犬に「噛まれる」ことで広がるタイプ、人間どうしの身体の接触によるタイプなどの病が重ねられている。しかも病が、ペストやコレラやチフスのように人種差別とつながり、ときには階級やジェンダーの差異を強調することになる。そして、公衆衛生の観念が発達したことで、ますます隔離や分離が進むのだ。しかも、衛生状態を管理するためには継続的な観察やデータが必要となる。

ジョナサン、ルーシー、ミナといったドラキュラの毒牙にかかった人間の身体的な変化の描写こそが、それぞれの「症例観察」であり、「症例研究」となっているのだ。彼らが部屋に閉じ込められるのは偶然ではない。セワード博士の精神病院のように、医学的な知の対象として、毎日克明に記録され、変化の様子が追跡されている。それは人間を矯正する「牢獄」と治療する「病院」とが相同性をもつせいなのだ。

【ドラキュラの成熟と退化】

病気は、流行病のように外から感染して広がるタイプだけではない。もしも遺伝的なタイプ、先祖から獲得したものが原因であったのなら、話は別となる。ミナは伯爵のことを「伯爵は犯罪者なので利己的です。その知性は低く、その行動は利己性に基づいています」と決めつける(第二十五章)。そして、「ノルダウ」や「ロンブローゾ」といった退化論者や犯罪学者の名前を出し、「困惑すると習慣に手段を求めて」過去を繰り返すというのだ。つまり、オスマン帝国への侵略に失敗したときに、トランシルヴァニアに逃げ帰ったように、大英帝国への侵略に失敗したので故国へと逃げ帰ったというのだ。まるでプロファイリングそのものだが、これだと生まれつき伯爵は吸血鬼だったようにもとれる。

歴史上のヴラドの敗北に関するミナのような説明に対して、いかにしてドラキュラ伯爵となったのかを描いた映画や小説が作られてきた。たとえば『ドラキュラZERO』(二〇一四)では、ワラキアの国を守る力を手に入れるために魔物と契約をした英雄としてヴラド・ドラキュラが描かれている。『ドラキュラ』のなかでは、「悪魔と取り引きをした」とだけあり、目的は利己的なものと考えられていた（第十八章）。それに対して、この映画は歴史修正主義の一種であり、オスマン帝国との関係で吸血鬼は形成されたという立場をとっていた。しかも救済した英雄を化け物だとして周りが迫害するようになる。救国の英雄としてのヴラドの姿が映画の前面に出ていた。

だが、『ドラキュラ』のなかでの説明では、ヴラドが私たちの知るドラキュラへと変化したのは、時間の経過によってだった。ヴァン・ヘルシング教授自身は、「ドラキュラ伯爵」は唯一無二の存在だと説明していた。「奴がおこなったことを仮に別の不死者がやろうと試みたにせよ、これまでの数世紀、あるいはこれからの数世紀かけても同じことはできないであろう」（第二十四章）。つまり、ルーシーのような不死者が新しく誕生しても、それはドラキュラ伯爵とはならない。教授によると、伯爵は長年の間に少しずつ変化をしてきたのである。そして、火山などトランシルヴァニアの風土がもつ「魔術的で、深く、強い自然の諸力すべてが摩訶不思議に作用した」結果、「ドラキュラ伯爵」が誕生したとみなしている。

たとえ犯罪者気質をもっていたとしても、進化論のように世代交代によって変化するのではなくて、ひとつの個体が長年かけてじっくりと変化したものである。イギリス移住を長年かけて計画したような辛抱強さは「子供の脳」から生じたというのが教授の結論だったが、同時に、伯爵がいろいろな「実験」をし成長することを、ヴァン・ヘルシング教授は指摘する（第二十三章）。つまり、ジョナサンをイギリス人のサンプルとして呼びよせて、閉じ込めながら人間観察をし、一種の実験をしていたのだ。イギリスの現地を踏査する前に、サンプルを取り寄せて、行動を制限したりして反応をみたのである。ドラキュラ城内に伯爵以外にトランシルヴァニアの人間がいないことからも、ここがまさに実験室となっている。ここで実験しているのは、人間の行動である(生物学から生態学へと興味が移行しているのだ)。そして、ジョナサンにアリバイ工作の手紙を書かせて、ずっと閉じ込めようとするのである。

このようにして伯爵は、世代による進化ではなく、ひとつの個体のなかで変化する「変成(transmutation)」を遂げたといえる。「変成」とは本来錬金術の言葉で、非金属が貴金属になることだが、性質が変じたものとすれば、ヴラド・ツェペシュとドラキュラ伯爵とが連続性をもっていても不思議ではない。ジョナサンが見たコウモリになって壁を這う姿は、伯爵が人間ではなくて動物へと行動が退化した姿をしめす。それは蛇のような「地を這う者」で、退化のしるしとなる。ウェルズの『モロー博士の島』でも、モロー博士が作り出したいちばん邪悪な動物は「地を這う者」だった。コウモリなどに「変身」するのとは違った位相で、伯爵が「変成」したことが吸血鬼としての力となっている。だが、それは「退化」といえるのだ。

【退化する世界】

ただし、伯爵が一方的に愛を寄せる相手である世紀末のイギリスも、おなじように退化しているのが大きな課題だった。

伯爵を吸血鬼と見破る知力と、墓に横たわる吸血女たちの首を斬り落とせるほどの体力にも恵まれているヴァン・ヘルシング教授だが、連続殺人を担当するミステリーの名探偵たちと同じく、最初のルーシーの殺人を防ぐことはできなかった(もっとも、それ以前に船員を含めたくさん殺されているのだが)。結局はその時点で犯人を捕まえることも無理だった。目星がついても、木箱がどこにあるのかを探りあてるのに必死の状態だった。そして、第二のミナの事件が起きてしまう。まさに連続殺人事件もののパターンである。

こうした『ドラキュラ』と、十年前の一八八八年の連続殺人鬼「切り裂きジャック」事件との関連を想起するのは難しくない。この事件は、挑戦状まで新聞社に送られてきたが、結局迷宮入りした。犯人の候補はたくさんあがったが、特定できなかった。確定している五人の被害女性は「娼婦」で、背後から襲われ首を斬られている。内臓を取り出され、身体を切断されている。月の初めか終わりの週末の明け方に犯行がおこなわれ、性的暴行の跡はなかったという共通点をもつのだ（カプティ『性犯罪の時代』）。

ところが、切り裂きジャックが身体を損傷するのは、伯爵よりむしろヴァン・ヘルシング教授たちによる吸血鬼への処置と似ている。彼らはルーシーの首を、さらには女吸血鬼たちの首を切断した。メスなどに扱いなれて、流血にも動じない外科医だからこそ平然とおこなえたわけだ。カーファックスの屋敷に侵入するときに、合いカギをシュワード博士が使うが、「ここで外科医としての手先の器用さが役に立った」とジョナサンは書き記す（第十九章）。現代医学の出発点の一人となった解剖医ジョン・ハンターが、墓から死体を盗んでまで解剖実験をおこなったのも想起される。切り裂きジャックの犯人の候補にユダヤ人の医師があげられることもあった。それこそが、反ユダヤ主義的な言説と結びつくのだ。

切り裂きジャックに殺害されたのは「娼婦」たちだった。当時夜中に出歩き、散歩中でない女性は、客引きのために立ち止まっている「娼婦」とみなされていた。だから良家の子女であるルーシーが、

「夢遊病の女」であるということは、社会的にもとても危険な状態なのだ。八月十一日の深夜に、ミナが気づくと、ルーシーがベッドを抜け出し、身体の線も露わな夜着だけの「あんな恰好のままで」外に出かけたのだ（第八章）。人目がなかったので、スキャンダルとならずに済んだ。もちろん、このときにルーシーは伯爵に呼ばれて、首筋から血を吸われていたのだ。このあたりは「切り裂きジャック」の被害者と重なるところがある。

ただし、「切り裂きジャック事件」との違いは、ルーシーが被害者にとどまらず、葬られた後に加害者となる点である。棺から出て墓地を歩き回っていた不死者のルーシーが、ゴダルミング卿を見つけると、「おいで、アーサー。そんな人たちなんか、ほっておいて、私のところへおいで」と誘惑する（第十六章）。その姿に、ゴダルミング卿はルーシーの死体を損傷することを認めるのだ。ルーシーのなかからあふれてくる男性を誘惑する性的なアナーキーな感覚を、保守的な男たちが連合して退治し封印した。「こらしめ」と称して女性を殺害し、スコットランドヤードやロンドン市警察と競った切り裂きジャックのやり方と似ている。

ところが、防御する側も、しだいに血に飢えた原始的な儀式の担い手となっていく。殺人鬼や兵士が一度目を乗り越えると、あとは続けて殺せるのにも似ている。ヴァン・ヘルシング教授たちも、だんだん手際がよくなっていくのだ。「先祖返り」や「退化」への不安は、伯爵に対して「目には目を」の対抗策をとるうちに、自分たちが「退化」してしまう点にある。教授を中心とした多国籍軍メンバーがおこなうのは、薬物や手術による医学的な処置などではなくて、原始的な儀式である首の切断と心臓への杭打ちである。死体そのものを火葬にすれば決着が早いはずだが、採用されないのは、もはや流行病の時代ではないからだ。『フランケンシュタイン』(一八一八)で最後に怪物が自らを火葬しようと述べるのとは対照的である。

もちろん、首の切断は処刑の方法として広く存在する。首切り役人とは昔から他人に恐れられるとともに、同時に忌み嫌われる存在だった。それを合理化したのがギロチン(断頭台)だった。ルイス・キャロルの『不思議の国のアリス』(一八六五)で「首をはねておしまい」と叫ぶのが、赤い「ハートの女王」であるように、権力と生殺権との結びつきははっきりとしている。ストーカーの頭のなかでは、かつて恋のライバルだったオスカー・ワイルドによる『サロメ』(一八九三)に出てくるサロメが、預言者ヨカナーンの首を求めた暗い欲望とつながるのかもしれない。

ルーシーの首を切断し、心臓に杭を打つ行為は、血の供犠であるとともに、ルーシーの身体をイギリスの地に固定し移動させないための方法だった。伯爵の命令があれば、彼女は自分が葬られた場所にそのまま留まっていることはできないのだ。あとでミナも「伯爵が望めば、私は行かなくてはなりません」と答える(第二十四章)。だが、ルーシーの首を切断すると、夢遊病のように歩き回らずに、ハムステッドの墓で眠りつづけることができる。しかも、「汝塵なれば塵に還れ」とばかりに、「体全体が崩れ落ちて塵になり、私たちの視野から消え去った」(第二十七章)ドラキュラ伯爵も、イギリスという他国ではなく、故国トランシルヴァニアで亡くなる運命が与えられているのだ。

オランダのアムステルダム大学の書庫から、中世伝来の迷信のような話をたっぷりともち帰ったヴァン・ヘルシング教授の説明によって、シュワード博士のように最初は輸血のような医学的な方法で治療できると思えた病気が、土俗的で「屠殺者」のような血の儀式によってしか解決できない呪いとなる。『ドラキュラ』という物語は、新しい科学の知やテクノロジーに囲まれていたはずのヴィクトリア朝の人間たちが、「先祖返り」をして、自らの手を汚して、ナイフや杭といった手で扱う道具を使って殺害にふける様子を描いているのだ。

これは男たちが身体性を回復しているといえるかもしれない。確かに輸血で体力を一時喪失しながらも、彼らは後半復活して、ドラキュラ退治に向かう。伯爵殺しに直接携わるのも、ゴダルミング卿やクィンシー・モリスのような狩猟を楽しむスポーツマン、ヴァン・ヘルシング教授やシュワード博士のような外科医とそれなりに考えられて選択されているのだ。例外に思えるジョナサンも、デヴォン州の海の男の子孫らしく後半はずっと行動的になり、ククリ・ナイフを磨いて、夫婦を蹂躙した憎らしい伯爵の首をためらうことなく切断できるのである。「ドラキュラ戦争」のなかで、彼らは文明社会のなかで忘れていた「弱肉強食」や「生存闘争」する自分たちの先祖へと退化していったのである。それは戦争を十分に担える男らしさであり、大英帝国を守る兵士や友軍としての自覚の回復でもあるのだ。

3　ルーシーとミナの結びつき

【美しいままの死体】

攻撃目標を見つけ、団結したことで、しだいに軍事的になっていく男たちのかたわらで、伯爵の犠牲となったルーシーとミナは痩せ衰えていく。ルーシーに対しては「輸血」という措置が取られた。

これは「栄養補給」といえる。それに対して、伯爵たち吸血鬼にとって、血は口から取りいれる一種の食べ物であり、それによって若返りもする。その点で身体を養う血の働きは人間も吸血鬼も共通する。ただし、伯爵はデメテル号の船員たちを襲ったはずだが、どうやら栄養補給のあとは死体を海に葬ったらしく、ドラキュラ化しないまま消えたので、物語上犠牲者に数えられてはいない。その意味で、流行病による大量死のイメージにふさわしいのは、デメテル号の上までのことだった。

それにしても、『ドラキュラ』という小説は、だんだん食事の記述がそっけなくなる。最初は、ジョナサンがパプリカ料理などを詳しく記述していたのに、輸血の際には食事は精力を回復するためのものとして扱われる。「すばらしい朝食」とか「たっぷりとした朝食」といった表現にとどまる。ついには、兵隊の食事のように機械的に義務的に食べる描写になっていく。「三十分後には書斎に集まって、食事をすることになっている。何か食べないと最善の行動は取れないとヴァン・ヘルシング教授とシュワード博士がともに主張しているからだ」(第二十二章)というのは、ジョナサンの記録である。「ぜひとも体力をつけなくてはならないので、私一人で食事を取った」というのはヴァン・ヘルシング教授で、これは最後の決戦に備えての台詞である(第二十七章)。どちらも、まるで兵糧(レーション)を口にする感じである。それは戦うためのエネルギー補給であり、「ドラキュラ戦争」のなかで、人々がしだいに食べることに快楽を覚えなくなる。食事が戦いのための栄養補給であり、義務的な行為にすぎないのなら、調理や盛り付けの工夫や、食事のときに交わされる会話やBGMの音楽や食器の見事さという周辺の文化は消えてしまう。食事がカロリーや栄養素で測定されるだけの「餌」となってしまうならば、栄養を摂取するという意味で吸血鬼や動物と同じ次元になっている。それは退化であり、文化を失っていくことにもつながる。

もちろん、ルーシーやミナの食欲がなくなるのは、吸血鬼化していくせいである。しだいに人間の食べるものを受けつけなくなるのだ。それはやつれて病気になるというだけではない。ルーシーは、不死者となってからは、子供たちの血を求めてさまよい歩く。ミナも「空腹ではない」と口にするだけとなり、「食べようとするだけで胸が悪くなる」状態となってしまう(第二十七章)。我慢して食べることもできなくなり、やつれて痩せていくわけだが、ルーシーのように血を求めるまでにならないのは、まだ死んでいないのと、伯爵から続けて血を吸われてはいないので血が不足してはいないせいだ。それでもゆっくりと毒に犯されたように全身が麻痺して、ほとんど寝ている状態となってしまう。では彼女たちが、伯爵に襲われて醜くなったのかといえば、そうともいえない。とりわけ、ルーシーは異なる。彼女は自身がニンニクにまみれた自分を「乙女にふさわしく、花飾りで飾られ、花をなげかけられ」て眠ると日記に書き、『ハムレット』のオフィーリアになぞらえる(第十一章)。すぐにも、有名なジョン・エヴァレット・ミレーの絵画《オフィーリア》(一八五二)が連想されそうだが、これは五幕一場の埋葬の場面の言葉である。だからこの眠りは死の眠りとつながるのだ。

オフィーリアの水死は、狂乱による事故なのか、それとも自殺なのか不明な「不自然」な死亡だったので、自殺者と同じ扱いとなり、きちんとした葬儀もされずに、正式な墓地に埋葬されなかった。兄のレアティーズが処置に怒り、そこにハムレットが登場して、彼女をどちらが愛していたのかの言い争いとなり、最後の決闘につながっていく。伯爵がホイットビーにたどりついて、最初に隠れ場所としたのも「自殺者」の墓だった(こうした不自然な死者が不死者となることに関しては拙著『フランケンシュタイン・コンプレックス』を参照のこと)。

じつはルーシーも自分でオフィーリアになぞらえた予告通りに、血を吸われた「不自然」な死に方をした。それが疑問視されなかったのは、「適切かつ賢明に対処しないと、死因審問がおこなわれる」というので、死亡証明書をシュワード博士が作成したからである(第十二章)。探偵役になるはずの者があれこれと法律や医学に関して工作をおこなっているのが、『ドラキュラ』というテクストの特徴でもある。角川版の訳者田内志文の解釈に従うなら、医師たちが医療ミスともいえる「輸血によるショック死」を隠蔽した、という穿った見方もできる。なるほど、最後のクィンシー・モリスとの血液型の相性が悪かっただけなのかもしれない。だが、ポイントは「不自然な死」の隠ぺいにある。そうしないと身分にふさわしい立派な墓地に埋葬できないのだ。

皮肉にも、母親はルーシーを守れずに亡くなってしまった。それどころか、母親によって、ルーシーの危機的な状況が作り出された。母親は娘への愛情から、ニンニクを室内から取り除き窓を開け放って、結果として伯爵を招き入れたのだ。また、伯爵がオオカミとなって、窓ガラスを割って侵入してきたときに、母親は喉を噛まれて亡くなってしまうのだが、その際に、ルーシーのニンニクの首輪を引きちぎってしまう。ルーシーの首にかけてあった十字架も、メイドの一人が盗んだことで、結局役目を果たさなかった。ヴァン・ヘルシング教授が仕掛けたいくつもの防御策が、すべて無効となってしまった。

その後ルーシーが亡くなったときに、葬儀屋は「ほんとうに美しいご遺体におなりになります」(第十三章)という。伯爵に噛まれた傷跡も消えてしまったのだが、ヴァン・ヘルシング教授はそれを凶兆とみなすのだ。ルーシーは美しく飾られて鉛のなかに封印されて、そのまま棺に納められた。そのなかで腐敗して、白骨化して、塵に帰っていくはずだった。ところが、ヴァン・ヘルシング教授とシュワード博士が、墓荒らしのように棺を開けると最初は空だった。そして次に見るとそこに横たわっているのは死んだはずなのに腐敗しないで生前の姿を保ったルーシーだった。それどころか葬儀のときよりも「眩いばかりに美しくなっていた」のだ（第十五章）。

重要なのは、ルーシーが血を吸うことは、彼女の若さや美を保つことと直結する。それはハンガリーにドラキュラ以外に残るもう一つの吸血鬼伝説とつながる。十七世紀のエリザベート・バートリ（バートリ・エリジャベート）通称「血の伯爵夫人」である。本人の記録では六百人以上の虐殺をおこなった。被害者は召使などですべて私的な動機とされ、黒魔術や、自分の美や若さを保つための供犠としての血の儀式がおこなわれたとされるのだ。そして、ルーシーの吸血鬼化が、ヴァン・ヘルシング教授たちによる身体切断によって阻止されてしまったので、伯爵が選んだ次の獲物が、やはりホイットビーで見つけたミナとなる。

【シスターフッドと血の共同体】

相手に秘密を打ち明ける手紙のやり取りをし、ホイットビーにいっしょに滞在するルーシーとミナだが、伯爵の犠牲者となっただけでなく、二人の間に親密な「シスターフッド」（女の友愛）を読みとるのはさほど難しくない。二人の違いは、ルーシーのように親の遺産で不自由なく暮らせるのと、助教師をして暮らしを立てなくてはならないミナとの階級差だけではない。貴族と婚約したルーシーと親がかりを望めないミナとでは抱える不安や将来の生活設計にも違いがある。

いずれにせよルーシーとミナは仲が良く、こうした「シスターフッド」は同性愛つまりレズビアニズムともつながる。ストーカーが『ドラキュラ』執筆のお手本としたのは、アイルランド人作家レ・ファニエによる吸血鬼小説『カーミラ』（一八七二）だった。カーミラという女吸血鬼は、女性だけを襲うレズビアンだった。しかも、エリザベート・バートリも連想させる。エリザベートは両性愛的で、夫の死後、残虐行為に傾斜したことで知られる。

ルーシーとミナのシスターフッドを完成させたのは伯爵だった。伯爵が「餌」や「栄養」ではない「血」を求めるときに、対象がルーシーとミナだったのは、女性であり、なおかつ美しかったからである。これが伯爵をはじめその後の吸血鬼ものの特徴となる。吸血鬼のイメージが、「美形」で「高貴」で「世紀末的な退廃」を抱えたものとなったのも、ポリドリが「吸血鬼」のモデルにバイロンを使って以来の伝統である。『ドラキュラ』においても、市民社会のなかでしだいに意味を失い形骸化していくしかない階級に属する伯爵だからこそ、それだけ意味をもつのだ。そして、彼を中心に「血の共同体」が生まれる。それは女性たちのつながりを重視したものだった。

じつは、シェイクスピア作品には、シスターフッドがあふれている。すでに参照した『ヴェニスの商人』でも、ポーシャと侍女のネリッサは身分が違いながらも、一緒に行動し、二人ともいっしょに男装する。また、ストーカーの友人のバートンが翻訳した『千夜一夜物語』は、ジョナサンが伯爵の長い夜話しを聞く関係の例えに使ったほどだ。王の犠牲とならないために、シェラザードは、物語を続けるのだが、傍らにドゥニャザードという妹がいたことを忘れるべきではないかもしれない。もっとも、彼女たちは本当の姉妹なのだが。

『ドラキュラ』のルーシーとミナの関係からは、シェイクスピアの『夏の夜の夢』で一緒に育ったハーミアとヘレナが連想される。ギリシャのアテネを舞台にしたファンタジー劇だが、第1章で述べたようにインドとのつながりも深い。地図でもわかるが、オスマン帝国の南はギリシャだった。この劇では、ハーミアとヘレナの二人が学友だったことが強調されるし、ルーシーの美しさにミナが一歩引いた態度をとるのも、ハーミアへのコンプレックスをもつヘレナとつながりそうだ。しかも、ギリシャのアテネを舞台にして、それぞれの恋人と正しく結ばれるために、彼らは魔物が棲むとされる夜の森へと出かける。惚れ薬による錯誤があって、複雑な四角関係を生み出す劇である（拙著『本当はエロいシェイクスピア』を参照のこと）。

夜の森のなかには、性的にアナーキーな体験が待っている。四角関係ともいえる恋人たちのドタバタの傍らには、妖精の女王とロバの頭をした職人ボトムとが結ばれるという「獣姦」と「不倫」を混ぜた表現が登場する。しかも仕掛け人は夫である妖精の王なのだ。それはどこかジョナサンの傍らで、伯爵がミナの血をむさぼり、さらに自分の血を飲ませる場面とつながる。『夏の夜の夢』では、「夜の森」が「昼間の都会《アテネ》」では抑えられた性的妄想を実現する場所のように描かれている。

そして、この劇の外枠には、アマゾン族の女王ヒポリタと、ギリシャの英雄シーシアスの結婚がある。ミナはヴァン・ヘルシング教授が「母さんがどれほどりりしくも勇敢であったかを知ることだろう」（「追記」）と述べるのにふさわしく、最後は拳銃を手にして伯爵と戦おうとした。それでいて、ミナはジョナサンの従順な妻となる。『夏の夜の夢』が一年でいちばん夜が短い六月の夏至の夜に、妖精や魔物が跳梁跋扈するという伝説に基づくのは、『ドラキュラ』が「聖ジョージの日の前夜」を舞台に始まるのと共振する。『ドラキュラ』から削除された「ドラキュラの客」では、百鬼夜行する五月一日の「ワルプルギスの夜」が舞台だった。いずれにせよ、トランシルヴァニアの「森」は、こうした欲望を解放してくれる『夏の夜の夢』のアテネの森に近いのかもしれない。

伯爵の身体、しかも「血」という具体的なものが介在したことで、ルーシーとミナが間接的に結ばれる。だから、彼女たちの間には、疑似的な家族のつながりが生まれる。それは三人の女吸血鬼たちがミナを誘惑する場面でもわかる。「妹よ、おいで。私たちのところへおいで」と呼ぶのだ(第二十七章)。このようにミナがドラキュラを介して結ばれる姉妹たちは、ルーシーだけでなく、三人の女吸血鬼も含むものとなる。

きわめて逆説的だが、伯爵を介在することで、人種や言語や階級を超えた連結がありえるのだ。輸血だけでなく、吸血のほうでも、血が混交し、さらにそれに基づく共同体が生まれる可能性が描かれている。そのとき、ドラキュラ化とは、その共同体のメンバーになった印といえる。選ばれているという点で「エリート」的なのである。しかも、その基準が貴族などの身分とか、容姿が美形であるのかといった線引きがはっきりとしている。

デメテル号の船乗りや、伯爵の崇拝者であるレンフィールドは殺害されるだけで、血の共同体には入れてもらえない。もっとも、伯爵は「オリエンタリズム」の極地ともいえるオスマントルコの「後宮(ハレム)」を目指していたのだろう。それはまさに『千夜一夜物語《アラビアン・ナイト》』につながる性的な幻想でもあった。だとすると、ライバルを増やすような同性の吸血鬼の増殖に消極的だったのもうなずける。

【聖変化と安楽死】

ミナが三度目に伯爵に襲われ、しかも夫婦のベッドのなかに伯爵が入りこみ、ミナの血を吸い、さらに自分の胸を傷つけてその血を飲ませる場面がある。その血を飲まされる前に、伯爵はこうミナに言う。「今や私にとって、我が肉からの肉、我が血からの血、我が血族からの血族なのだ。しばらくの間は、潤沢なワイン絞り器の役割を果たしてもらおう」と述べる(第二十一章)。「我が肉から肉」とは、アダムが自分の肋骨から誕生したイヴに向かっていう創世記を踏まえているのだが、同時に、ワイン絞り器という言葉で、血とワインを結びつけていることに注目すべきだろう。『魔人ドラキュラ』以降の映画で、ドラキュラはときに「私はワインを飲まない」という台詞を口にする。ワイン以外の飲み物を好むという意味にも、ワインではなくて血を飲むという意味にもとれる。台詞から口にしている人物が吸血鬼だと観客だけが了解できる秘密のメッセージとなっている。

だが、赤ワインには、キリスト教の儀式との隠微な関係が含まれている。赤ワインを「キリストの血」そして、パンを「キリストの肉」とみなして信者が分け合って食べる儀式とのつながりである。カトリックだけではなく、「東方教会」や「正教会」においても共通する。他人を食らうカニバリズムと血が混じる近親相姦が社会的タブーの代表だが、ここにはカニバリズムともつながりかねない面がある。カトリックであるヴァン・ヘルシング教授が伯爵たち吸血鬼を退けるのに用いる「聖餅(ウエイファー)」はウェーハスとつながり、ふつうカトリックでは「ホスチア」と呼ばれる。

ワインやパンが「聖変化(transubstantiation)」するという考えで、やはり「トランス」という語が鍵となる。植物由来のものが、血と肉という動物のものに変化し、俗なるものが聖なるものに変化することだ。となると、ドラキュラがミナにほどこした「血を与える」という儀式が、母子の間の行為を想像させるだけでなく、このキリスト教の儀式を連想させる（悪魔が聖なるものの反転の行為をおこなうことはよくある）。もちろん、「キリストの血や肉」は比喩的なもののはずだが、「聖変化」によって等価とされる。だとすると、ミナは直接伯爵の血を飲んだことでより深い関係を結んだように見えるのだ。

ただし、プロテスタントの教えにおいて、ルターはまさにこうした考え方を拒否した。キリストの血と赤ワインとを別物とみなす「科学的な」考えである。イギリス国教会（聖公会）においては、カトリックの儀式がそのまま引き継がれている面もあり、国教会の信徒であるジョナサンは、トランシルヴァニアの老婦人が無理矢理押しつけた十字架のついたロザリオのような偶像崇拝に対して眉をひそめても、最終的に拒否はしない。だからこそ、「聖餅」を使ったカトリック信者のヴァン・ヘルシングの行為を許容できるのだ。

ドラキュラを中心とした血による共同体ができあがるのを阻止するために、ヴァン・ヘルシング教授は、身体への外科的な措置を導入した。それが首の切断や心臓への杭打ちだった。そして、ルーシーや女吸血鬼たち、さらに伯爵に対しても、それがあたかも、浄化であると同時に昇天させるための「安楽死」のように、次々と施していく。安楽死とは、生命が持続することを人為的に外部から遮断することである。最近でも教授の末裔であるオランダ医学会が提起した「安楽死」は議論のすえ、二〇〇一年に「安楽死法」となってオランダで施行された。

現代でも議論を呼ぶ安楽死は、『ドラキュラ』と深く結びついている。ルーシーへの二度目の輸血後に、やはり衰退した姿を見て、ヴァン・ヘルシング教授は「ここで手を止めて、ルーシーをやすらかな眠りにつかせてやる」ことも可能だと言い放つ（第十二章）。すでに教授とシュワード博士も血を提供したので体力を消耗していて、輸血の追加をあきらめかけていたが、そこにやってきたクインシー・モリスから輸血をしたことによって、ルーシーは安楽死させられることもなかった。だが必要に応じて安楽死という選択もありえたのだ。

後半、ミナが犠牲になったあとで、シュワード博士は、ミナの歯が鋭くなっていないのでまだ大丈夫だが、一線を超えた場合に「安楽死」を施すと考えていた。「「安楽死」というのはなんとすばらしく、救いをもたらす言葉であろうか！　誰であれ、この言葉を作り出した人物に感謝したい」（第二十五章）と述べている。これは生死の境界線を医師が判断することであり、この段階でのミナは「安楽死」されずにすんでいるにすぎない。もしも、これ以上ドラキュラ化が進めば、ルーシーの失敗を踏まえて、ミナは輸血もされずに、安楽死させられるところだった。

こうした「安楽死」が議論を呼ぶのは、「断種」など人種差別などさまざまな言説と結びついて、医療の名を借りた合法殺人となる可能性をもつせいだ。そうした展開の原型として、睡眠薬や手術刀をはじめ殺人できる道具をもった医師たちが、ミナの「ドラキュラ化」を阻止するために、患者を安楽死させる措置をえらぶこともありえた。医学博士にして法学博士でもあるヴァン・ヘルシング教授は、「ドラキュラ戦争」の身体という戦場の戦い方を指示した点で重要な人物だった。それに対して弟子であるシュワード博士を中心として戦う精神という戦場の領域もある。次の章では別の戦場でおきた戦いについて考えていこう。

第4章　精神という戦場

1　ヒステリーと睡眠不足

【ヒステリーと戦争恐怖】

ドラキュラのように外から押し寄せて侵略する敵と戦う男たちは、自分の活動だけでなく対抗策として自分の血を他人への輸血に利用したことによって、体力や精力を減退させてしまう。そうした損失はブランデーや食事を補給することで回復できるが、こうした身体の疲労だけではなく、精神が「軟弱」や「女々しさ」へと退化してしまう不安を抱えている。その具体的な表れが、男性も「ヒステリー」症状をしめすことだった。

ヒステリーの語源は「子宮」で、ヒステリーは古来女性特有の病とみなされてきた。古代には子宮の病なので女性が配偶者を得ると治療されるとか、中世には魔女と関係するものだと考えられていた（ミックレム『ヒステリーの本性』）。「心的外傷」を軸とした近代的な理解は、精神分析を確立したフロイトが、ブロイアーと『ヒステリー研究』を一八九五年に出版してからのものだ。フロイトは男女の患者のヒステリーを研究したが、ストーカーの視野にフロイトは入っていない。だが、師匠のシャルコーの名前を出し（第十四章）、ヴァン・ヘルシング教授は、フロイトたちのように「催眠術」をミナに対して使用した。

女性であるルーシーとミナがヒステリーになることに関しては、すでに指摘がいくつもある（エリザベス・ブロンフェン「ヒステリックで強迫観念的な言説：『ドラキュラ』における死への反応」など）。ここで注目したいのは男性たちのほうである。他ならないリーダー格のヴァン・ヘルシング教授が「ヒステリーの発作」をしめす（第十三章）。ルーシーの死後、シュワード博士によると、教授は「馬車に乗ってふたりだけになった瞬間、いつものヒステリーの発作に襲われ」、「女性がするように、笑いながら泣き叫び出した」。教授の説明によると、「不幸と悲しみと苦しみに溢れた世界」に笑いの大王がやってくるのだが、それは笑いの思いやりなのだ。教授は自分でも制御できない感情に突き動かされている。

こうしたヴァン・ヘルシング教授の態度は、著者のストーカーと無縁ではない。ヘンリー・アーヴィングによる詩の朗読を聞いて、感動のあまりに失神状態になってストーカーが部屋から運ばれたことがあった。その感動が、秘書として仕える理由ともなるのだが、この場合は外部要因によって発作が引き起こされた。詩の朗読という引き金によって、ストーカーの内部にあるものが爆発したのである。

ヴァン・ヘルシング教授に、「ヒステリー」を引き起こす「心的外傷」が過去にあったはずである。そして後に教授本人の口から、彼がゴダルミング卿と同じくらいの年齢の息子を失っていることが語られるので、どうやらその喪失と関係がありそうだ。フロイトたちのヒステリー研究で有名な患者である「アンナ・O」も、症状が悪化したのには、父親の死が引き金となったことが知られている。

また、スポーツマンであるゴダルミング卿も、やはりミナと二人きりになったときに、彼女の前で

「隠すこともなく泣きだした」(第十七章)。ミナは男たちに「女性の前で涙し、男らしさを傷つけることなく、愛情や悲しみといった感情を促す」ことが、女性の働きだと考える。そして、ヒステリックに泣くゴダルミング卿を隣で慰めながら、ミナは彼を「赤ん坊」のように感じて、「母性」という言葉で説明しつくそうとする。どうやら、ヴァン・ヘルシング教授にはシュワード博士、ゴダルミング卿にはミナと、それぞれ自分の感情をさらけ出す相手がいたのだ。

ジョナサンもブダペストの聖ヨゼフ聖マリア病院で、「ひどい脳炎」にやられたとみなされ、うわごとを述べるのだが、これはドラキュラ城での伯爵さらには三人の女吸血鬼による「凌辱」による傷に他ならない(第八章)。見方によっては、伯爵との出来事そのものが、悪魔や魔物が踊り騒ぐワルプルギスの夜の悪夢のようなもので、ジョナサンの妄想と片づけられた可能性もある。病院で世話をしてくれた尼僧アガサの見解はそれに近いのだが、他ならないミナが彼の記録を信頼し、自分の体験を肯定してくれたおかげで、ジョナサンはそれ以上ヒステリックにならずに済んだ。

そして、「合理的」を口癖にするシュワード博士も、ルーシーに振られたあとは、「食べることも、眠ることもできない」状態となってしまう(第五章)。彼の場合は、手近にある睡眠薬のクロラールのような薬物に頼っている。そして、もう一つの処方箋が、じつは蝋管式録音機に向かって記録を残すことだった。患者や病院の様子だけでなく、自分の体験や内面の心情を思いきり吹きこむのだ。ミナがそのようすをドア越しに聞いたときに「誰かと話しているのが聞こえた」と錯覚したほどだった(第十七章)。日記にすら「親愛な日記さん(Dear Diary)」と、告白し語りかけるスタイルで書きつける文化のなかでは、これは他人への告白でもある。

しかも、書きながら自意識が作用するミナの速記術の場合と同じく、シュワード博士の告白を聴いているのが、医師であるシュワード博士である点が重要となる。フロイトたちの「アンナ・O」も、ブロイアーが治療にあたったときには、食欲が減退したら食事を与え、クロラールを投薬したのだ。最終的には、彼女が自分の体験に関して詳細に語ることで、ヒステリーの症状を克服していった（彼女がヒステリーだったかどうかをめぐっての議論は、ミケル・ボルク＝ヤコブセン『アンナ・Oを想起する』など）。

つまり『ドラキュラ』というテクスト自体が、複数の人間にさまざまな「ドラキュラ戦争」を語らせることを通じて、社会的なヒステリーを克服しようとしている。それに対して、伯爵、クインシー・モリス、ルーシーといった死ぬ者は、自分のための記録をまったくか、ほとんど残さないのだ。ルーシーは手紙を書いても、自分の日記や手記をわずかしか残さなかった。当たり前だが、死んでしまった者は、後で自分の死の瞬間を回想し反省することができない。その死のようすは、あくまでも他人の証言に基づくしかないのだ。

それに、傷を負って生き延びてしまった側も心的問題を抱える。その後の第一次世界大戦で、戦場に出た若者がさまざまな戦争神経症に病むことが問題化する。砲弾の音や爆発による「シェルショック」として知られる症状もそのひとつだが、そうした病が戦場から帰ってきた「帰還兵」たちの日常への復帰の難しさを語っている。H・G・ウェルズの『宇宙戦争』では、火星人との戦争を体験した主人公は、元の世界に溶け込めなかった。それは『ガリヴァー旅行記』で、ガリヴァーが馬の国から戻って以来価値観が逆転してしまって、人間嫌いとなったのと同じである。強烈な「心的外傷」が、現実社会への復帰を困難にする。それは傷が「戦後」にも残ることをしめしている。

ドラキュラ退治の多国籍軍に加わった男たちの大半が、ヒステリーや精神の弱さを抱えているので、戦うためには克服すべきとみなされる。『ドラキュラ』を通してわかるのは、それには弱さを理解して受け止めてくれる相手、患者にとっての医師の役目の者が不可欠ということだ。しかも、身体の治療とは異なり、弱体化した男たちの精神を立て直す際の「正しさ」の手本が必要である。それが、外人部隊とも呼べるクィンシー・モリスだった。「これまで世界の様々な場所で我々は狩猟をし、冒険をくりかえして来たのだが、クィンシー・モリスが行動作戦を立て、ゴダルミング卿と私がこれに従うというのが暗黙の取り決めとなっていた」とシュワード博士は記す(第二十三章)。そして、クィンシー・モリスは友人であるゴダルミング卿をはげまし、ルーシーへの最後の輸血を決意し、求婚したルーシーへの復讐とミナへの信愛から伯爵と戦うのである。

クィンシー・モリスはいちばん勇敢だったからこそ、命を落としたのだ。そして、内部に葛藤をもたない新世界の住民に見えるからこそ、伯爵の心臓にボウイー・ナイフを刺す大役も果たせたし、数々の狩猟の体験が、ウィンチェスター銃の導入を思いつかせた。こうした外部の力を取りいれることで、女性とおなじようにヒステリーとなる十九世紀末の男たちは、ドラキュラ伯爵という戦う相手へと立ち向かう勇気を振り絞っていく。

【眠りと労働】

「ドラキュラ戦争」は男女を問わずヒステリー症状を抱え、社会全体が「神経衰弱」に陥っている状況をあぶりだした。そのなかでもう一つ浮かび上がってくるのが、慢性的な「睡眠不足」である。眠りをめぐる問題は、ホラーやゴシック小説において、主人公が悪夢を見るとか、無防備になっている睡眠中に襲われるというのは、物語上大きな鍵を握るのだが、『ドラキュラ』の場合でも同じである。

夜間に活動するドラキュラそのものが眠りと直結する。伯爵は昼間には棺の中で寝ているので、昼夜逆転の生活ができるのだ。ただし伯爵の眠りが果たして人間の睡眠と同じであるのかは疑問だし、棺を開けたジョナサンを「じっと睨み」さえする（第四章）。意識のない反応に過ぎないのだが、このこと自体がジョナサンを怯えさせるのだ。伯爵がルーシーやミナが寝ている部屋の窓に、コウモリに変身してパタパタと羽音を立てて近づくのは、まさに眠りを脅かす「夢魔」のように思える。ゴシック小説やホラー小説が、主人公を眠れぬほどに怯えさせることでストーリーを展開させ、しかも物語の恐怖と興味によって、今度はページをめくる読者の眠りを奪うことになる。いつの間にか夜が白々と明けたと気づくほど怖がらせつつ夢中にさせるのが『ドラキュラ』のような小説の役割だろう。

夢魔や幽霊のような夜の住人たちに関して、『ドラキュラ』の三百年前の一五九七年に、学者王として悪魔や魔術に関し造詣が深いスコットランドのジェイムズ六世は、『悪魔学』を出版した。エリザベス一世のあとに、イングランドの王となったのがジェイムズで、これが新たに一世となる。もちろん、二世が登場して一世と呼ばれるのだが、ジェイムズ一世は、イングランドとスコットランドの二重王国の君主となったのだ。そして、この新しい王を祝祭するために作られたのが、シェイクスピアの『マクベス』（一六〇六）だった。

この作品は『ドラキュラ』に大きな影響を与えている。王殺しという大罪によって、眠りがなくなることがひとつの主題だった。「マクベスは眠りを殺した」という心の声におびえる。そして、ダンカン王の殺害に加担したマクベス夫人は、罪の意識からか「夢遊病」となって、夜中に両手が血だらけだと妄想して、血が落ちないと言ったりする。罪を抱え、夜中にさまよう女の系譜のひとつの出発点であり、ルーシーの夢遊病を連想させる。

また、ノルウェーとの戦いに勝利したマクベスが荒野で三人の魔女と出会うが、これはジョナサンが出会う三人の女吸血鬼とつながっている。しかも、スコットランド国境に近いホイットビーという場所が舞台に選ばれ、スコットランド語の表現も登場する。そしてシュワード(Seward)博士の名は、この劇にも登場するシウォード(Siward)から採ったと思われる。三人の魔女やさまざまな魔術用語を、まさにジェイムズの『悪魔学』を種本にすることで、シェイクスピアの劇団は王に対する追従をおこなったのである。ジェイムズの先祖が、イングランドの王とともにマクベスを倒した側の子孫というつながりがあったのだ。それに、「動くはずのない森が動く」という「バーナムの森」の話が、死者が動くトランシルヴァニアという森の向こうの世界と転じてもそれほど不思議ではない。

『ドラキュラ』は、ゴシックホラー小説なので、読者の「眠り」を奪うような怖さを描いている。それだけでなく、睡眠をコントロールするために、登場人物たちは頻繁に睡眠薬を飲んだり、麻酔薬を打ったりする。それは、たんに恐怖や神経症の対策というだけでない。労働規範としての勤勉主義が他方にある。眠りは食事とともに、個体の生存のためだけでなく、「労働」のために確保すべきものとして捉えられているのだ。

失恋を忘れるために「仕事だ」と精神病院の管理や記録づけをして働こうとするシュワード博士、自分たちを脅かす伯爵と向かうために一心不乱にタイプを打つミナやジョナサンたちがいる。彼らの態度は十九世紀末のイギリス社会を動かす「勤勉」という道徳と結びついている。しかも、彼らが生み出しているのは記録であり、膨大な紙の書類であり、事務職（ホワイトカラー）の労働に従事しているのである。彼らが使う蝋管式録音機や速記術やタイプライターが、そうした事務作業の「機械化」と結びついていた。

『ドラキュラ』における機械化は、いわゆる第一次産業革命の機械化とは異なる。自動織機などの「機械」による生産効率化への反発から、十九世紀初頭（一八一一―一六年）に、織物用の生産機械を破壊するラッダイト運動が起きた。機械打ちこわしの舞台のひとつがホイッットビーのあるヨークシャーだったことには暗合さえ感じるが、機械の導入が製品の品質のばらつきをなくし大量生産を可能にするとともに、単純労働の意味合いを変化させてしまう。そして「合理化」によって、生産労働者（ブルーカラー）を削減することになった。生産現場の職を奪われた失業者が反発して、機械こそが失業の原因だとみなして破壊したのだ。機械に合わせて労働するように、人間を教育し、改変し、社会に組みこむ過程で生じた反逆だった。この軋轢の問題系を扱ったのが、メアリー・シェリーの『フランケンシュタイン』（一八一八）である（拙著『フランケンシュタインの精神史』を参照）。

これに対して、『ドラキュラ』で描かれているのは、下層中流階級以上の「知的労働」に携わる者における労働の変化である。それが「ワーカホリック」を生み出す。たとえば、シャーロック・ホームズが「ワーカホリック」かどうかを検証し、「仕事にとりつかれている」、「友達がすくなく、個人生活に厄介な点を抱えている」、「完璧主義者」、「健康上のストレスを抱えていて、身体的精神的健康に注意をほとんど払わない」といったチェックリストにすべてあてはまるという議論もある（グレゴリー・バシャム「勤勉なシャーロック・ホームズ」)。近代社会を形成したのは、プロテスタント的な倫理観とされるが、「ワーカホリック」の形でそれが浸透していったのだ。

勤勉さは、他ならない『ドラキュラ』をストーカーが書き上げるのに必要だっただけでなく、伯爵の活動そのものにも影響している。彼はジョナサンをドラキュラ城へと迎えたときに、馬車の御者から料理の調達まで一人でおこなっている。しかも、ロンドン移住計画のために、資料を読みあさり、法律を勉強し、契約の代行の相手を調査している。それは「イギリス愛」のせいでもあるが、長い時間をかけて影響を受けているうちに、イギリス社会の「勤勉主義」までも模倣してしまったのだ。どうやら「ドラキュラ戦争」は計画好きで勤勉な者どうしの戦いでもある。

しかも、不安で眠れないからこそ、男たちは夜でも伯爵による侵入を監視し、対処できるのである。眠っている者を守るには、眠らない者が必要となる。ルーシーの横にシュワード博士が見張りとして付き添い、隣の部屋にはクィンシー・モリスなどが待機しているおかげで、彼女は安眠できるのである。モルヒネのような麻酔薬やニンニクのような薬草と「寝ずの番」の護衛が守っている。だが、守り手であるはずの母親の死やメイドたちが阿片チンキで眠りに陥ったことによって、ルーシーは無防備となり、伯爵の攻撃から救われなかった。

さらに、ミナの場合も、やはり眠りという無防備な状態のときに襲われる。伯爵の血を飲まされたときも、同じベッドで隣に寝ているジョナサンが意識を失ってしまい、護衛の役を果たさなかった。そして、ミナを連れてドラキュラ城に近づいたヴァン・ヘルシング教授も、襲ってくる女吸血鬼たちに「寝ずの番」をし、さらに聖餅を散らして、火の輪を描いて侵入させないように努力した。

こうして、眠りの時間を確保し、睡眠中に他者に襲われないように監視し、防御することは、働き続けるのに必要な措置なのである。日記や手記をあまりつけないルーシーではなくて、克明な記録をとり続けるミナが最終的に救済されたのは、勤勉な働き手として、社会にとり有用な存在だったからである。そして、睡眠時間だけでなく、質の確保も大切となる。悪夢にうなされず、中断されずに安眠できなくてはならない。それには、意識を脅かす働きをする、意識の下への関心と制御が重要になってくる。

2　見えない意識を探る／操る

【患者レンフィールド】

ルーシーがミナにあてた手紙のなかで、シュワード博士に関して「まるで相手の考えを読むように、その人の顔をじいっと見つめる変わった癖があります」(第五章)と指摘する。ミナがジョナサンと婚約していなければ、結婚するのに相応しい相手なのに、とも評価するのは、観相術と同じで、外面から中を推し量っているからである。もちろん、そうした外部から観察して内面を推察する術に長けている専門家が、シュワード博士のような精神科医である。

ただし、観察する側としての医者と、観察される側としての患者との立場は固定されているはずなのに、その関係が逆転しずれていくのが、『ドラキュラ』というテクストである。観相術を駆使するのが、被害者で治療が必要なはずのジョナサンやミナたちだった。そして、シュワード博士が経営すレンフィールドの関係が逆転するような瞬間が描かれるのだ。そこで、五十九歳のレンフィールドという「狂言回し」ともいえる患者が重要となる。レンフィールドのせいで、『ドラキュラ』は複雑さを増すのだ。

ルーシーに失恋したあと、シュワード博士は「奇妙な症例」として「潜在的に危険な」レンフィールドと積極的に関わるようになる（第五章）。「利己性、守秘性、計画性」をもっている患者なので今後も監視していくと宣言する。レンフィールドは蜘蛛を使って蠅をとらえ、それを口にするので「生命食狂」と名づけられる。どうやらこの症例の研究でシュワード博士は名前をあげたいと考えているのだ。レンフィールドこそ、伯爵の侵略にとって重要な役目を果たす一人だとわかってくる。なぜなら病院の内部に入りこむためには、病院内へと伯爵を招く人物が必要だからだ。そのために、伯爵は銀蠅や髑髏蛾を与えてレンフィールドを懐柔した。

シュワード博士の精神病院の隣に、ジョナサンが伯爵の指定した条件にあわせて選んだカーファックスの屋敷がある。レンフィールドは病院から脱走して屋敷に二度も逃げこみ、さらに、荷馬車で木箱をそこに運んできた運送人と大立ち回りを演じる（第十二章）。「俺から大切なものを奪おうとしている」と叫び、病院のパトリック博士を巻き込んだ乱闘となる。これ以降、伯爵に対してレンフィールドは「あの方」と呼び崇拝し従属する関係となった。

そのレンフィールドが「マルヴォーリオの顔にこそふさわしい笑い方」をした、とシュワード博士は記録する（第二十章）。マルヴォーリオとはシェイクスピアの『十二夜』に出てきたプロテスタントの執事の名前である。彼は自分の女主人であるお姫さまが自分に恋している、と周囲のいたずらで思いこまされ、彼女に親密な態度を取ったせいで「狂人」として暗い部屋に閉じ込められてしまう。しかも、レンフィールドは、暴力をふるい暴言を吐く患者というだけでなく、『ドラキュラ』というテクストそのものへも内部からコメントを投げかける。それが、『十二夜』という喜劇で、プロテスタント的な勤勉主義者のマルヴォーリオともつながる。マルヴォーリオは、享楽ばかりで何もしない居候たちに辛辣な批判を浴びせる人物として有名なのだ。

同じようにレンフィールドは、シュワード博士だけにではなく、見物に訪れた者たちへ幅広い意見や批判を述べる。当時の精神病院では、患者を見学する「見世物」もおこなわれていたので、見学にきた連中にレンフィールドが批判的なのもさほど不思議ではない。そして、批評眼をもつレンフィールドが、精神病院から二度も脱走したのも当然なのである。これは、「動物園」という見世物のための場所から、ノルウェー産の狼が伯爵と「会話」をしたあとで逃げ出した話(第十一章)ともつながる。レンフィールドや狼は、ヴィクトリア朝社会に存在する部屋のなかに閉じ込めようとする力から、逃れようと争ったのである。

レンフィールドは、誰かをののしるだけでなく、ミナと会ったときには、哲学的な原理や意見を述べる。しかも「一度、ドクターの生命、すなわちその血を奪うことで私の身体に同化させ、私の生命力を強化しようと思い、彼を殺そうとしたことがありました」とシュワード博士殺害未遂について冷静に告白さえする(第十八章)。きわめて理性的に自分の行動を説明することもある。そして自分はすっかり元の状態に戻ったので、退院せてくれとシュワード博士に要求するのだ。

さらにシュワード博士が、ヴァン・ヘルシング教授、ゴダルミング卿、クィンシー・モリスと訪ねてきたときには、ゴダルミング卿の父親とかつて顔見知りだったと語り、さらに、クィンシー・モリスには「モンロー主義」や「テキサス併合」について話をする。そしてヴァン・ヘルシング教授にもシュワード博士にも論理的な会話をして、自分が理性を取り戻したと証明しようとする（第十八章）。

このように時事的なことから哲学的な考えにいたるさまざまな出来事に対して、レンフィールドはコメントを加える。それが、「ドラキュラ戦争」というローカルな争いの背後に広がり、ヴァン・ヘルシング教授たちの会話からは見えない世界を示唆する。だが、伯爵が、精神病院から逃げ出すときに、記録した書類の束や録音したシリンダーを焼いたついでのように、レンフィールドは殺されてしまう（第二十一章）。証言者としてのレンフィードは亡くなってしまうが、金庫のなかに書類のコピーが残っていたおかげで、それまでの記録が確認できた。じつは、『ドラキュラ』のオリジナルの記録はここでいったん消えてしまっているのだ。読者はあくまでもハーカー夫妻による「コピー」の「コピー」を読んでいるに過ぎない。

当初は新しい症例を発見する功名心から、二十九歳のシュワード博士は、親の世代にあたる五十九歳のレンフィールドを観察材料と見ていた。ところが、伯爵に襲われたルーシーやミナを診断することを通して、「吸血鬼」の存在を認め、レンフィールドと伯爵とのつながりに関心を移すのだ。しだいに「ドラキュラ戦争」に巻き込まれ、その舞台が博士の病院の隣の屋敷、さらには病院内部となってくる。伯爵とつながる人物が、患者のレンフィールドであり、もう一つがエクセターから出て来て、病院に寝泊まりして今までの記録を書類に変えているハーカー夫妻であった。

【ドラキュラの邪眼】

ルーシーを失ったあとで、ミナへと関心を移した伯爵は、シュワード博士の精神病院の中に何とかして入ろうとする。だが、招き入れてもらわないと他人の家に入れない、という吸血鬼の特性のせいで、かんたんに侵入はできない。その手助けをしたのが、伯爵の従者を自認するレンフィールドだった。カーファックス屋敷へと脱走したときに、礼拝堂で伯爵と会話を交わしていた。

精神病院の病棟にいるレンフィールドは、伯爵の室内への接近を拒んでいた。別の部屋で寝ているミナの血をこれ以上吸わせないために、霧となって侵入してきた伯爵にしがみついて抵抗までした。だが「あの目を見るまではそうだったんだ。あの眼光に射抜かれると、俺の力はなよなよっとなっちまったんだ」と言い訳をする(第二十一章)。伯爵は、銀蠅や毒蛾など、レンフィールドが好む贈物を使って、自分を中に招き入れるように細工をしていたのだが、最終的には眼光によってレンフィールドの心をコントロールした。

このように、ドラキュラが他者を支配するときの道具となったのは「目」である。白黒映画ではあっても、『魔人ドラキュラ』で、ベラ・ルゴシの目が強調されていた。「邪眼」の眼力によって支配されるのだ。ジョナサンがドラキュラ城へと向かう途中で、村人たちが、十字を切り、二本指で指さしをする。それが「邪悪な目に対するおまじない、お守りなのだ」と同乗の客から教わる(第一章)。つまり、伯爵が邪眼をもつことは、すでに周辺に知られていたのだ。

ジョナサンも、伯爵の眼光に圧倒される。さらに、ミナは「赤い目」に関して、それを霧のなかのガス灯の灯りの錯覚ととらえてしまう（第十九章）。コウモリに変身するだけでなく、霧を隠れ蓑にすることができる伯爵は、家の中にはいりこむことができたのだ。ガス灯の「赤い炎はふたつに割れ、濃い霧を通して、さながらふたつの眼のようにギラギラと輝きだしました」とミナは言い、それはルーシーがホイットビーで見た眼とつながると理解するのだ。

目による力は、死んでドラキュラ化したルーシーももっているものだった。墓所から出て夢遊病のように歩き回る姿を、ゴダルミング卿に見せることで、ヴァン・ヘルシング教授たちは、ルーシーの首を切断し、心臓に杭を打つ行為を認めさせようとする（第十六章）。そのとき、ルーシーの「美しかった顔色は蒼白と化し、目は業火の閃光を発し、額には、とぐろを巻くメデューサの蛇の如くに深い皺が刻み込まれ、血に染まった口は、ギリシャや日本の憤怒の面さながらに、かっと開かれていた」とシュワード博士は描写する。ここにあるのは、吸血鬼をギリシャや日本の文化で説明する「オリエント化」だが、それだけルーシーが異形の者となったことを告げている。とりわけ、メデューサは斬り落とされて頭だけになっても、睨むと相手を石にする力を宿す目をもっていたので、切断したルーシーの頭にそうした魔力が残る危険を臭わせる表現でもあった。

【催眠術とテレパシー】

こうした「邪眼」は、ドイツのホフマンやフランスのゴーチェの小説にも登場し、ゴシックの伝統ともいえるのだが、『ドラキュラ』の世紀末イギリスにおいて、それは吸血鬼にも、それを追いかける者にも共通する特徴となり、観察し見つめる技術や手段が重要となる。しかも観相術のように表層から内部を探るのではなく、目を使い相手を支配し誘導して、相手の声を聴き出すことで、本人の思わぬ「無意識」に触れるのである。その方法が、ヴァン・ヘルシング教授の使う催眠術であった。

シュワード博士の師であるヴァン・ヘルシング教授は、「すべてを説明し尽そうとするのが、科学の誤謬なのだ」という意見のもと、非科学的とされている怪しげな催眠術や読心術を肯定するようにうながす。シュワード博士は初めのうち当惑しながらも、しだいに納得していく。科学で精神を解明しようとしていた精神科医のはずが、吸血鬼を認め、さらに催眠術やテレパシーといった領域を認めるようになる。そして、ついに「教授、もう一度、僕を教授の学生にしてください」と懇願するのだ(第十四章)。

ヴァン・ヘルシング教授は、科学を閉じた体系とみなす立場を取らない。むしろ「開いた精神」によって、人々がこれまで「オカルト」や古いものだと把握していた考えが、「今日の電磁気学」において、新しい装いのもとで出現していると理解する。テレパシーなどの呪術的な思考が、精神分析の形成とも深く関わり合いながら、転換期の作家たちにさまざまな影響を与えたのだ(パメラ・サーシュウェル『文学・テクノロジー・呪術的思考　一八八〇―一九二〇年』)。

ヴァン・ヘルシング教授が催眠術をかけた当初の目的は、ミナを眠りにつけて安眠させることだった。ところが、血を吸われたミナは夜明けには伯爵の意識と通じることに気づいて、教授に頼んで「トランス状態」にしてもらう。伯爵がトランシルヴァニアへと帰国する進路をたどるのに役に立とうとする。伯爵に血を吸われ、また血を吸わされて、半ば吸血鬼化するなかで、ミナの身体が男性たちに利用される一種の「道具」になっているという指摘はたくさんある(谷内田ほか)。催眠術が、相手を眠らせて無防備にする催淫術とつながるような連想である。

こうした催眠術は、『ヒステリーの研究』でバウアーとフロイトが患者の治療に用いた方法でもあるが、ヴァン・ヘルシング教授がフロイトの師匠の「シャルコー」の名を口にすることで、同じ流れにのっとっていることがわかる。つまり、伯爵の「邪眼」のようなコントロールのためではなく、それによって相手の意識を探る新しい治療の技術として催眠術が考えられているのだ。

ところが、シュワード博士とレンフィールドの関係とヴァン・ヘルシング教授とミナの関係を並べると、どちらも相手を観察しその言葉から向こうにいる「伯爵」の動向を探っていることがわかる。もちろんレンフィールドの場合には、質問に対してはぐらかして答えたり、自分の意見を述べたりといったことをおこなう。だが、半分正気で半分狂気だからこそ、シュワード博士にも伯爵にも抵抗することができるのだ。伯爵が近づいて、侵入したことを教えてくれたのはレンフィールドだった。

じつはミナも同じである。ヴァン・ヘルシング教授の催眠術によってミナは単なる道具になったのではない。レンフィールドとの相同性を考えると、ジェンダーの関係だけでは読み解けない。伯爵の位置を探るのに、仮にルーシーを利用していたら、ここまで成功したかどうかわからないのだ。ミナが自分から相手に情報が洩れるのを心配するスパイ的主体であり、さらに伯爵の進路を推測する軍事的主体となるほどの理性や知性をもっているからこそ、伯爵に呼ばれたら是が非でもその許に向かわなくてはならないという状態に抵抗し、可能な限りヴァン・ヘルシング教授たちに情報を提供するのである。

ここでは催眠術とテレパシーが結合している。マルコーニの無線通信実験が成功するのは一八九九年で、『ドラキュラ』より後なのだが、そこに至るさまざまな考えや未来像が新聞雑誌を飾っていたのだ。メディアが文字（新聞や雑誌や手紙や電報や速記術）だけでなく、音声（電話や蝋管式録音機）や画像（コダックの写真）へと複数化するなかで、ひとつの情報伝達の手段としてテレパシーも夢想されていた。それが遠く離れた伯爵の意識を探る働きをもつので、侵略者の心のなかへ「逆侵略」する手段として利用されるのだ。しかも相手も察知して、情報を攪乱するというまさに情報戦のなかにミナは入っていく。このようにして他人の意識を覗きこみ、それを左右する技術が高まってくる。しかもそれが、新しいテクノロジーと結びついた装いをとるのだ。

3　欲望の封印と孤独の治療

【欲望の封印】

ヴァン・ヘルシング教授を中心とする中流階級のホワイトカラーたちが、「ワーカホリック」になって伯爵に敵対するのに必要なのは、栄養補給としての食事と休息としての睡眠だった。伯爵のように、すでに消化済みで栄養を蓄えた他人の血という形で補給できるならば、自分の胃袋で消化する手間がいらない。現在の私たちが点滴や流動食を利用するようなものだ。また睡眠も、「棺のなか」であり、さらに静かな墓地や教会堂のなかであるなら、短時間でも安眠できるかもしれない。昼夜の逆転も、昼間の喧噪を恐れるタイプにとっては、静かな空間を与えてくれる。皮肉にも、伯爵の生活は、十九世紀末の仕事に追われている人間が理想とする栄養補給と休息を体現しているのである（これが伯爵の密かな魅力となっているのかもしれない)。

だが、眠りと栄養だけでは足りない。「勤勉」を持続するためには「禁欲」が必要となってくる。これが、ルーシーとミナという対照的な女性を登場させた理由でもある。もちろん、ルーシーのように生命の「終止」が吸血鬼を生み出すという反復を阻止するために、二人目のミナが必要だったのである。ルーシーが、生前からもっていた性的魅力や欲望が、死とその後の吸血鬼化によって過剰に浮かび上がってくる。すでに三人の求婚者が現れると、「どうして三人の男性と、あるいは求愛してくれるすべての男性と結婚して、こうした悩みを解消してはいけないのかしら」と述べていた(第五章)。そうした「一妻多夫」的な関係を望む社会紊乱的なルーシーの声を男たちが首の切断で封印したのは、父権制社会による「処罰」と把握される(谷内田「処罰と矯正」)。心臓に杭を打ちこむだけでなく、首を切断してしまえば、確かに欲望を語る声を発することは二度とできなくなるはずだ。

だが、ルーシーを処置したことによって、三人の求婚者たちの欲望は、小説の半ばで宙づりとなってしまう。しかも「ドラキュラ戦争」という大義があるので、戦っている間に、伯爵のように獲物として女性を狙うハンティングではなく、伯爵を狙う男たちのハンティングへと欲望が転移される。戦いが恋の代替となることで、「禁欲」できるのである。

そして、『ドラキュラ』のなかで、婚約から結婚に至ったジョナサンとミナも、やはり「禁欲」という試練に直面する。ロンドンで、事務弁護士事務所の所長の認定式のあとで、二人はハイドパークからピカデリーを散策する(第十三章)。そのときにジョナサンが腕を組んできたのをミナは「不適切」だと思うのは、女子学生に「エチケットや嗜み」を教えてきたせいである。だが、ジョナサンは夫だし、ここはエクセターのような知り合いの視線がないので大丈夫だと考えるのだ。

ところが、伯爵がロンドンのハイドパーク近くの拠点から歩き回り、ピカデリーにあるジュリアーノの店の前に停まった馬車に乗った女性を犠牲者として目をつけている場面と出くわす。伯爵は欲望を露わにしている。ミナは女性の美しさの方に目が行くのだが、ジョナサンは伯爵の存在に気づき、発作状態となってしまう。再びブダペストの病院のときのひどい状態にジョナサンは戻ってしまう。これはせっかくの新婚生活が破たんすることを意味する。

夫婦がシュワード博士の精神病院に拠点を移し（つまり「入院」して）、神経が衰弱したジョナサンと死去したルーシーへの復讐のために、記録を整理し、因果関係から、伯爵が一連の事件の背後にいることを明らかにする。彼らの寝室に伯爵が侵入した光景は、三角関係からレイプまでさまざまな解釈を呼ぶが、ジョナサンとミナの寝室に伯爵が入って血を吸う場面が、もはや二人が新婚生活を送れない分岐点となった。「穢れています」というミナの身体には、ヴァン・ヘルシング教授によって、額に「烙印」が押されてしまう。これによって、ジョナサンたちは「禁欲」状態となる。

その後から、ジョナサンはミナの復讐のためにククリ・ナイフを磨くことに専念し、ピカデリーの屋敷で伯爵を待ち伏せしていたときには、一度は心臓を突き刺せそうにまでなった（第二十三章）。しだいに吸血鬼となっていくことが確認されたミナは、「病人」として監視される。なぜなら、ミナがもっと伯爵に血を吸われて吸血鬼化が完了したならば、ルーシーのように内面の欲望が噴出してくる危険があるからだ。ここでは、欲望を制御することが仕事を成し遂げるためには必要だ、という勤勉主義が全員の行動を後押ししている。

キリストや聖アントニウスをもちだすまでもなく、さまざまな誘惑が聖人にも訪れる。悪魔や怪物の姿をとってやってくるのだ。「ワルプルギスの夜」や「聖ジョージの祝日前夜」と結びつけられたドラキュラ物語が、そうした誘惑にかき立てられる内面の欲望との戦いを描いているのも不思議ではない。聖なる仕事を成し遂げる最大の試練は内面の欲望との戦いとされたのだ。

【孤独からの脱出】

では、そうした「禁欲」して「勤勉」につとめた「ドラキュラ戦争」のご褒美は何かといえば、「幸福な家庭生活」を手に入れることによる精神の安定である。

主要な登場人物たちは、最初独身者ばかりである。確かにジョナサンはミナと婚約してはいるが、結婚はまだの段階であった。ジョナサンは順当に共同経営者の資格を獲得し、ミナは助教師をやりながら、速記術やタイピングの練習をしているのだ。河内恵子は彼らが孤児だと考えている(「境界の破壊者としての吸血鬼」)。確かにその可能性は高いが、ミナが助教師の資格を手に入れたりする資金がどこから来たのかを考えると、経済的な裏づけをもった援助者がいると考えるべきであり、少なくとも「孤児院」あがりの人物たちとは違う。

ミナとルーシーが幼なじみで一緒に育った設定となっている。だから孤児になったとしても、その後のことに思える。ただし、ジョナサンとミナの二人は、自力で書類仕事をして生活をしていかなくてはならない下層中流階級に属していて、だからこそ眠りや栄養について強い関心をもったりするのだ。ジョナサンがミナのためにパプリカ料理のレシピを持って帰ろうとするのも、料理人を雇わないで自分たちだけでの家庭を生活設計しているせいである。レシピの集大成である『ビートン夫人の家政読本』(一八六一)のような料理本の流行がしめすように、中産階級の料理事情がしだいに変化していたのだ。

そして、ルーシーには三人の求婚者がいるが、ゴダルミング卿が本命であった。彼女の母親と、先代のゴダルミング卿の死が迫っていることもあり、結婚式は九月に予定されていたが、それがルーシーの亡くなる日となってしまった。結局、ゴダルミング卿は、ルーシーを通じて財産を相続したが、新しい結婚相手を見つける。そして、シュワード博士も同じである。クィンシー・モリスは、ドラキュラ退治のなかで命を落としてしまい、家族をもつことはなかった。

独身者たちが、疑似的な家族を作っているのが、『ドラキュラ』という物語である。それは、二人の孤独な人物が軸となるせいだ。他ならない伯爵とヴァン・ヘルシング教授である。だが、伯爵は吸血行為を通じて、三人の女吸血鬼を増殖することで疑似家族を作ることができる。それに対して、孤独を訴えるのが、ヴァン・ヘルシング教授だった。ミナと出会ったときに、「私の人生はわびしく、孤独です。仕事にかまけてしまい、友情をはぐくむ時間はあまりありませんでした」と訴える(第十四章)。しかも、シュワード博士にロンドンに招かれてから知り合った人々によってそうした気分は解消されつつあるが、そのせいで一層今までの「人生の孤独感」を感じるのだと告白する。

孤独で独身に見えるヴァン・ヘルシング教授だが、ルーシーの葬儀のときにゴダルミング卿を見て「生きていてくれたらと願う私の息子と同じ年齢で、同じ色の髪と目をしている」と父性の気持ちをシュワード博士に告げる(第十三章)。この喪失がヒステリー症状の原因かもしれないとすでに指摘しておいた。さらに、「かわいそうな妻は私にとって死んでいるが、教会法で、正気も全てを失っているが生きている」と自分の私的な生活について語る。妻とはカトリックの教義上離婚できないし、もしも、彼女が施設に入っているとすれば、それはシュワード博士の病院のような、オランダの精神病院だろう。それに、彼女の「狂気」そのものが、息子の喪失とつながっている可能性も高い。

ヴァン・ヘルシング教授が、ブロンテの『ジェイン・エア』(一八四七)のロチェスターのように「屋根裏の狂女」を抱えている者だとみなせる。だとすると、ドラキュラ退治に熱意を傾けたのには、こうした私的な秘密が暗い動機となって働いているのではないか。しかも、事実上の独身となっているヴァン・ヘルシング教授が、ルーシー、ミナ、さらには三人の女吸血鬼に魅了されるのも、じつは伯爵と同じなのだ。

イギリスという「政体＝政治的身体」に危機をもたらす「病」であるドラキュラとその仲間を退治することが、各人の精神的なレヴェルでの争いとつながる。しかも、伯爵が人間の生殖とは異なった増殖による拡大を狙っていたのを、ヴァン・ヘルシング教授が中心となって男たちが叩き潰した。だが、同時に、「ドラキュラ戦争」を通じて、教授は、オランダで失敗した家族の物語を、イギリスで構築し直そうとする。その証拠に「追記」で、ジョナサンとミナのハーカー家(おそらくエクセターにある旧ホーキンズ邸)に入りこみ、祖父然として、彼の名前も受け継いだクィンシー・ハーカーを膝に乗せてあやしているのだ。

そこにあるのは喪失した息子や家族の代替物を発見した安定感だろう。たとえ学生時代に「スモッグ」でおおわれたロンドンに住んだことがあったとはいえ、カトリックのオランダ人として、彼は伯爵以上に、イギリス進出に成功した人物とみなせるかもしれない。つまり、ヒステリーを抱えて、心理的な傷を負ったヴァン・ヘルシング教授が、戦いのなかでそれを克服して、疑似家族を形成するまでの物語として『ドラキュラ』を読み直せるのだ。その満足感のなかでは、「証拠なんて必要ないさ。信じてもらわなくて、結構だ！」(追記)と言い放つのも不思議ではない。

第5章　ホラーとテラーの間で

1　外部をむさぼり食らうロンドン

【ロンドンという中心】

カルパチア山脈の巨大な渦の中心にトランシルヴァニアがあるとすれば、ロンドンがもうひとつの渦の中心となる。そして、トランシルヴァニアへの視線やジョナサンの旅から、コンラッドの『闇の奥』（一九〇二）との比較がよくなされる。ベルギーの植民地主義の過酷さを批判しつつも、クルツという象牙商人に幻惑されるマーロウが、伯爵とジョナサンの関係を思わせるせいでもある。日本訳のタイトルはどこか詩的な響きをもつが、「HEART OF DARKNESS」という原題は「闇の中心」とも「闇の心」とも、アフリカ大陸の形が心臓に似ているので「心臓形の闇の大陸」とも解せる多義的な表現である。そして、アフリカへと向かうベルギーの植民地主義との平行関係で、イギリスの植民地主義が浮かび上がる仕掛けになっていた。

『ドラキュラ』が表現する恐怖は、自分たちがおこなっていることが自分たちへと転倒するという「反転した植民地主義」（アレータ）が生み出したものとみなされる。そもそも、イギリス自身の植民地主義は『ドラキュラ』のなかでどのように描かれているのだろうか。イギリス人は「拡張主義」という言葉を好み、「植民地」がもつ響きを避けようとする。まるで善なる思想がブリテン島から拡張していったという態度なのだ。そのため植民地主義というと、外部への領土の拡張や、現地での圧政や収奪が関心の焦点となる。

けれども、植民地から収奪した「ヒト・モノ・カネ」を中心地に集めるのが、植民地主義の大きな働きである。前に触れた『ヴェニスの商人』でも、交易や商業の結果、ヴェニスに多くのものが集まってくる。しかもロンドンは、集まった文物だけでなく、さまざまな新しい発明品に囲まれている。それが、ロンドンに旅行者から移民まで多くの人間が誘われる理由でもある。ガス灯に照らされ、カメラや電話や電報や蝋管式録音機といった新しいメディア装置や自転車や地下鉄といった発明品があふれ、「血は命なり」というキャッチフレーズの怪しげな薬品まで売られている。

ここにあるのは、外国を幻惑し、むさぼり食らうロンドンの姿だろう。たとえば地所を外国に売り払うという形で、世界の富を集める。そのおかげで伯爵もあちこちの事務弁護士を通じて購入できるのだ。書類だけですべての契約が代行できるし、地所の売買が外国人にも開いているのは、ロンドンが郊外住宅地を広げている現状とつながっている。

大都市ロンドンにおける郊外の形成が『ドラキュラ』にさまざまな影を落としている。ロンドンの中心にスラムができ、肉体労働者などの下層民だけでなく、外国からの移民が集まってきて外国人街を作り出す。それを嫌悪した中流以上の住民たちが、郊外の住宅地に移転するパターンは、近代都市に共通する流れとなる。中心部に、鉄道などの交通機関を使って郊外の住民が通って働く場と、下層民と外国人が滞留する街ができる。ロンドンもシティという金融街と、イーストエンドの貧民街のような複数の顔をもつようになった。それは『ヴェニスの商人』の、ヴェニスが、海外交易の中心となる取引所と、ゲットーというユダヤ人街をもっていたように、古くから繰り返されてきたパターンでもある。

伯爵がいきなりテムズ川の船着き場から、木箱をロンドン市内に持ち込むのではなくて、郊外の荒れたカーファックス屋敷から入っていけたのも、郊外の住宅が再開発の流れのなかで売買の対象となっているからなのだ。中心部がしだいに外国人や労働者に脅かされるというイメージの反転でもある。カーファックス屋敷とシュワード博士の精神病院のあるパーフリートへジョナサンが「次の列車で戻ることにした」(第二十章)とあるように、地下鉄や鉄道路線が伸びることで、再開発される場所となっていく。

そうした動きに、いちばん怯えているのが、ジョナサンやミナのハーカー夫妻のような下層の中流階級である。資格だけの事務弁護士や助教師の職ではたいした資産を獲得できないのだが、先代のホーキンズから事務所も財産も譲られたことで、安定した身分へと成り上がることができた。けれども、ロンドン郊外のシュワード博士の精神病院を仮住まいにすると、伯爵に蹂躙される破目になる。どうやら、彼らが安心して生活できる場所は、エクセターのようにロンドンから離れた地方都市なのだ。

伯爵のような異形の者が、ロンドンの中心部へと侵略するのを想像的に描いているのが、日本でも知られるピーターパンである。最初はエッセイ風の話から劇に発展し、その小説版であるJ・M・バリーの『ピーターとウェンディ』(一九一一)には、外部からやってくる「植民地主義の反転像」としての恐怖が描かれている。成長しないピーターとは、伯爵と同じ「不-死者」でもある。楽しい冒険の旅に見えるが、ネバーランドには、海賊、原住民、ピーターの手下となる迷子たちがいて、互いにいがみ合い殺し合いをしている。ピーターの自慢は、どれだけの数の人間を鮮やかに殺したのかということだけだ。

しかも、子供の養育にかかる費用から死者の数まで至る所で数字がたくさん出てくる。ダーリング家はたえずお金の工面をし、中流階級としての対面を保つために、料理その他を担当するライザという奉公人は雇えても、乳母は雇えなかった。そこでニューファンドランド犬のナナに子守を頼む。もちろん、ダーリング夫人は、家事や子育てを他人に任せるのに疑問をもちはしなかった。ウェンディたちが窓から逃げ出すことができたのは、両親がパーティーに出かけてしまったからだ。ここにいる窓から誘惑する侵略者は、影のないドラキュラ伯爵ではなくて、影を忘れてしまいウェンディに縫い付けてもらうピーター・パンなのだ。ドラキュラ伯爵とはずいぶん違っているが、ピーターもイギリス社会を攪乱する来訪者の一員となっている。それに、伯爵と同じくもとは人間だった。

『ドラキュラ』で、伯爵がカーファックスの屋敷と同時に購入するのは、マイル・エンド、バーモンジー、そしてピカデリーと合計四ヵ所になる。しだいにロンドンの中心部に近づくわけだが、売り手が郊外のよりよい場所を求めて売却したかったせいかもしれない。伯爵の侵略がロンドンの周辺から中心へと向かう動きだとすると、それに呼応するように、中心から郊外へと逃げ出す逆の動きもある。交易において貨幣と物とが交換によってそれぞれ正反対の方向に動いていくように、植民地主義において、領土の拡張と正反対に外部からの富や人の流入があり、郊外の拡張とともに中心への流入もある。

富を背景にカーファックスの屋敷からピカデリーの三四七番地へと進出した伯爵は、「売り主の故アーチボルト・ウィンター＝サフィールド氏の遺産執行人から購入」（第二十章）したと信託会社が情報を教えてくれる。ゴダルミング卿の名前を出すことで、貴族の信用だけでなく、父親が亡くなったばかりなので、地所の処分などのうまみも感じて、不動産に関する重要な情報を教えてくれたのだ。敬称から察すると伯爵以前の所有者も、どうやら貴族ではなくて成り上がり者か資産家だったように、ロンドンにおける土地や建物が資産価値をもつからこそ、世間には見えない形で取引されている。イギリス人がピカデリーの家を維持できないなら、伯爵のような購入者によって、ロンドンに富を集めるほうが、イギリスの国益となるわけだ。

【痕跡を視覚化する】

植民地主義と呼応するように、世界中のあらゆる場所に関する情報がロンドンという中心に集積されていく。そして、その記録がいろいろな形で利用されるのだ。それはロンドン自身にも及ぶ。たとえば、伯爵がピカデリー周辺のストリートを自由に歩けるのも、すでにトランシルヴァニアで案内の書物や地図で「予行演習」をしていたせいである。ロンドンが「可視化」されて、情報が利用しやすくなっているのだ。ただし、実際には、地図とは異なり、人々がそこで暮らし、いろいろな生活がある。

地図と現実との違いを見事に語ってみせるのが、ロンドン市中に散った木箱の行方を追跡するエピソードである。『ドラキュラ』において、いちばんミステリーらしい箇所となっている。このような手法を通じてロンドンの暗部が描かれる。ホイットビーは避暑地であり、エクセターは地方都市でしかなかった。しかも伯爵の痕跡は蛇行し渦になりながらつながり、因果関係も複雑に絡んでいる。まるで「ケルトの縄目（結び目）」と呼ばれる始まりと終わりが結びつき複雑に入り組んだ文様のようだ。それがロンドンの上に幾重にも重なっていく。

探偵役をつとめるのはジョナサンである。伯爵の城で見た手紙の宛先などから、ジョナサンはホイットビーに出かけて、現地の事務弁護士事務所を訪ねる。このときに相手と対等に話し合うのに、ホーキンズ事務所を継いでハーカー事務所になっていたことが役に立つのだ。そしてキングス・クロス駅まで列車で運ばれたことを突き止める（第十七章）。「何もかも入念に考えつくしたうえで、それを計画的に、着実に実行されていた」というのがジョナサンの感想だった。これが同時に伯爵の進入路を追跡しやすい理由ともなっている。一本の糸のように因果がつながっているのならば、たとえ入り組んでいても、それをたどることで、木箱の行方を追跡しやすい。

伯爵はカーファックス屋敷というロンドン郊外に確保した拠点にとどまっているだけでなく、あちこちに出かけて実際に木箱を運び込む陣頭指揮をとったりする。手配をしたり交渉したりするのも伯爵自身なのだ。伯爵は同じ貴族であってもゴダルミング卿などが絶対にやらない肉体労働をするし、木箱を自分で運んだりもする。ドラキュラ城においても、御者やどうやら料理人の役目を果たしている。伯爵の活動は、その意味で、階級横断的なのだ。

伯爵を追跡するジョナサンが、木箱の行方を探す仕事は、階級が異なる人々への探訪となる。ゴダルミング卿やクィンシー・モリスにそうした探偵術ができるはずもない。しかも、殺人事件や盗難の刑事事件ではない。警察でもないのに出歩けるのは、事務弁護士であり、下層中産階級であるジョナサンにふさわしいのだ。

興味深いのは、このロンドンという都市の迷路のなかからジョナサンが伯爵の痕跡を見つけ出せたのは、社会の下層である労働者階級も、文字の読み書きができ、さらに記録を残していたせいなのだ。痕跡をたどるのは、テロリストや犯罪者の「足取り」を追いかける作業にも似ている。伯爵は合法的にことを運ぶために、運送業者を頼んでいたので、結果として公式記録にも残り、たどった経路を第三者が遡れるのだ。コックニーなまりで、伯爵やヴァン・ヘルシング教授以上に「乱れた」英語を使う運送人たちは、流入する外国人労働者に直接職を奪われる立場にいる。「あんなに力の強い奴には、お目にかかったことがねえなあ」(第二十章)と驚いているが、怪力の伯爵がいろいろな意味で脅威に思えたのも不思議ではない。外国人労働者と対抗できる唯一の利点は、英語の読み書き能力をもっていることなのである。

ジョナサンの探索にいちばん役立ったのは、ソヴリン金貨と喉の渇きをいやす酒だった。そして、彼らの記憶ばかりではなく、記録によって正確に行方をたどることができたのだ。ジョゼフ・スモレットは、六個は「チックサンド街一九七番地」に、また六個は「バーモンジーのジャマイカ横丁」にと配達の番地を控えている手帳を持ち教えてくれた。さらに小耳にはさんだ代理人の情報を調べて、たとえ金釘流で綴りが間違っていても手紙を書き、次の手がかりをジョナサンのところに届けることができた(第二十章)。記録によって、キング・クロス駅からの木箱の配送ルートが確認できたのである。

そこから先のピカデリーの邸宅をたどるために、スモレットの小耳にはさんだ同業者の話から、コーコランという代理人と出会う。そしてブロクサムという男を探したとき、代理人から聞いた「ポプラ」と「新しく建った工場」という手がかりから、その男がいる冷蔵倉庫のそばのポプラという店をジョナサンは探し出した。そして、ブロクサムの口から、ピカデリーの邸宅に二回にわけて九個を運んだと証言を得て、その家の特徴からジョナサンは場所を突き止める。そして、今度はその売買を仲介した信託会社を探し出すのだ。記録と記憶とがうまく作用して答えにたどりついている。

しかも、このジョナサンが探索をする過程で、ロンドンの物流を支えている代理人による運送業者の実態が判明していく。新しい「冷蔵倉庫」が建設され、海外や国内からいろいろな物が集まるロンドンの姿がわかってくる。運送労働者たちが伯爵の木箱を覚えていたのは、異常な重さのせいであって、もしも手軽な荷物だったら、記憶にも残らなかったはずで、探すのにはますます記録だけが頼りとなっただろう。電話が普及する以前なので、緊急の用件のために電報が利用されていた。こうした物と情報がうごめくロンドンという帝国の中心の実態が見えてくるのだ。

運送業者の階級にまで識字率が高くなったのは、物と情報の流通が、イギリスの植民地主義や郊外化を支えているせいである。「カーファックス」や「ピカデリー」という固有名詞の文字だけでなく、「番地」や「個数」も物流を支える重要な情報となる。それでもジョナサンが受け取った手紙では場所の綴りが間違っていて、探すのに手間取ったという小さなエピソードが出てくる。つまり、正しい表記と正しい場所が一対一対応するのが、現実の摸像としての地図の正確さを保証する。そして、船で逃げた伯爵の動向を追跡できたのは、ミナを媒介としたテレパシーの情報と、ロイズ保険会社の支店が教えてくれる船が通過したかどうかの情報を照合することによってだった。つまり、伯爵は移住を計画するために地図やベデカーの案内書といった情報を利用したが、今度はさまざまな情報が伯爵本人を追い詰めるのである。

2　アイルランドとドラキュラ

【死者の国と西方】

こうした植民地主義によって支えられている世紀末のロンドンやイギリスの姿を描きながら、『ドラキュラ』には、アイルランドやウェールズへの直接の言及がない。もちろん、物語の舞台ではないし、大陸と向き合う物語にそうした言及がないのは不思議ではない。ストーカーがアイルランド育ちであり、最初の長編でアイルランドを舞台にしたように題材として避けているわけではないようだ。むしろロンドンで仕事をしながら故国を意識していたといえる。

当然のことながら、『ドラキュラ』の背後にアイルランドを読み取る議論は存在する。「ドラキュラはアイルランド人か?」という問いをピーター・ヘイニングは立てて、父親とIRBなどアイルランドの愛国運動との交差や、テロリストによる事件を横目で見ていたストーカー像を浮かび上がらせる(『不―死者―ブラム・ストーカーとドラキュラの伝説』)。また、ジョゼフ・ヴァレンテは「アイルランド性」をだまし絵のように含んでいるとして、たとえば、ルーシーの苗字のウェステンラや、ミナの旧姓のマレーがアイルランドの家系にあることを一つの証拠としている(『ドラキュラの暗号』)。アイルランドと『ドラキュラ』の関係について、口唇性にこだわってジャガイモ飢饉とのつながりを論じ、アイルランドの吸血鬼伝説との関連を探る議論もある（武藤浩史『「ドラキュラ」からブンガク―血、のみならず、口のすべて』）。

ここでは別の角度から、アイルランドとのつながりを考えてみたい。最後の場面で夕日を背景に伯爵を殺害したこととのつながりである。すでに述べたように、黒海からトランシルヴァニアに向かうルートを選択したことで、城の向こうに夕日が沈みシルエットになる位置関係となる。つまり、太陽が没する方向が、伯爵が求めたロンドンのある方角となるのだ。そして夕日のなかですべてが血のように赤く染まるなかで、伯爵は「不‐死者」から「死者」となる。

西というのは、アイルランドにおいて、「死」のイメージに彩られている。仏教の西方浄土やギリシャ神話においてもそうだが、多くの文化と同じく死者の国がある。たとえば、トールキンのファンタジー小説『指輪物語』（一九五四―五）で、フロドは最後に死を覚悟して西へと旅立つし、サムはホビット庄へと戻ることになる。また、ジョイスの短編連作の『ダブリン市民』（一九一四）の「死者たち」では、雪の降ったダブリンから、主人公が西方に想像力を伸ばし、雪の下に「生者も死者も」包まれるイメージが語られる。

『日の沈むところ』というファンタジー集を書いたように、ストーカーに夕日へのこだわりがあるのは確かである。西に沈む夕日のイメージは、死を扱う以上念頭にあったのであろう。そして、『ドラキュラ』における「ケルト性」は、じつはホイットビーとエクセターという二つの場所によってしめされていた。ホイットビーはスコットランドのすぐそばであり、「小道」をしめすスコットランド語も出てくる。『マクベス』のケルト的な魔女も印象的だが、最近ではスコットランドはハリー・ポッター・シリーズの舞台としても知られる。それにエクセターのあるデヴォン州には、ドイルが『バスカヴィル家の犬』(一九〇二)で扱ったような魔犬伝説やダートムーアの湿原があり、ケルトの伝説のなごりがある。

「ケルト文化」は、中央ヨーロッパから東西に広がっていったものの残存物である。そうすると、地理的にはかけ離れたトランシルヴァニアの文化が、周縁文化として、汎神論などケルト的な考えとつながる点をもっていたのも不思議ではない。それが、妖精や魔物の話を好み、吸血鬼伝説の嗜好を共通してもっている遠因かもしれない。というのは、アイルランド系スコットランド人であるコナン・ドイルのおじのリチャード・ドイルが、妖精を描くイラストで名声を得たし、ドイル自身には心霊術にのめりこむような資質があった。ドイルは、ヘンリー・アーヴィングへウォータールーの戦いを扱った戯曲を送ったことで、ストーカーと知り合いになる。のちのホームズ物の「サセックスの吸血鬼」(一九二四)では、ワトソンが書きとめた事件の索引に「トランシルヴァニアの吸血鬼」といった表現も出てくる。

ケルト性がひとつの鍵だとすると、ストーカーが、ハンガリーの学者アミニウスからドラキュラという異名をもつヴラド大公の話などを聞いたときに、そこに反転したケルト性をかぎとり、強く惹かれていったとしても不思議ではない。そして、死者の国としての西を向いて伯爵の最期を描くように、舞台を周到に設定しているのだ。もちろん、イングランドからみてアイルランドは西にあり、さらにその西に死者の国がある。

【反抗するアイルランド】

十二世紀に、ノルマン征服に押されるようにして始まったアイルランド植民は、「ペイル（杭）の向こう」という表現を生んだ。ヴァレンテは「森の彼方」というトランシルヴァニアとはアイルランドを指す「杭の向こう」を読み換えたものだとまで考える（『ドラキュラの暗号』）。アイルランド植民は、その後のイギリスの植民地主義のリハーサルだったとされる。つまり、すでに住人のいるところに宗主国が入植者に勝手に土地を与えることで先住民を追い出す、という方式である。それを最大限におこなったのが、十七世紀のいわゆるピューリタン革命と呼ばれた「内乱期」を支配したオリヴァー・クロムウェル卿である。共和国を樹立し、アイルランドを支配し、スコットランド軍を打ち破り、オランダとの戦いに勝利した。のちに、アイルランドに過激なテロ闘争をするカトリック左派が登場したのも、プロテスタントとの宗教戦争の面をもつせいである。

イングランドに対するアイルランドの政治的な関係は、併合されたり独立したりと紆余曲折してきた。現在も北アイルランドとして一部が併合されているせいで、対立はくすぶり続けている。とりわけ、一八〇一年にアイルランドは連合王国の一員となった。その後四〇年代の「ジャガイモ飢饉」によりアメリカへと多くの移民が出て行った。だから、レンフィールドがクィンシー・モリスに向かって「モンロー主義」や四五年の「テキサス併合」問題を取り上げたのも不思議ではない。テキサスは準州として、アメリカ合衆国への併合に際して、そこにいるラテン系住民やアメリカ先住民との軋轢を抱えていた。また、住民の自発性を装う併合が、最終的には態のいい植民地化でしかないことは、アイルランド併合や日韓併合などを見てもはっきりとしている。

結局、救国の英雄ヴラド・ツェペシュが吸血鬼のドラキュラ伯爵となった経緯についての本人の手記や証言はない。ヴァン・ヘルシング教授の仮説を除くと、本人の口から語られたのをジョナサンが書き留め、伯爵と意識を共有したミナがインスピレーションのように受け止めたものに基づくだけである。どれも、間接的な証拠でしかない。「正統な裏付けをもつ証拠がない」というのが、ヴァン・ヘルシング教授の全体評価だが、マイノリティの声はこのように支配側の記録にとどめられて、それが事実であるかのように独り歩きする。ドラキュラ本人の直接の声や文字による記録を欠いているので、『ドラキュラ』はマイノリティの声を抑圧しているとみなせる。

では、次に伯爵は「マイノリティ」なのか、という疑問が生じてくる。マイノリティは数の問題ではなく、支配と被支配において相対的な関係でもある。トランシルヴァニアにおいては、セーケイ人に比べてマジャール人はマイノリティだが、ハンガリー全体ではマジョリティであるという具合だ。そして、トランシルヴァニアでは城主であっても、ドラキュラ伯爵は、憧れのイギリス社会では屋敷を構える富裕な外国人の一人で、しかも貴族の序列でも公爵や侯爵の下である伯爵というマイノリティでしかなかった。

併合後のアイルランドは、カトリック解放令で対等に見えても差別される地域だった。それが端的に現れたのが、ジャガイモ飢饉のときにも、餓死者の傍らでアイルランドの農産物が本土に運ばれたという事実だった。「フェニアン」という友愛団体が一八三一年に誕生し、そして「ＩＲＢ（アイルランド共和国兄弟団）」がアイルランド系アメリカ人の支援で作られる。そうした団体が外から連合王国内部の独立運動をおこなうので、侵略者や攪乱者のイメージをもつ。一九〇五年には「シン・フェイン党」が作られて独立に関する機運が高まる。このような状況にするどく反応したのが、コナン・ドイルによるホームズ物の長編の『恐怖の谷』(一九一四年)である。舞台はペンシルヴァニアの炭鉱だが、アイルランド系の争いの話だった。

だとすると、クィンシー・モリスの命を奪うという筋の展開は、イギリスのためにアメリカの力を役立てているだけでなく、「併合」がもつ問題点を露わにする。クィンシー・モリスは、伯爵の毒牙にかかって命を落としたのではない。伯爵に忠誠を誓うツィガニー人(ジプシー)の短剣が腹に刺さったせいなのだ。それはアイルランド独立を支援するアメリカ人を封じ込める行為にも見える。また、アメリカ人とツィガニー人という「傭兵」どうしが戦うことから、他者の血の犠牲で自国の安全を維持しようとするイギリスやトランシルヴァニアの支配層の利己的な姿が浮かび上がってくるのだ。

一九一六年のイースター蜂起にいたるアイルランドの政治独立問題は、十九世紀末に過激化していく。マイノリティが支配構造に挑戦する一つの方法がテロリズムである。安価な武器で攻撃できる闘争だからだ。フェニアンは一八八〇年代に、ダイナマイト闘争をおこなった。ノーベルが一八六六年に発明したダイナマイトは、建設工事などにおいて使いやすくするために火薬を安定的に扱えるための道具だった。持ち運びが簡単なので、爆破によって殺傷だけでなく、社会の物や情報の流通を効果的に妨害する武器となる。

すぐに、テロの道具として転用され、そうしたテロリスト(=ダイナマイター)を扱った、「ダイナマイト」文学と呼ばれるジャンルが登場する。スティーヴンソン、ヘンリー・ジェイムズ、オスカー・ワイルド、H・G・ウェルズというようにダイナマイト文学の作者は多彩である。しかも、フェインの活動は八〇年代から過激になり、犯罪博物館に製造した爆弾が陳列されるまでになっていた（オドネーラ『爆破された文学』）。

こうした流れのなかでストーカーが『ドラキュラ』を描いたときに、アイルランドをめぐる社会や政治の状況を受け止めなかったとは考えにくい。しかも、同時代の伯爵のテロリズム計画が失敗した物語というだけではない。この作品は、はるか昔のテロリズムとそれに揺さぶられたイギリスの歴史を利用して、イングランドに対してストーカーが文学上のテロリズムを仕掛けたのではないかとさえ思える。この作品そのものが、じつはテロリズムに他ならない。なぜなら、この後で、人々は伯爵のことを忘れられなくなり、その姿がずっと心に住み着いてしまい、不安を掻き立てられるからだ。そのためにストーカーはひとつの効果的な結末を用意していた。

3　火薬とテロリズム

【十一月六日終了】

『ドラキュラ』には二度の「終了《フィニス》」がある。一度目はルーシーの死と葬儀によって、シュワード博士が「悲しく、希望もなく」書きつけた「終了」だった（第十三章）。ところが、そのすぐ後にルーシーが埋葬されたハムステッド周辺にお化けが現れるという新聞記事が二つ並び、読者は終了していないとすぐにわかる。そして「ドラキュラ戦争」の後半戦が始まり、ヴァン・ヘルシング教授たちはドラキュラ化したルーシーに完全なとどめをさし、首を斬り、心臓に杭を打ち込む。さらに第二の被害者となったミナを中心に攻防が続くのだ。

一つの木箱を残して、残り四十九個すべてが「消毒」されてしまったので、伯爵は木箱とともにイギリスから船で逃げ出す。そして、ヴァン・ヘルシング教授たちは、トランシルヴァニアへと追いかけていく。伯爵を追い返すだけではなく、ミナを完全に浄化するためには根元を絶つ必要があるというのが、彼らの考えだった。そして、木箱がドラキュラ城に入る直前に、最終的にジョナサンが伯爵の首をククリ・ナイフで斬り、クィンシー・モリスがボウイー・ナイフで心臓を突き刺すことで、伯爵は浄化されたように煙のように消えてしまった。このように伯爵を葬ったのはミナの手記によると十一月六日の日没直前だった。

それにしても、五月五日にドラキュラ城に入ったジョナサンが、復讐をなしとげたのが、半年後に設定されているのはなぜだろう。物語の始まりが、「聖ジョージの祝日」と関係するので、そこから聖ジョージのドラゴン退治とドラキュラ退治が結びつく構図を見出すのは難しいことではない。ストーカーなりの計算がそこにあったはずである。それならば、十一月六日の日没に伯爵を倒すように設定しているのにも、同じくらい大事なイメージを重ねたと推測できる。ただ単に「死者の国」である西への日没という光景をクライマックスとして設定しただけではないはずだ。ましてや作者の誕生日の二日前だといった指摘にはほとんど意味がない（水声社版の丹治愛による注釈）。

ここで注目したいのは、「聖ジョージの祝日」の場合もそうだったが、日没後に次の日が始まるというカトリックの祈りの儀式に基づく「前夜（イヴ）」という考えである。「クリスマス・イヴ」や「ハロウィーン（万聖節前夜）」でおなじみだが、日没から次の日没までを一日と考えるからこそ、「前夜」という表現がありえるのだ。だとすると、十一月六日の日没までの出来事も、その前の十一月五日の夜からの続きと考えられる。十一月五日は、ヴァン・ヘルシング教授が吸血鬼たちの墓を発見して、そこに眠っている三人の女吸血鬼たちの首を斬り、「DRACULA」と書かれた伯爵の墓の内部を清めて、逃げこめないようにした日だった。

この十一月五日といえば、イギリスでは「ガイ・フォークス・デイ」である。反逆者「ガイ・フォークス」に見立てた藁人形を焼いたり、花火を打ち上げたりする祭りとして知られる。十一月五日の夜にイギリスでは、ヴァン・ヘルシング教授の行為を祝福し、さらにこれからの最終決戦の景気づけをするかのように花火が上がっていた、と考えるとどうだろう。これは、『ドラキュラ』というテクストの末尾を飾るイメージとしてふさわしい。

「ガイ・フォークス・デイ」が記念しているのは、「火薬陰謀事件(ガンパウダー・プロット)」と呼ばれるテロ事件だった。一六〇五年十一月五日に、ジェイムズ一世の殺害と宗教的転覆を目指しておこなわれたカトリックの陰謀で、実行犯の一人がガイ・フォークスなのである。火薬の爆弾を議会の下に仕掛けて、王や議員を全部吹き飛ばす計画だった。ガイ・フォークスが逮捕されて、地下室に火薬の入った樽が発見され、爆破は未然に阻止されたが、反カトリックの心情を高めたイギリス史上の大事件である。その記憶が、「ガイ・フォークス・デイ」という祭りの形で伝えられてきた(正確には当時は旧暦だったので、現在とは日付がずれるが、そのままでおこなわれている)。

じつは『ドラキュラ』の草稿段階で、ストーカーはドラキュラ城を火山が吹き飛ばすというエンディングを用意していたのだが、タイプライターで清書した段階で、段落二つ分の文章を削除してしまう。それは、「私たちが城を見ていると、大地が激しく震撼して、私たちは大きく揺さぶられ、思わずひざまずきました。同時に天空を揺るがさんばかりの大音響をあげて、城が、岩が、それを支えていた丘陵までもが、宙に噴き上げられ、粉々に吹き飛びました」というミナの視点から破壊の光景が描写されて始まる一節だった。ヴァン・ヘルシング教授は、火山が伯爵を吸血鬼に変質させたと説明していたが、それに対応するように、火山による城の崩壊だった。地下の爆発で吹き飛ぶドラキュラ城というイメージは、ガイ・フォークスたちの「火薬陰謀事件」の空想をそのまま形にしたようにみえる。

テロリストとしてのカトリックのイメージは、その後もイギリス内部にいる英国国教会の敵という見方となって存続してきた。ユダヤ人嫌悪とおなじように、イギリスの秩序維持に不可欠な宗教的偏見だった。スペインやフランスといったカトリックが支配的な国は覇権を争うライバルであるので、どこか忌まわしいものとして描かれてきた。フランス嫌悪は、表出しないが、伯爵がイギリスから脱走するために、「ザリーナ・キャサリン」号に乗り込むときに、船長が「フランス人はいやだ」と口にするところがある(第二十四章)。

アイルランドの併合を進める十九世紀には、「カトリック解放令」によって、英国国教会や政府の側が信仰の自由を認め、しだいにカトリックと融和する動きが出てきた。それどころか、英国国教会内部にカトリック的要素を復活させ、自分たちこそ後継者だとする一八三三年に始まった「オックスフォード運動」のような動きも出てきた。そうした流れがあるせいで、オランダのカトリックであるヴァン・ヘルシング教授と彼の「オカルト」が許容されているのである。

こうしたカトリック容認の動きに反対したのが、「エクセターのヘンリー」ことヘンリー・フィルポッツだった。エクセター主教を一八三〇年から六九年までつとめた（それ以前はホイットビーより北にあるダラムの主教だった）。フィルポッツはエクセターの大聖堂の修復に予算を投じ、その後建築の「ゴシック・リバイバル」に共鳴した建築家のジョージ・ギルバートによって、大聖堂は六九年から七〇年にかけて修復された。おかげでドラキュラ伯爵が「ロンドンから遠く離れたエクセターの麗しき大聖堂」（第三章）と呼ぶ姿になったのだ。そして、イギリス中で、反カトリック色が強いとして禁止になりつつあった「ガイ・フォークス・デイ」を公然と支持して、エクセターでは三二年にやらせたのである。

つまり、『ドラキュラ』において重要な場所として、エクセターが選ばれた理由は、ロンドンの「外(ex)」にあり、自殺者を墓ではなく十字路などに埋める習慣をもち、コンウォールとともにデヴォン州にはケルト文化が残り、海賊ジョン・ホーキンズの根拠地に近く、さらに、反カトリックの「ガイ・フォークス・デイ」を守った場所だからなのである。その象徴となっているのがゴシック建築のエクセター大聖堂なのだ。

しかも、ガイ・フォークスによって狙われたジェイムズ一世は、『ドラキュラ』の三百年前に『悪魔学』（一五九七）を著した王でもあった。『マクベス』とジェイムズ一世、さらには、シュワードや三人の女吸血鬼といった『ドラキュラ』との関係は第4章で述べた通りである。そして、美しい僧院の廃墟をもつ港町で、スコットランド性を強く帯びたホイットビーが、エクセターとは異なるもう一つの軸となる。

二つの町をつないでいるのが、「ガイ・フォークス・デイ」のような過去の記憶なのである。ここにあるカトリックのテロリズムという発想は、ヴァン・ヘルシング教授がドラキュラ退治にかかげた十字軍という聖戦の記憶とともに、この小さな事件を「ドラキュラ戦争」と把握できる根拠となっていく。イギリス社会を震撼させたテロ未遂事件が背景にあるとすれば、それがテクストの奥底から読者を不気味に揺さぶるのは当然かもしれない。

こうした展開は、イングランドの守護聖人である聖ジョージの祝日で始まる物語そのものを覆す可能性を帯びているし、「ドラゴン＝ドラキュラ伯爵」が目に見えない足下に隠れているかもしれないと想像させる。ただし、単純に「アイルランド＝平和主義者」とも呼べない。アイルランドの守護聖人である聖パトリックは、祝日も緑色を基調とし、自然愛好の平和的な存在に見えるが、ドルイド教を信じる者たちを、ドラゴンにも通じる「蛇」として追い払ってキリスト教を布教したのが、他ならない聖パトリック本人だったのだ。

【テロリストを生む無関心】

では、伯爵のようなテロリストを跳梁跋扈させる原因はなにかといえば、都会の「無関心」である。ミナがジョナサンとピカデリーを歩いて伯爵と出会ったときに、エクセターの学校ではエチケットに反する腕を組んで歩くことができたのも、ロンドンでは「見知った顔がいない」からだった。このように他人の視線を気にせずに大胆な行動をとれるのは、大都会では周囲が「無関心」のせいだ。

もしも、カーファックスの屋敷で事件が起きていても、レンフィールドの脱走事件がなければ、シユワード博士たちは関連に気づかなかったかもしれない。実際、イギリスの大半の人々は「ドラキュラ戦争」に気づかないまま生活している。ヴァン・ヘルシング教授以下が、伯爵とスパイ戦を演じているように見えるのは、集団がもつ無関心を利用しているからだ。ヴァン・ヘルシング教授は、ピカデリーの伯爵のアジトを襲うときに、その門を突破するために正当な持ち主が鍵をなくして錠前屋を頼んでいる態度でおこなえば、ばれないと示唆する（第二十二章）。そして、その通りに実行して押し入るときに、周囲の無関心を最大限に利用するのである。

これは、伯爵がイギリス社会に入ってきた手口と同じである。木箱に「実験用、土」と表記があり、そこに異常が認められなければ、そのまま検疫を通過してしまう。ドラキュラが変身するのも、コウモリや犬といったありふれた生物たちである。ただし、大型なので人目をひくのだが、距離が離れていれば目立たないし、無生物の霧にいたっては誰も存在に疑問をもたない。つまり、モンスターではあるが、フランケンシュタインの怪物や中世の絵画や彫刻を彩る化け物ではない。そのせいで無関心なまま受け入れてしまう。ロンドンで忙しく働く人々にとって無関心こそが処世術なのである。だから他人の性格や心情を簡単に推測できる「観相術」や「性格判断」が必要となるのだ。相手の過去や来歴を知らなくても付き合えるようになることが大切となる。笑顔によって距離をとるのも都会の処世術であり、笑顔がそのまま内面を表現しているわけではない。だが、同時にまさにこの状況こそが表情の背後に隠れた真の気持ちや考えを探りたいという欲求をかきたてるのだ。顔かたちや体型などの外面を類型化して、内面を推し量る俗流心理学が流行する理由はここにある（こうした類型はのちに心理学で呼ぶ「スキーマ」や「ゲシュタルト」に通じる）。

仮に「ホラー」と「テラー」を、恐怖の正体を未知か既知かで区別するならば、「テラー＝テロル」は、結果が想像できるので既知の恐怖なのである。ダイナマイトが爆破したらどうなるかは推測できるし、その危険にはらはらするのである。『ドラキュラ』という作品は、トランシルヴァニアの伯爵ドラキュラが、読者にとっても未知の存在だったものが、古代からの伝説にも描かれた既知の吸血鬼に分類されて、退治されるまでを描いている。既知の恐怖になったことによって読者はカタルシスを得るのだ。

伯爵はトランシルヴァニアではたった一人しかいない唯一無二の存在だったが、ロンドンではたくさんいる海外の君主の一人、資産家の一人、さらには事務弁護士にとっては手紙や契約書の紙の上の名前にすぎなくなってしまう。無関心な人間にとって伯爵は「透明人間」となっているので、これは「外国人扱いされたくない」とジョナサンに言い放っていた伯爵の願いがかなったともいえる。

ロンドンに入りこむテロリストとして考えた場合に、ドラキュラ伯爵が利用しているのは、都会での資産の流動性や、都会の無関心なのである。そのときに、「機械的コピー」が問題となってくる。印刷された文書や紙幣のように、吸血鬼は増殖するのだ。軍隊ではない、テロリストの利点は、群衆にまぎれて生活していることにある。ジョナサンたちがピカデリーの屋敷を急襲したときに、居間のテーブルの上に置かれていたのは、契約書などの書類や手紙を書く道具一式だった。さらに、衣装や頭髪用のブラシ、水差しに洗面器といった身だしなみを整える道具が置かれていた。これは違和感を与えないために伯爵が気をつかっていることにある。それはロンドンの風景に溶け込むためだった。それが、人々を無関心にし、彼の行動を自由にさせてくれる。

トランシルヴァニアでは目立つことが、ロンドンでは日常的なものとなる。たとえば、四輪馬車に乗った女性をじっと見るというのは、トランシルヴァニアでは獲物の物色だとすぐにわかる。ところが、ロンドンではもう少し事情が複雑で、ワイルドの『ドリアン・グレイの肖像』(一八九一)にも出てきたように、女性たちが路上で美を見せびらかすために着飾ったり、馬車に乗って公園を通過したりする。つまり、美しいとミナが認めた女性は、路上で自分を見せびらかせたかったのかもしれない。だとすると、伯爵が惹かれたのは、ただ単に好色的な行為からだけではない。ファッションに包まれた姿を誇示するのは、まさに「誇示的な消費」(ヴェブレン)であり、都会の風景となっている。その姿に「お上りさんの田舎者」の伯爵が魅了されてしまったのである。

【機械的な模倣と苦悩する模倣】

伯爵は吸血行為によって吸血鬼を増殖する。新しい吸血鬼は、伯爵の過去の体験や現在の立場を理解しなくても、手口をコピーできる。女吸血鬼たちはジョナサンを求め、ルーシーは近所の子どもたちを誘惑した。「獲物」に選んだ子供を見ていると、ルーシーは伯爵のような吸血鬼としての矜持をもっていない。このように条件さえ揃えば、どこからでもたくさんのドラキュラが生まれてくる。増殖だからこそ、ほぼ同時に複数生み出されるし、生殖でないからこそ、ネズミ算よりも速く増えることができる。このように簡単に模倣できることが吸血鬼の最大の恐怖となる。

女吸血鬼たちやルーシーは、伯爵の機械的な模倣でしかない。オリジナルとなるドラキュラ伯爵を育てたのは、トランシルヴァニアの風土でありオスマン帝国と戦った過去の歴史だった。ヴァン・ヘルシング教授の説明によると、とりわけ火山性の固有の風土が原因だった。ところが、女吸血鬼やルーシーは伯爵の行為を表面的に反復しているだけで、セーケイ人の過去やトランシルヴァニアの独立の維持といった「大義」とは関係ない。行為が他人に「転写（transcription）」したときには、オリジナルの意味合いや歴史的背景が消えてしまう。吸血行為は模倣できても、そこには伯爵がもつ憤りや自負は欠けているのだ。まさにオーラの喪失である。

だからこそ、じつは後半のミナのケースが重要となる。ミナの場合には、伯爵の意識を読むこともできるし、伯爵にも彼女の意識が読まれる状態にある。つまり、ミナのような勤勉な人間がもしもテロリストになったのならば、単純な模倣ではなくて、「何もかも入念に考えつくしたうえで、それを計画的に、着実に実行」する伯爵の後継者となりえる。すでに述べたように、ヴァン・ヘルシング教授以外に、犯罪学者などの議論をだしてきて伯爵を説明しようとしたのはミナしかいない。しかもスパイ的主体だけでなく「何もかも入念に考えつくす」という軍事的主体としての手腕も発揮するのはすでに触れた通りである。

しかも、ミナこそが、夫の手記、蝋管に吹き込まれたシュワード博士の手記、新聞記事から、ヴァン・ヘルシング教授の手紙の類まで集めている責任者である。そしてあらゆる記録を夫とともにタイピングしながらもその内容を読んでいるのである。そして、スパイ的主体としてのミナがテロリスト的主体へと移り、すべての背景や事情を知った上で、「洗脳」されたレンフィールドとは異なった意味合いで伯爵の有能な手下となりえる。その徴候のように伯爵の手下となったレンフィールドに共感し、その前で泣き、彼が手にキスをするのを許しさえするのだ（第十九章）。それは伯爵に心を囚われているという意味で同じ立場にあるからとも読めてくる。

ミナは伯爵の退治を決意するときに、同情をしめしながらも、伯爵に意識を奪われた状態になったのなら、自分を始末してくれと懇願する。こうした心の揺れ自体が、ミナが徐々に吸血鬼化している証拠でもあるのだが、ミナにはヒューマニスティックな面と、伯爵の魅力に従っている面とがまざり、ルーシーを殺害した者への憎悪が共存している。そして、伯爵の最期を見届けて、その様子を記述するのが被害者のミナ本人なのである。その役目を担うのが、ジョナサンでもヴァン・ヘルシング教授やシュワード博士でもないことが大切なのだ。そして、伯爵の「顔に平穏な表情を認めた」ことで、ミナは安心する。伯爵の意識の領域にまで入りこんだ唯一の生存者としてのミナの共感がそこにはある。

ただし、吸血鬼の数を増やすには、機械的増殖のほうが簡単で効率もよい。ミナのように伯爵の「大義」や「苦悩」や「限界」を理解しなくても、それどころかまったく無知であっても、ルーシーや女吸血鬼たちのように、外面を模倣して社会生活を混乱させるテロリストがたくさん生まれる可能性がある。この状況は出版から百二十年経過した二十一世紀の課題でもある。しかも、こうした吸血鬼たちは、日常生活において平凡で目立たないので、人々の関心から隠れた領域にいるのだ。

『ドラキュラ』が外部の侵略者の話をとりながら、内部の侵略者の話として浮かび上がってくるのは、こういう文脈からである。隠れるのには、暗がりや地下といった人目につかぬ場所が必要だが、ユダヤ人移民などが多くいたイーストエンドにだけ、ドラキュラやその仲間がいるわけではない。ルーシーの墓地のような資産家の所有地にも、ピカデリーのような屋敷街にも隠れている。外国人や貧民を取り締まると、それでテロリストが消えていなくなるわけではないのだ。

ストーカーにとって、フェイン・ダイナマイターのようなテロリストの話が、伯爵の増殖や活躍に関するヒントとなったのは間違いない。内部に存在し、行為だけ模倣する者が増殖してしまうのは、いち早く植民地主義によって「国際都市」となり、外部に依存しなくては持続が成り立たないロンドンにとって当然の結果であり、外部に開くことがテロリストを受け入れる「両刃の剣」となる。

帝国の中心を維持するためには、前の世界へのこだわりを捨て、イギリス内部に順応した「労働力」が必要となる。外国人であっても構わないのは、荷物を運ぶ肉体労働や商店の売り子ならば特殊な技能は必要ないからだ。そして、訛りをもっていても英語ができるヴァン・ヘルシング教授の知力や、ドラキュラ伯爵の資金力も、ロンドンの維持に必要とみなされるなら許容されるのだ。ドラキュラ伯爵が排除されたのも吸血鬼化しようとしたせいで、彼の資金ではない。『ドラキュラ』は、反転した植民地主義の不安を表現しているだけではなくて、グローバルに世界の富や才能をむさぼるロンドンという植民地の「中心」の姿を描いている。そのせいで、古城や幽霊屋敷といったゴシック的な雰囲気に終始するホラー小説のあり方を一新し、現在もインパクトを与え続けている。

第6章　視覚的に増殖する

1　ドラキュラと暗い部屋

【コダックのある世界】

ドラキュラ城の中で、ジョナサンは伯爵と、カーファックスの屋敷に関して、「あらゆる種類の見取り図や権利証書や数字を詳細に検討した」（第二章）だけではなく、必要書類にドラキュラ伯爵も署名をして所有権を確定する。そのやり取りのなかで、パーフリートの屋敷を見つけた経緯を伯爵から質問される。そこで、ロンドンから持ってきたメモをジョナサンは読みあげる。脇道にある売りに出された屋敷だったこと、古い家としての特徴をあげ、「内側の扉の鍵がなかったので入ることはできなかったが、あらゆる角度からコダックで写真を撮っておいた」という。添付された写真を検討する場面はないが、ここでは写真が現場の証拠となるのがわかる。

この当時、人物や現場を正しく写したものとしての写真が、すでにいろいろなところに進出していた。一八六一年のディケンズの小説『大いなる遺産』の冒頭で、昔の子供時代を回想している主人公のピップが、自分の両親や兄弟の眠る墓をながめて、それぞれの「文字《キャラクター》」の表記の特徴から、「性格《キャラクター》」を想像する場面がある。ピップがそんな手間をかけたのも、「ぼくは両親の似姿を見たことがなかった（彼らの時代は写真時代のずっと前だったから）」と言い訳をしている。五一年のロンドン万博以後、写真を撮影することが一般化した同時代の読者に向けての台詞である。ちなみに六一年とは最初の心霊写真が作られた年でもあった（『心霊写真』）。そして『ドラキュラ』が出版された後の九八年には、『幽霊を撮影する』という本が人気を得ていたほどだ。

ここで「コダック」が活躍したのは、新しい製品だったからだけでなく「それまでで一番安価で一番扱いやすい」（ペンギン版注釈）せいである。ジョナサンにも手軽に使え、あらゆる角度から屋敷の建物を撮影できたのだ。現在スマホやタブレットで人々があちこちの風景やイベントを撮影するのと同じで、コダックによって写真技術の大衆化が進んだのである。現代の私たちも「自撮り」「フェイスブック」「インスタグラム」など写真にとりつかれていて、写真時代は終わっていない。写真は、電話や電報や自転車などとともに『ドラキュラ』を読んでいる読者たちにも浸透していた。

ジョナサンが利用したコダックカメラは、アメリカのジョージ・イーストマンが一八八八年に発売したものだ。「あなたはシャッターを押すだけ、あとは当社にお任せください」というキャッチフレーズとともに売り出された。さらに九一年にはロール式のフィルムを商用化し、エディソンがそれに触発されて映画の技術を開発したとされる（サイト「コダック合同会社」）。一枚一枚の乾板ではなくて、連続撮影が可能なロール式だからこそ、写真メディアが扱いやすくなった。しかも映画につながる新しい表現方法も可能になった。ジョナサンが使ったのはこちらのタイプだったはずで、いろいろな角度から屋敷の外観を連続撮影できたのだ。

「コダック」と関連して、ストーカーの創作ノートには、伯爵の骸骨が透けて見える設定もあった、とノートン版は注釈をつけている。一八九五年にレントゲンが発見したX線の話をとりこもうとしたのだろう。表層の奥に隠れたものを明らかにする技術だが、写真乾板を利用することで、レントゲン写真として広い応用範囲をもつようになった。人体の骨などの組織から、時計などの密閉された物体の内部構造まで、「透視」できる。それはヴァン・ヘルシング教授が「電磁気学」と「オカルト」をつなげたのと同じ発想だった。鏡に映らず、胴体が金貨などを入れる容器と化したドラキュラは、「透明性(transparency)」と関連づけられる。H・G・ウェルズの『透明人間』が発表されたのは、『ドラキュラ』と同じ九七年だった(『透明人間』については、拙著『未来を覗く　H・G・ウェルズ』で扱った)。

ドラキュラ伯爵は、ヴァン・ヘルシング教授たちによる医学的な視線や知の分析対象であるだけでなく、それ自体が写真のようにロンドンやイギリスの状況を明らかにする役割をも果たす。視覚的な力が身体と精神の両方を探るものとして利用される時代に突入していたことは、第3章と第4章で扱った通りである。そして、身分証明や現場の証拠に写真が使われ、身体を破壊せずに内部構造を検査するのにレントゲン写真が利用される。それはドラキュラ城だけでなく、カーファックスの屋敷やピカデリーの邸宅に突入して伯爵の木箱を探し当てるときに、しだいに館の内部構造が判明するとともに、伯爵の生活の内実が明らかとなる感覚と結びつくのだ。

【写真機としてのドラキュラ】

残念ながら、ジョナサンが言及した「コダック」以降に、『ドラキュラ』のなかで写真が活躍することはなかった。速記術や蝋管式録音機に吹きこんだ記録が中心となり、図像的な説明は薄れているからだ。活躍するのは地図などの地形や位置関係をしめすものに限られていく。それすらも、ドラキュラ伯爵のロンドン市内の隠れ家をマッピングするときと、ロンドンからトランシルヴァニアへと逃げるときの航路などを理解するときに参照されるだけである。

ドラキュラ伯爵自体が「写真機」および「写真術」のメタファーに他ならない。ジョナサンが馬車でドラキュラ城に連れてこられる途中で青い炎を見るのだが、それに対して「奇妙な視覚的効果」という言葉を使っている(第一章)。視覚的なトリックについて、コダックカメラを使うジョナサンは熟知している。そして、三人の女吸血鬼が月光の下で影を生じなかったときに、「自分が夢を見ているに違いない」と思う(第三章)。錯覚のひとつだと理解するのだ。吸血鬼たちが立体を示す影をもたないのは、二次平面的な写真のようである。

ドラキュラ城の部屋も扉を閉めると密室で、カーファックスの屋敷も母屋は「窓がわずかで、しかもすべて高いところにある」(第二章)。ふだん伯爵は、ヴァン・ヘルシング教授が最後に見つけた「DRACULA」と書かれた墓のなかに横たわっているのだろうが、ジョナサンが見たときにはイギリス移住の準備のために「木箱」の中に入っていた。これがカメラの原型となった「暗箱」を連想させるのだ。

暗箱は「カメラ・オブスキュラ」と呼ばれたが、この場合のカメラとは部屋のことで、閉ざされた「暗い部屋」となる。「カメラ・オブスキュラ」は、十六世紀に発明されたものだが、真っ暗な空間に一点だけ穴をあけると、そこは覗き穴となるだけでなく、空気がレンズとなって、外の世界を映し出す。多くの画家たちがこの暗箱を利用して、穴の向こうの光景をトレースすることで、リアリズム絵画を完成させてきた。よく知られるのがフェルメールの緻密な絵画の制作での利用だった。暗箱内の像をフィルムに定着させたのが、十九世紀のダゲレオなどによる写真術である。そして、世紀末に誕生した「シャッターを押すだけ」のコダックが一つの完成形となった。

だから「木箱＝暗箱」に入っているドラキュラ伯爵とは、そのまま写真機や写真術の比喩に思えてくる。伯爵は夜に徘徊し、太陽光が苦手である。とはいえ、ストーカーの小説では、昼間でもリージェント・パークを歩き回ったりしている。そしてミナが見つけたように、じっと美しい女性に目を向けていた。これは被写体を探すカメラマンの視点かもしれない。あるいは霧の向こうから赤い目でじっとルーシーやミナを見つめる。これはカメラのレンズの働きをしている。しかも、木箱の土やドラキュラ城の地下やカーファックスの屋敷の礼拝堂などのどこか湿ったところが選ばれるのは、「乾板」ではなくて、「湿板」というより古い写真術を連想させる。一八七一年に「乾板」が発明される前に、五一年に発明された「湿板」があった。撮影用の板を濡らすことで写真の原版となるのである。

正しい現像をするためには、余計な太陽光は禁物である。ドラキュラ伯爵が首を斬られ、心臓に杭を打たれると、一瞬にして姿が消えてしまったのは、感光して現像前のフィルムが台無しとなるのと似ている。しかも、この現像前の乾板やフィルムを二重露出させ、先祖の顔だとか別の画像をはめ込むことこそが、心霊写真を作る合成トリックに不可欠だった。ストーカーのドラキュラ伯爵が完全に太陽光を否定していないのも、写真術とつながっている。そして、伯爵がコウモリやオオカミ以外に不定形な「霧」に変身するのも、ルーシーが棺の中に消えていくのも、当時流行し、ガーゼやティッシュペーパーを利用したトリック写真による霊体の「エクトプラズム」を連想させる（この語がアレルギー研究で知られる医師のリシェによって作られたのは一八九三年である）。

写真術とそのトリックが、ドラキュラ伯爵のイメージの根底にある。その後映画内に登場するドラキュラが、原作をさらに押し進めて、極端に太陽光線に弱い、という設定になったのも当然である。現像前のフィルムが感光してしまえば、苦労して俳優の演技を定着させたはずの努力がすべて台無しとなってしまう。映画において、光をどのように扱うのかは難問で、一八九三年に完成したエディソン社の「ブラック・マリア」と呼ばれるスタジオでは、屋根などを開閉して光の取り入れ方を工夫した。撮影現場での採光からフィルムの現像まで、侵入する光の量を神経質に調整する必要があった。しかも可燃性のフィルムは、上映中に光が当たりすぎると溶けて穴が開く欠点をもっていた。自然発火などで重要な映画のネガが燃えてしまうこともある（たとえば、小津安二郎の『東京物語』もネガが焼失して永遠に失われた映画の一つである）。そして、戦後に不燃性のフィルムに置き換えたときに、拙速に画像の質が低いまま焼き直されたり、短縮版に再編集されたりして、多くの貴重なフィルムが失われてしまった。

しかも、エディソン社などが作った初期映画は、明るい室内でディスプレイなどを通じて観るとぼやけた感じを与えるが、まったくの暗闇のなかで観るならば、目が慣れて像がはっきりしてくる。「暗箱」で撮影した映画を見せる映画館が「暗箱」になったのも、たとえ解像度の低いものであっても、暗闇のなかでは十分に楽しめるからだ。そこにジョナサンが青い炎について言っていた「視覚的効果」が生じる（第一章）。

現在のゲームなどの「VR(仮想現実)」が、ゴーグルタイプの装置を装着することで横から余計な光が入りこむのをさえぎるのも、疑似的な暗箱を作っているのである。一九〇五年に「ニッケルオデオン」のような常設の映画館ができるまでは、初期の映画には個別に見ることができる「覗きからくり」による上映方法もあった。ドラキュラ伯爵は、実体ではなくて影を定着させた存在だから、最初から写真や映画の表象のように、そこにありながらも掴みにくいものだったのである。

そして、ロンドンとトランシルヴァニアの二ヵ所が、裏返したようなネガとポジの関係となり、『ドラキュラ』のテクスト内で大きな役目を果たすのも、「写真」のメタファーが根底にあるとすれば不思議ではない。「心霊写真」のようにアイルランド問題を合成することもできる。それに、「湿版写真」以降、ひとつのネガからたくさんの同じ複製プリントを作り出せるようになったことが、ドラキュラの増殖のイメージを支える。木箱や棺を移動しながらドラキュラが出番を待ち構えているのも、写真の像としてのドラキュラがあちこちに存在している姿に見えてくる。しかも覗きこんだジョナサンにやったように、ぎょろっと目を向ける動く写真としてなのである。

2　映画に変身するドラキュラ

【演劇から映画へ】

『ドラキュラ』の創作の背景には、ストーカーが秘書をつとめた名優ヘンリー・アーヴィングの演技があり、演劇との関連が深いことは、シェイクスピアを題材にすでに何度も説明してきた。そうした期待に応えるように、九七年五月には小説出版に合わせて、ストーカー自身が劇化した『ドラキュラ、あるいは不死者』がアーヴィングの演出で上演された。ところが、この年にライシーアム劇場は巨大な赤字を生み、翌九八年には劇場が火事となり、舞台装置などが焼けて損失を被ってしまう。そして、その後アーヴィングも病に倒れて、常設劇場を捨て地方回りの劇団となっていく。まるで伯爵の呪いを受けたような顛末である。

アーヴィングは一九〇五年に亡くなった。最盛期のアーヴィングの演技について、劇評やメフィストフェレスなどに扮した写真を駆使してどれほど立証しても、映画登場以前の俳優であり、演技を映像にとどめることができなかったせいで、あくまでも「伝聞」の域を超えない。ただし、アーヴィングの肉声は残っている。シュワード博士が使ったような蝋管式録音機に入れたシェイクスピアの『リチャード三世』の有名な「今やわれらの不満の冬が過ぎて」という冒頭部分などがある。すさまじいシリンダーの回転音の向こうに、アーヴィングのいささか時代がかったセリフ回しが聞こえてくる(サイト「アーヴィング協会」)。シュワード博士の日記も、こんな雑音の彼方に記録されていたのかと思うと、それをタイプライターで起こしたミナの苦労も忍ばれるほどだ。

映画が発明されたとはいえ、世紀の転換点には、まだ演劇が大きな力をもっていた。ユニバーサル映画版の『フランケンシュタイン』も『魔人ドラキュラ』も、じつは省略され改変された舞台版を踏まえていたことで、原作とは異なる味わいをもっている。どちらも原作そのままの映画化ではなかった。現在でも、映画化すると、小説やコミックスの原作から逸脱した改変がファンからの抗議を受けたりするが、小説を演劇化していた時代から、そうした批判はつきまとっていたので、とりわけ目新しい話題ではない。

そもそも同じ台本に基づき別の役者や舞台装置によって公演がおこなわれる演劇というジャンルが、演出家の意図によって、上演ごとに改変や改作をされてきた歴史をもつ。だから、原作を映画化するときにも、演じる役者の人数の関係で登場人物を減らし、人物関係を整理することもよくある。ルーシーとミナのどちらかにだけ焦点があたるとか、レンフィールドやクィンシー・モリスが不要に思えたならば削除されてしまうのだ。当然、筋の展開が大きく変わってくる場合もある。対決ものならヴァン・ヘルシング教授が前に出てくるが、逆にほとんど教授が活躍しない場合もあり、作品の性格によって人物の扱いも異なるのである。

また、舞台上で場面転換の数を減らすために、話を室内だけに限定するなどの改変もよくあった。場面から場面の移動は背景を描いた後ろの幕の入れ替えで終わりとか、椅子とテーブルくらいの小道具で、あとは必要な大道具のセットをいかに少なくして物語を展開するのかが鍵となる。映画の撮影での予算と直結するそうした工夫自体が、演劇から学び参照した点も多いのだ。

ドラキュラがここまで人気を得て普及したのには、やはり映画の影響が大きい。劇場では観客数も限られるし、同時に複数の場所で同じ作品を観ることはできないのだ。ドラキュラ伯爵そのものが複製芸術としての写真のメタファーを秘めていたが、動かない死体が動く姿を再現するのには、たとえ人間が演じているにしても、死者が動く姿をとらえる「動く写真」の力がもつ説得力は大きいのだ。

映画のなかに登場するキャラクターとして、舞台から受け継いだコウモリのような黒いマントを着た「ドラキュラ」や犬歯を鋭く光らせ喉笛に向かう「吸血鬼」が、お約束の記号と化したせいで、あらゆるところで引用可能となる。ドラキュラがヴラド・ツェペシュだという関連が切れ、そうした過去をもたなくなることで、『ドラキュラ』という作品の文脈から抜け出せる。そもそも、最後にジョナサンに首を斬られ、クィンシー・モリスに心臓を突かれたのだから、ドラキュラ伯爵はこの世から消えてしまったわけだ。それと引き換えに、作品の外での増殖が許されるようなった。その居心地のよい住処がまずは映画だったといえる。ここでは、代表的なドラキュラ映画を取り上げて、伯爵の増殖ぶりを確認したい。

【『吸血鬼ノスフェラトゥ』(一九二二)】

最初の特筆すべき映画作品は、ドイツのムルナウ監督による一九二二年の『吸血鬼ノスフェラトゥ』である。『ノスフェラトゥ　恐怖の交響曲』が原題で、「ノスフェラチェ」という記述もあるようだ。この作品は、ストーカーの未亡人に著作権の許諾を得ず違法に製作されたせいで、タイトルも「ノスフェラトゥ」という『ドラキュラ』の本文にも出てきた「吸血鬼」を指す語を使い、ドラキュラではなくオルロク伯爵とし、舞台もロンドンではなくブレーメンへと変更された。そのおかげで、大陸内の物語として完結することになった。

オリジナルは九十四分の長さとされるが、多く流布してきたのはアメリカで編集された六十二分版である。ところがパブリック・ドメインになったせいで、新しく音楽を入れたりした八十一分や八十四分の版などが作られてきた(サイト「ブレントン・フィルム」)。サイレント映画なので、台詞字幕をどれくらいの長さで入れるのか、観客が文字を読みとる速さの設定によっても、全体の時間が変わってくる。

舞台は一八三八年のブレーメンで、ハッター(=ジョナサン)が、妻のエレン(=ミナ)を残して、ノックという不動産業者の指示でトランシルヴァニアへと出かける。そこで、オルロック伯爵による「荒れた屋敷」という指定にふさわしい、ハッターの住居の向かいにある家を紹介するのだ。トランシルヴァニアの城で待っていたのは、長身でふだんは両手を脇にぴったりと置き、頭が禿げた「ネズミ型」(仁賀克雄)の独特な伯爵像だった。

サイレント映画らしく、俳優たちは過剰な感情表現をするが、黒い影を効果的に使いハッターやエレンに襲いかかる伯爵の姿を見せてくれる。吸血鬼に影がないのではなく、むしろ影が強調されている。そして、映画は伯爵の侵略をペストととらえ、ネズミとの関係を描き、それが伯爵の造形に寄与した。ブレーメンへと棺で運ばれるとき、港でもちあげるとその下にネズミがいて、デメテル号でもネズミが姿をみせる。寄港地に奇病が流行ると新聞に記事が出るが、ついには「ペスト」と断定する。中世以来の「黒死病」のイメージがはっきりと重ねられている。

城のなかで購入物件に関して打ち合わせをしている最中に、偶然似姿を見たことで、「首筋がすばらしい」と称賛して、伯爵はハッターの妻エレンへの関心を高める。そして、伯爵がブレーメンへと近づいていくにつれて、エレンは夢遊病となりベランダの手すりの上を歩いたりする。船を降りた伯爵は自分で棺をもって、ハッター家の向かいの家に引っ越してしまう。

他方でハッターは、棺の中にいる伯爵の姿を目撃したので、正体が吸血鬼だと気づく。そして、幽閉された城からシーツをロープ代わりにして脱出した。なんとかエレンの許へとたどり着き、後半は伯爵とハッターとエレンの夫妻の間の攻防が軸となっている。ここでは、ルースとされたルーシーとゴダルミング卿やヴァン・ヘルシング教授などは背景に退いてしまう。クィンシー・モリスにいたっては影も形もない。

吸血鬼について記した一冊の本が鍵となる。ハッターは最初それを読んで迷信だと笑っていたのだが、伯爵に血を吸われたあとでは、実際の事実を描いていると恐怖におののくのだ。エレンもその本から、「無垢な女性が自分の血を犠牲にすること」で吸血鬼を退治できるという知恵をさずかる。エレンが女性性を利用することで伯爵を破滅させるのだが、その役割を果たすのが、『ドラキュラ』のルーシーではなく、ミナにあてはまるエレンとなっている点が重要である。これは冒頭で妻を喜ばせようとして花を摘んできたハッターに「どうしてこんな美しい花を殺すの?」とエレンが問いかける場面と対応している。美しいものが犠牲になるという発想がここにある。

伯爵はエレンの首筋から血を吸うのに夢中になり、夜明けを迎えてしまう。狂気に陥ったノックが病院のなかから「ご主人様、気をつけて」という忠告をするのだが時遅しで、朝日を浴びてこの世から消えてしまうのだ。伯爵は、首を斬られたり、杭を打たれたりする直接的な行為によって滅んだのではなく、女性の犠牲と朝日の力によってこの世から消えたのである。

『吸血鬼ノスフェラトゥ』だけでなく、『カリガリ博士』(一九二〇)や『メトロポリス』(一九二七)を、第一次世界大戦後のワイマール文化の文脈で論じたアントン・ケースは、新しい体験としての「大量死」が、トラウマとしてこの映画に描かれているとみなす(『シェル・ショック・シネマ』)。監督のムルナウ自身が戦場で大量死を体験してきたせいでリアリティをもち、オルロク伯爵の移住する「荒れ果てた館」や市中を運ばれる棺などは、黒死病のイメージだけでなく、戦争体験の表現なのである。そして、「オルロク」がオランダ語の「戦争」という語の響きをもつとケースは指摘している。デメテル号の内部の棺に眠っている伯爵に、次々と船員が襲われて逃げ場のない場面が執拗に描かれる。「十分経ってもどってこなかったら」と仲間に言い残して、斧をもって船底に向かった船員が、棺に穴を開けるとネズミが出てきて「なんだネズミか」と安心すると、さらに別の棺から、伯爵が横たわった状態からまっすぐ直立してこちらに襲ってくる。船の外は海でありながらも、死を覚悟して脱出しなければ襲われるという描き方には、大量死を生み出した戦争の出口なしの閉塞感がよく出ている。

このように読み換えることができたのは、ストーカーの描いた「ドラキュラ戦争」が、そもそも第一次世界大戦とつながる可能性を秘めていたせいである。普仏戦争以来、イギリスは仮想敵としてドイツを考えていた。そのドイツ自身が、イギリスのテクストを使って内部の体験を描いたときに、一八三八年という設定ではなく、一九一八年をとりこんだものとなりえる。それがドラキュラ伯爵という仕掛けをムルナウ監督が必要とした理由なのだ。やはりムルナウ監督が、二重人格の分裂を扱う『ジェキル博士とハイド』(一九二〇)で、スティーヴンソンの著作権を無視して原作を翻案し、原題を『ヤヌスの頭』として制作したのにも通じる。ただし、こちらのフィルムは失われてしまい詳細を知ることはできない。

その後『吸血鬼ノスフェラトゥ』は、パブリック・ドメインになったので、ヴェルナー・ヘルツォーク監督によるリメイク版が一九七九年に作られた。ストーカーの原作の著作権も切れていたので、クラウス・キンスキーは晴れてドラキュラ伯爵を演じた。ただし、ミナではなくてルーシー・ハーカーという設定になっている。画面がカラーになっただけでなく、運河の町に閉塞感を感じているジョナサンの姿があり、ジプシーたちによりドラキュラ伯爵の恐怖が説明され、ロマン派好みの崇高な風景などの細部が描きこまれていた。その結果、オリジナルの第一次世界大戦の喪失感よりは、東西に分裂したドイツや冷戦期の不安を浮かびあがらせるのだ。トランシルヴァニアという「森を越えた国」が、西ドイツから見た東側の世界を指すものに変わっている。

【『魔人ドラキュラ』(一九三一)】

ムルナウ監督の『ノスフェラトゥ』などワイマール共和国時代の恐怖映画は、直接ハリウッドのホラー映画に影響を与えた。作り手たちが職を求め、あるいは亡命のために、アメリカへと渡ったのだ。ムルナウ監督も、フォックス社に招かれて、『サンライズ』を製作した。寓話的で、魔性の女に誘惑されて、妻の殺害をそそのかされる田舎の男の物語だった。そして、未来SFの『メトロポリス』の監督フリッツ・ラングは、亡命して西部劇などを作った。

ワイマール映画はフィルム・ノワールなどに大きな影響を与えた。たとえば、『ゴーレム』や『メトロポリス』の撮影監督だったカール・フロイントは、一九二九年に移民としてアメリカにやってきた。フロイントは、『魔人ドラキュラ』(一九三一)そしてポーの小説を映画化した『モルグ街の殺人』(一九三二)の撮影監督をつとめた。どちらも、ユニバーサル映画にスカウトされたベラ・ルゴシが主演した作品である。

ルゴシはハンガリー生まれの俳優で、『魔人ドラキュラ』でドラキュラ伯爵のイメージを決定づけた。ネズミ型の『ノスフェラトゥ』のオルロク伯爵よりも、小説の伯爵に近い。とりわけ、ルゴシの眼力は、まさに邪眼のもち主としての伯爵にふさわしい。スチル写真にもある両手を宙に浮かべて、襲いかかるルゴシの姿を映画のなかでフロイントは印象的にとらえた。

ユニバーサル映画『魔人ドラキュラ』や『フランケンシュタイン』といったホラー映画が登場したのは世界大恐慌以降である。第一次世界大戦と第二次世界大戦の間で揺れ動き、のちに「戦間期」と呼ばれることになる時代のちょうど中間にあたる一九二九年に起きた世界大恐慌は、大衆娯楽としての映画を繁栄させた。安価な娯楽として、悲惨な現実を忘れさせるための絢爛豪華な世界を画面上に用意する一方で、恐怖を題材にして「ショック」を与える映画を作り出していた。ユニバーサル映画は、ワーナーや20世紀フォックスなど上位の映画会社（ビッグ5）を追いかける立場で、ホラー映画を低予算映画として作ることにしたのだ。

目の光るコウモリの意匠を背景に、配役などの文字が並んでいく。これは何度となく登場する伯爵の目の印象を先どりしている。ベラ・ルゴシ本人の眼力もすばらしいのだが、それを補強するように、目の周辺にライトをあてていた。カラー映画ではあまり効果はないが、白黒映画なので、目の周囲が白く明るくなることで強調されたのだ。

『魔人ドラキュラ』は、「ヴァルプルギスの夜」の日没前に馬車が到着するところから始まる。これはストーカーの「ドラキュラの客」の借用である。土地の売買契約にやってきたレンフィールドが、ボルゴ峠に行きたいと願うと宿の主人が拒否する。ドラキュラ城には吸血鬼が住んでいて、ドラキュラと奥方たちはネズミやコウモリに変身できると、彼は説明する。だが、無理に頼んで真夜中のボルゴ峠まで連れて行ってもらうと、そこには伯爵自身が御者を勤める馬車がレンフィールドを待っていた。しかも馬車をコウモリが先導するのだ。峠の風景やドラキュラ城の外観や内部も絵に描かれたものだが、白黒の画面とつり合い、解像度が低いとそれほど違和感を与えない。

伯爵はレンフィールドの手引きでヴェスタ号という船に乗ってイギリスにたどり着いた。その船の中でレンフィールドは唯一の生き残りとみなされ、精神を病んでいてハエやクモの血を好むのでシュワード精神病院に入れられる。このあたりは『ドラキュラ』の原作の唐突さを合理的に説明しようとしている。そしてシュワード博士をミナの父親にして、フィアンセがジョン・ハーカー、友人がルーシーという図式を作り出す。ミナもハーカーも原作小説よりは階級が上がったように見えるし、速記術など登場する余地もない。家族関係の設定のおかげで、冒頭をのぞくと舞台はイギリス国内それも精神病院と伯爵の購入した屋敷で終始するのだ。

劇場で伯爵に出会ったルーシーが、ロマンティックな気持ちを抱いたことで、最初の犠牲者となる。そのルーシーの血液を分析したヴァン・ヘルシング教授は吸血鬼の仕業だと結論づける。ヴァン・ヘルシング教授を演じたエドワード・ヴァン・スローンは、ボリス・カーロフ版の『フランケンシュタイン』ではフランケンシュタインの先生となるウォルドマン教授の役を演じていた。またフロイントが監督した『ミイラ再生』(一九三二)でも、オカルトの権威ミュラー博士を演じて、ボリス・カーロフ演じるイムホテップというエジプトの怪僧と対決した。

伯爵と対決するヴァン・ヘルシング教授像は、この映画で確立したともいえる。高貴な伯爵と学者との戦いという『ドラキュラ』の対立図式が明確になった。ヴァン・ヘルシング教授は「ニンニク」ではなくて、吸血鬼対策として「トリカブト(wolfsbane)」を採用する。トリカブトの英語は「オオカミ殺し」というギリシャ語に由来するとされる。この映画で伯爵は、コウモリだけでなく、オオカミに変身することが多いので使われたのだ。

とりわけ「トーキー」の登場が、ホラー映画というジャンルを新しい段階に踏み入れさせた。『吸血鬼ノスフェラトゥ』は、サイレント映画らしく伯爵の影などの視覚的恐怖を中心だった。ところが『魔人ドラキュラ』では、ドラキュラ城の扉が開く時のきしむ音や「夜の子供たち」と伯爵が呼ぶオオカミの吠え声や、花売り娘が襲われる絶叫といった音響効果が恐怖をかき立てる。怖さを作り出す要素が視覚から聴覚に変わってきたのだ(ロバート・スパドニ『不気味な身体――トーキー映画の出現とホラー・ジャンルの起源』)。

伯爵が鏡に映らないという事実も、広間にあった煙草を入れる箱の蓋の裏についた鏡で露呈する。ヴァン・ヘルシング教授がその点に気づいたのだが、ミナやシュワード博士が伯爵と会話をしているはずなのに、鏡に映らず見えないというのが、伯爵の台詞が流れるだけなので明らかになる。会話の音声が聞こえているのに、鏡上に姿がないことが吸血鬼の証明となる。こうした場面が可能なのはトーキーだからだ。そして、「国に帰れ」と伯爵が教授に言い、眼力と挙げた右手で吸血行為の犠牲にしようと呼び寄せる場面では、ドラキュラ伯爵やヴァン・ヘルシング教授の外国なまりの英語の響きが、ロンドンで対立する外国人たちを強調している。

日本の怪獣映画の原点である『キング・コング』(一九三三)が人気を得たのには、視覚的な特撮だけでなく、RKOという映画会社が、RCAの開発した映画館の音響設備を売りにして、ミュージカル映画とホラー映画を作っていたことが背景にある(この点は拙著『モスラの精神史』で触れた)。テクノロジーが新しいジャンルを生み出し、ドラキュラ伯爵＝写真機のメタファーを拡張したのだ。『ドラキュラ』において、あくまでも文字表現だったものが、今度は音響として登場するのである。

ベラ・ルゴシはゾンビ映画の始祖である『恐怖城』(一九三二)にも主演した。ドラキュラ伯爵の視覚イメージを作っただけでなく、西インドのハイチを起源とする「白いゾンビ」の原型も担ったのだ。ただし、現代のモダンホラーの小説や映画でのゾンビ概念は、ジョージ・A・ロメロの『ナイト・オブ・ザ・リビングデッド』(一九六八)以降に成立したとされる。それでも、ドラキュラ伯爵とおなじく「邪眼」をもって動き回る「死体」の姿がルゴシによって三〇年代に表現されていたことは重要である。

【『吸血鬼ドラキュラ』(一九五八)】

イギリスのハマー・フィルムは、その前身となる会社で第二次世界大戦前から映画を作ってきたが、戦後になって映画セットの費用を節約するために、部屋がたくさんある大邸宅を借りて撮影する手法で映画製作をおこなった。戦前のユニバーサル映画の作品をなぞることで、ホラー映画のラインナップを確立していった。最初の「ハマー・ホラー」作品は『フランケンシュタインの逆襲』(一九五七)で、このときには怪物をクリストファー・リーが、ヴィクター・フランケンシュタイン博士をピーター・カッシングが演じた。

その成功に気をよくして、『吸血鬼ドラキュラ』(一九五八)が作られた。「一八八五年」が舞台で、リーがドラキュラ伯爵を、カッシングがヴァン・ヘルシング教授を演じている。ジョージ・ルーカスが『スター・ウォーズ』で、デス・スターの総督をカッシングに、またリーを続編の「アナキン三部作」でドゥークー伯爵(もちろんドラキュラ伯爵に由来)として登場させたのは、まさにハマー・ホラーへのオマージュに他ならない(このあたりの関連は、拙著『スター・ウォーズの精神史』を参照のこと)。

オープニングでは、いきなり大きくカッシングの名前が出てから原題の『ドラキュラの恐怖』と出てくる。この時点では、リーよりも、カッシングの方が上の扱いである。不気味な怪物の意匠を背景に配役などが流れ、カメラがパンするとドラキュラの棺が映し出される。新しい司書として雇われてやってきたジョナサン・ハーカーの日記から話は始まる。ジョナサンは司書のふりをして、伯爵を倒しに来たことがわかる。ドラキュラ城に入っていくと、女性が現れて「助けてくれ」と嘆願する。じつは女吸血鬼で、伯爵とジョナサンを奪い合い、首筋を噛むのだ。

ジョナサンは昼間に棺を見つけ、寝ている伯爵と女吸血鬼を発見するが、まず女吸血鬼を杭で打ち殺す。その悲鳴に伯爵は逃げおおせて、今度はジョナサンに襲いかかってくる。そして、ジョナサンの友人であるヴァン・ヘルシング教授がドラキュラ城に着くと、伯爵の棺を載せた馬車が入れ替わりに出てきて脱出してしまう。犠牲となって吸血鬼化してしまったジョナサンをヴァン・ヘルシングが杭を打って葬ることになるのだ。ジョナサンの婚約者ルーシーの写真を見つけて気に入った伯爵はルーシーを襲い、そして次にゴダルミング卿の妻のミナを毒牙にかけていく。

ここまでからも、『ドラキュラ』とは設定が大きく異なっているのがわかる。しかも、船による移動の場面はなく、トランシルヴァニアと地続きの設定となっている。多くのシーンが室内と墓地とで展開するのも、単純に予算の関係からである。だが、ゲルダという女中、インシュタットという地名、フリードリヒシュトラーセのマークス(マルクス)という葬儀屋のようにドイツ語風の名前で彩られているのは、ユニバーサル映画版よりも『吸血鬼ノスフェラトゥ』の世界に近い雰囲気を醸しだす。そしてルーシーとジョナサンを結びつける設定は、ヘルツォーク監督のリメイク版の『ノスフェラトゥ』に採用された。

伯爵とヴァン・ヘルシング教授との対決が軸となる。最後に伯爵がミナを連れてドラキュラ城へと逃げたのを、ゴダルミング卿とヴァン・ヘルシング教授が追っていく。そして、夜明けを避けて地下に隠れようとする伯爵と取っ組み合いとなり、カーテンを開けて入れた太陽光のせいで、伯爵は焼けてしまい骨と化す。逃げようとする伯爵に対して、燭台を組み合わせた十字架をヴァン・ヘルシング教授は武器として有効に使うのだ。

蝋管式録音機をヴァン・ヘルシング教授が使用し、ミナに輸血をする場面がきちんと描かれるなど、原作を踏まえたところがある。だが、伯爵が二人の女性の血を吸う場面では、女性の側が伯爵の誘惑に屈服し、ルーシーは喜んで自分のベッドに招き入れるし、ミナの場合はどこかロマンティックな雰囲気に満ちていた。ルーシーのときには吸血場面は大きなマントで隠されるが、ミナのときには扉が閉ざされたあと、ベッドの上で愛し合うようにして伯爵はミナの血を吸う。また、女吸血鬼やルーシーはヴァン・ヘルシング教授によって杭を打たれると叫び声をあげ、ルーシーのときなどは、直視できないゴダルミング卿が行為に耐え難いように悶絶するのだ。音響効果と視覚効果の計算が、「戦慄のエロチシズム」（種村季弘）を掻き立てるように計算されている。

ここで伯爵は燃え尽きてしまったはずだが、続編が作られることになった。合計で七本のドラキュラ映画にリーは出演し、ドラキュラ俳優としての名声が定着した。ユニバーサル映画はドラキュラ映画の続編を家系の話として処理しようとした。そこでドラキュラの娘や息子といった血がつながっている後継者を登場させた。ところが、「ハマー・ホラー」の場合は、リーの演じるドラキュラ伯爵の「復活」が鍵となる。

続編の『凶人ドラキュラ』（一九六六）では、伯爵は灰から甦るのである。『吸血鬼ドラキュラ』の最後で風に灰が散ったことで、ドラキュラ伯爵がそこから自己複製や再生をして存続することになった。おかげで同一の伯爵が甦り続けるのだ。それが、娘や息子といった家系とも、他人であるルーシーやミナが吸血鬼になるといった単なる増殖とも異なる新しいドラキュラ像を生み出した。もちろん、リーにずっと吸血鬼役をしてほしいという願望から生まれた苦し紛れの工夫だったのだが、『ドラキュラ』の世界を継続するには、灰からの復活は安易だが効果的な発想だった。

【『ブラム・ストーカーのドラキュラ』（一九九二）】

ロマン・ポランスキー監督は、『ロマン・ポランスキーの吸血鬼』（一九六七）で、吸血鬼ハンターの教授と助手を主人公にしたコメディを作った。「怖いものなしの吸血鬼ハンター」という原題でもわかるように、いたるところに身体的な笑いをこめたドタバタ劇だった。吸血鬼を求める一行が、フォン・クロロック伯爵という吸血鬼と出会って、棺を雪のなかで滑らしたり、杭を打つと間違って手を打ってしまったり、といった騒動を繰り広げる。そのなかで村娘を演じ、ポランスキーの妻だったシャロン・テートは、六九年に自宅で殺害されてしまう。いわゆる「チャールズ・マンソン事件」で、カルト的な集団が引き起こした惨劇とされる。

その体験の直後にポランスキーは、ひたすら流血と死を強調した『マクベス』(一九七一)を完成させた。三人の魔女と三人の女吸血鬼が対応するように、このシェイクスピア劇が『ドラキュラ』の下敷きである点を考慮すると、むしろこちらの方が吸血鬼映画に見えてくる。シェイクスピアの舞台では描かれない殺戮や処刑がしつこく描写されていた(とはいえ、人肉を食べさせる『タイタス・アンドロニカス』や、目を潰す『リア王』など、残酷描写はシェイクスピアが得意とするところでもあるが)。また、プレイボーイ社が資金を出して製作した映画で、性や暴力に対するハリウッドの検閲コードが変更になった時代の産物でもあった。

そうした新しい流れのなかで、フランシス・フォード・コッポラ監督によるゲイリー・オールドマン主演の『ドラキュラ』(一九九二)が公開された。ミナと伯爵のロマンスものに改変した作品だった。『ドラキュラ』発表の「一八九七年」を舞台にしていて、ヴァン・ヘルシング教授に扮したのは、アンソニー・ホプキンズだった。ホプキンズは、前年に『羊たちの沈黙』で、人間の肝臓を生でむさぼるレクター博士を演じたので、そのイメージが強くてドラキュラよりも怖そうだった。それがドラキュラ伯爵側のラブロマンス的な雰囲気をさらに高めるのだ。

冒頭では東ローマが滅亡して、オスマン帝国の侵略にワラキアなど小国が対抗する時代背景が説明される。そしてヴラドは新妻のエリザベートを残して戦いに出る。その間に敵の策略で、ヴラドが戦死したというニセの報せの手紙が届いて、それを信じた新妻が飛び降り自殺をしてしまう。だが、自殺者は『ハムレット』のオフィーリアのように、正式の墓に入ることができない。その扱いに怒り狂ったヴラドは、「神を守るために戦ったのに、この仕打ちはなんだ」と呪いの言葉を司祭に浴びせて、神への反逆を誓う。それがヴラドが吸血鬼となった理由なのである。

これはドラキュラ映画の歴史修正主義版ともいえる。冷戦体制が崩壊し、ナショナリズムや多文化主義が台頭し、当然ながら歴史を見直す考えが強くなる。ヴラド・ツェペシュをハンガリーやルーマニアのたどった歴史のなかに置くものだ。ヴラドとしての伯爵を強調する『ドラキュラZERO』(二〇一五)のような作品を生み出す出発点は、コッポラ版にあった。

ヴラドの妻だったエリザベートとジョナサンの婚約者のミナとの二役を、ウィノナ・ライダーが演じたことで、ドラキュラ伯爵の時空を超えたラブロマンス的展開になることが予告されていた。女吸血鬼たちに「あんたは決して愛さなかった」と女吸血鬼のひとりに言われた伯爵が、「いいや、私は愛することができる。昔のことを考えれば、それはわかるはずだ」(第三章)と応答する。この点をコッポラ監督は拡大してみせたのだ。「昔のこと」をエリザベートとの関係とみなしたのだ。

伯爵へ地所を説明する前任者だったレンフィールドが精神に変調をきたし、ジョナサンが代わりに向かうことになる。しかも人物関係を整理してドラキュラの怖さに絞ったルゴシ版やリー版に比べると、百二十八分と上映時間が長いので細部を詳しく描くことが可能になった。たとえば、有閑のルーシーと働くミナの階級の違いを描きわけて強調する。これは、ルゴシ版にもリー版にもなかった部分だ。そして、ここでの伯爵は「退化」を表すように、掌に毛が生えているというストーカーの原作を踏まえたものになっている。しかも夢遊病となって夜間に出歩いたルーシーを襲うときに、伯爵は全身が毛むくじゃらの巨大な猿のような姿をしている。その姿を発見したミナに「見るな」と拒絶するのは、ミナがかつてのエリザベートの生き写しだからである。最愛のエリザベートが、しがない事務弁護士の妻となる運命の女性になってしまったことに伯爵は憤る。しかもルーシーがラファエル前派の絵から出てきたような赤毛に対して、ミナを黒髪にすることで、ジョナサンと伯爵の間で心が揺れるミナ像を強調していた。

コッポラは映画が得意とする視覚的な類似の連想を使う。太陽が鉄道のトンネルの穴に重なり、ルーシーの喉についた二つの傷が、オオカミの目になるといった具合だ。ドラキュラ伯爵の目が宙に浮かんでいたり、影があちこちに動き回ったりする姿が描写される。それは、この映画自身が映画であることを意識して作られているせいだ。

吸血鬼は昼間出歩くことができると設定して、青いサングラスをかけてドラキュラはロンドン市内を歩きまわる。そこでミナを発見するのだが、路上では「活動写真」を宣伝していた。そうすると、通りを歩く人々の動きがギクシャクとして、足早に動くように見える。初期映画の手回しの撮影機材では、回転数が均等にならなかったのと、一秒間のコマ数が現在の映写機と異なるので、早回しになるのを模倣している。そして、伯爵がミナを誘った見世物小屋では、鉄道の映画が流され、他にも影絵芝居など当時の視覚的な見世物が上映されている。自己言及的に映画が百年前の自分の起源を語っているのだが、伯爵が「動く写真」のもととなった写真機のメタファーであるので、それも当然に思えてくる。

ヴァン・ヘルシング教授たちが、ルーシーの首を切断し、木箱を燃やす傍らで、ミナと伯爵の愛は高まっていく。しかも、ストーカーの小説とは異なり、伯爵が自分の胸に傷をつけてミナに飲ませようとするとき、血を飲むのを切望するのはミナであり、それに対して伯爵の方が「死の谷を歩むことになる」からとためらいを見せるのだ。最後には、ミナはウィンチェスター銃を持ちだして、伯爵を殺そうとするジョナサンたちに逆らう行動までとる。そして、ドラキュラ城の天井に描かれた伯爵とエリザベートの絵の下で、ミナが愛ゆえに伯爵の心臓にとどめを刺し、首を斬ることになる。

豪華な舞台装置を使いながら、コッポラ監督は、ロマンティックな解釈を最後まで貫くという改変をおこなったのである。『ゴッドファーザー』の三部作で描いた家系と流血の物語のように、この映画でも流血や性的な行為を美しく描きだしている。しかも、コッポラ監督自身がイタリア系で、カトリックの雰囲気のなかで育ったことで、罪人である伯爵への神の赦しを描く余裕をもっていたことが、新しい解釈のドラキュラ映画を可能にした。伯爵とミナの愛に主題を絞ったことで、ドラキュラ映画に新しい光をもたらしたのだ。

このようにドラキュラ映画は、恐怖を描くだけでなく、それぞれの時代の雰囲気をとりこみながら、メディア表現の変化に応えてきた。ドラキュラ伯爵の物語を映画化してきた歴史は、原作の『ドラキュラ』がもっていた可能性をどのように広げるかを工夫してきた歴史でもある。その結果、各時代の恐怖や愛についての考えに応答してしまうのだ。そして、さまざまなシリーズ物に展開できるのは、キャラクターとしてのドラキュラ伯爵の強さにある。黒マントに鋭い犬歯という約束事さえ守れば、どのような映画に出てきても、同じような価値をもつと思えてしまう。その姿さえ登場すれば、余計な説明は不要となり、観客の関心を吸血という行為に専念させられるのだ。

3 孤高の伯爵から学校の友達へ

【吸血鬼に声を与える】

映画で活躍し、増殖してきた伯爵だが、『ドラキュラ』という小説には伯爵自身の手記などが不在なことに触れて、ドラキュラ伯爵本人の声が描かれていないとする意見もある。『吸血鬼ノスフェラトゥ』では、野蛮を強調してなのか、伯爵からの手紙はどこの言語とも知れない絵文字で書かれていた。『ドラキュラ』を読む限り、伯爵の読み書き能力は英語にまで及ぶ以上、どこかに手記が残されていいても不思議ではない気もする。

また、ジョナサンたちが引用し書き留めた伯爵の台詞は、彼を迎え入れるときの「ようこそ我が城へ」(第二章)から、ロンドン脱出前の「ざまを見るがいい!」(第二十三章)という捨て台詞までたくさんある。だが、こうした発言はあくまでも間接的な記述であって、さまざまな形で「編集」し「検閲」されている。引用ですら、不要の箇所が削除される場合がある。シュワード博士が後を託したパトリック・ヘネシーの報告書では「次に」という前置きがあってからレンフィールドについて述べているが、その前の不要な情報を削除した痕跡として「＊＊＊」という記号が残っている。これはジョナサンたちが適宜情報を編集している証拠でもある。しかも、情報不足を補足するために、開封されなかったルーシー宛のミナの手紙や投函されなかったヴァン・ヘルシング教授の手紙までもが引用されていた。もしも、伯爵の手記や録音をおさめた蝋管が残っていて引用されたならば、「ドラキュラ戦争」は違って見えるはずだ。すでに述べたように、コッポラ版の映画化でも、「いいや、私は愛することができる」という台詞を新しく解釈しなおして、伯爵の行動に一種の正当性を与えようとしていた。それ以上の正当化が可能となるはずだ。

『ドラキュラ』においては不在だった吸血鬼の内面の声を語らせるというのは、のちの作家にとって課題となった。そうした試みの記念すべき達成が、アン・ライスの小説『インタビュー・ウィズ・ヴァンパイア(夜明けのヴァンパイア)』(一九七六)だった。ライスがアメリカ南部のカトリックの雰囲気で育ち、それに基づいて作品世界を作りあげた。ニューオーリンズなどを舞台にして、吸血鬼小説を一新した。ルイという主人公が、レスタトという吸血鬼との体験について語っていく。農園を手に入れようとして殺戮をおこなうところから始まるが、その様子をインタヴューする若者が、途中でカセットテープをひっくり返す行為など、まさに、新しいメディア環境のなかでおこなわれていることがわかる。ここでのカセットは、シュワード博士の蝋管式録音機の代わりにすぎない。

ライスの小説は「ヴァンパイア・クロニクルズ」としてシリーズ化された。その人気を受けてアイルランド出身のニール・ジョーダン監督による映画化作品が一九九四年に作られた。七〇年代にライス自身が書いた脚本を下敷きに、ブラッド・ピット(レイ役)とトム・クルーズ(レスタト役)の若手人気俳優を使いヒットした。ライス本人はレイ役としてアラン・ドロンを念頭に置いていたとされる。アメリカ南部のコロニアル様式の建物や奴隷制社会を背景に、不死者であるからこそ苦悩が永遠に続く物語が展開していた。

一七九一年に、レスタトに襲われた二十四歳のルイがしだいにヴァンパイアとして成長していく「教養小説」でもある。食欲がなくなり、代わりに棺と血が必需品となる。しかも、ときにはネズミの血を代用食とする。致死量の血を吸って殺しに慣れることをレスタトはルイに求め、社交界を狩りの場として、レスタト本人は男女を問わず犠牲にしていた。だがルイは人間を襲うのに抵抗があり、動物しか殺せずにいたが、主人思いの料理女の血を思わず吸ったことで目覚め、自分たちが隠れていた農園の屋敷に火をつけて灰にする。南部の奴隷制を背景に、ここでは階級の搾取の代名詞としての吸血鬼が表現されている。

ニューオーリンズの町がペストに襲われているなかで、ルイは偶然出会った少女のクローディアの血を吸ってしまう。そしてレスタトは自分の血を飲ませてクローディアを吸血鬼にしたときに「お前はルイとおれの娘だ」という。ところが子供の姿のままで成長しないクローディアが、レスタトへ復讐するために新鮮な生き血ではなく「死者の血」を吸わせて倒すのだが、それでも復活してきたレスタトを彼女は火の海に葬る。その後、ルイとクローディアは一八七〇年のパリへと渡ったのだが、そこにいたヨーロッパの吸血鬼たちとの軋轢のなかで、結局ルイはクローディアを失うことになる。そして、ルイは失意のなかアメリカに戻ってひっそりと暮らしてきたのだ。その歴史がインタビューのなかで回想される。映画の最後にはレスタトがまた出現して、「お前を見続ける」とルイに宣言した因縁が二百年経っても変わらないのがわかる。

光も、十字架も、ニンニクも迷信でしかないとみなして、レスタトのように快楽を肯定し、「殺人者」であることを認めることができず永遠に人間と吸血鬼の間で苦悩するルイを主人公としている。

物理的つまり身体的に吸血鬼となっても、精神的に吸血鬼になれない者の苦悩を浮かび上がらせたのが、ライスの成果だった。アメリカ北部よりもフランスに親近感を覚えるアメリカ南部社会が抱えているさまざまな屈託をそのまま映しとっている作品となっていた。

しかも、映画化を担当したのは、赤ずきんちゃんの現代版であるアンジェラ・カーター原作による『狼の血族』(一九八四)以来ファタンジーやホラーを手掛けてきたジョーダン監督で、その後、『ビザンチウム』(二〇一二)という舞台劇に基づいた吸血鬼映画を作った。ビザンチウムという売春宿に住む母娘の吸血鬼の話だった。こうして、ドラキュラ映画の系譜から離れて、吸血鬼の側に視点をずらしたものがたくさん作られるようになる。それはマイノリティとしての吸血鬼の設定に、人種や民族や階級や性的志向や宗教などのさまざまな少数者が、感情移入をすることができるからだった。

【吸血鬼が勝利した世界】

人間が支配的な世界で、吸血鬼はどこまでもマイノリティの存在である。だからこそストーカーは『ドラキュラ』のなかで、滅びていく王侯貴族の姿をとらせた。だが、もしも吸血鬼が人間に勝利したのならば、今度は人間がマイノリティとなる。ドラキュラ伯爵がヴァン・ヘルシング教授たちに退治されずにいたならば、たとえ増殖であっても、子孫や眷属《けんぞく》が広がるのかもしれない。それこそが、『ドラキュラ』に眠っていた恐怖の正体だった。

好敵手となるためには、ヴァン・ヘルシング教授をピーター・カッシングやアンソニー・ホプキンズのようなタイプではなく、若くて筋骨隆々な主人公に据える発想が生まれた。『魔人ドラキュラ』

などのミナを救済しようとする教授を超えて、悪を駆逐する「善」の代表として、ヴァン・ヘルシング教授が活躍することになる。『吸血鬼ドラキュラ』のカッシングは、確かに流血にも動ぜず、ルーシーや女吸血鬼の杭打ちも厭わない教授なので、もっと若くて強靭な肉体があれば、ドラゴンを退治した聖ジョージのような戦う聖人に近づくのだ。

伯爵がたくさんの血を吸うことで若返ったように、ヴァン・ヘルシング教授も若返ることで、永遠に戦い続けたらどうだろう。そうした願望が、ヒュー・ジャックマン主演の『ヴァン・ヘルシング』（二〇〇四）のようにモンスターと戦い続ける主人公を生みだすことになる。バチカンの闇組織というカトリック的な設定を前面に出し、その一員としてドラキュラ伯爵と同じように四百年生きるモンスターハンターなのである。ジーキル博士とハイド氏を倒し、次にトランシルヴァニアで伯爵を倒すように指令を受ける。拳銃や手裏剣を使うヴァン・ヘルシングは神の兵士であり、ここでの争いは「光」と「闇」の戦いの変奏でしかない。その意味で異教徒と戦った十字軍の騎士としてのヴラドの姿をむしろヴァン・ヘルシングに投影しているのだ。すでに述べたように『ドラキュラ』のなかで教授自身が十字軍になぞらえていたのだが。

そうしたヴァン・ヘルシングの努力によっても、最終的には吸血鬼が勝った世界を想定するならば、別の物語が生み出される。その可能性を予見したのが、リチャード・マシスンによる衝撃的な小説『アイ・アム・レジェンド』（一九五四）だった。ヴィンセント・プライス主演の映画のタイトル『地球最後の男』（一九六四）がしめすように、周辺の人間たちがすっかりと吸血鬼化してしまい、一人だけで立てこもって戦っている男の話である。夜になると吸血鬼たちが襲ってくるが、吸血鬼退治をしてサバイバルする人間の方が、マイノリティとなってしまった世界なのだ。

けれども、吸血鬼と思っていた連中こそが、吸血鬼ウィルスにより進化した形態の人間たちだった。主人公の男の方こそが時代遅れの凶暴な存在でしかなかったのである。そして、タイトルの通り「おれのほうがやつらにとって伝説的な存在《レジェンド》（つまり怪物）だった」という価値観の逆転が示される。発表された五四年は、『ゴジラ』が登場したのと同じ年であり、ハリウッドをはじめアメリカ社会のなかで「赤狩り」をおこなってきたマッカーシズムに終止符が打たれた年でもある。冷戦期の不安が生み出した「敵」への幻想を見極めるには、こうした視点の転換を必要としていた。それはストーカーの『ドラキュラ』が密かに抱えていたアイルランドなどのマイノリティの問題を新しい形で浮かび上がらせる解釈となるのだ。

では、新旧の種が世代交代をするのではなくて、「ドラキュラ戦争」が吸血鬼の勝利によって、人間社会に浸透してしまったあとでは何が進行するのか。それを描いた有名な作品に、キム・ニューマンの『ドラキュラ紀元』（一九九二）がある。ニューマンはホラー映画や西部劇映画についての解説書を出しているが、この『ドラキュラ紀元』では、タイトル通りに、ドラキュラ伯爵が勝利した一八八八年を元年として、イギリスは別の歴史を展開することになる。むろん、この年が選ばれたのは、「切り裂きジャック」事件の年だからである。伯爵はヴィクトリア女王と結婚をして、すっかり体制側の住人になっていて、イギリス侵略が成功したわけだ。しかも重要なのは、そこにいる吸血鬼たちが「合法的」であろうとすることだ。『ドラキュラ』において伯爵がイギリス侵略をイギリス移住という合法的な手段でおこなおうとしたのをそのまま引き継いでいる。これによって、第一次世界大戦に向かう歴史の流れは保持されることになり、それを扱った続編も執筆された。このシリーズは一種の歴史改変小説とされる。

ドラキュラ紀元のシリーズとして現在にいたるまで書き継がれているが、ヴァン・ヘルシング教授によって伯爵が倒されなかったことで、内部が植民地化してしまったイギリスが描かれる。それは「逆転した植民地主義」(アレータ)の恐怖をそのまま作品化したといえる。つまりトランシルヴァニアに支配されてしまった大英帝国なのだ。その設定は、ソ連に支配されたイギリスを描いたオーウェルの『一九八四年』などともつながる。

吸血鬼による抑圧体制によって、人間の側がテロリストとなる可能性が出てくる。吸血鬼を体制側とみなすならば、その支配からの脱却を願い抵抗する人間たちがいるからだ。ただし、人間と吸血鬼には、『アイ・アム・レジェンド』のようなはっきりとした「敵味方」の境界線はない。なぜなら、ここでは人間も吸血鬼も「大英帝国」というシステムを維持するために組みこまれてしまっている。これがニューマンの作品のユニークな点だろう。

そして、このシリーズには、まるで人名事典のようにヴィクトリア朝後期の虚実さまざまな人物が登場する。ホームズ物のレストレード警部が、ヴァンパイアの売春婦を殺している切り裂きジャックの事件を担当するというように、意外な役割が与えられる。さらには、ホラー映画などでおなじみの登場人物たちも姿を現す。こうした読み換えを喜ぶのも、ホラーの映画や小説のファンの手になる証拠である。こうして虚実の人間が小説内で共存していることがそのまま、ニューマンが『ドラキュラ紀元』で設定した社会で、人間と吸血鬼が共存する根拠となっている。

【ハイスクールと吸血鬼】

『アイ・アム・レジェンド』や『ドラキュラ紀元』は、人類対吸血鬼の対決とか、イギリス社会や世界の命運をめぐって、自国を防衛する「国内の《ドメスティック》」争いになるという大きな物語とつながっていた。では、『ドラキュラ』に描かれていた恋や結婚などのもっと身近な「家庭的《ドメスティック》」な要素はどう扱うべきだろう。コッポラ版でのラブロマンスもまだ国を背負っている気配があった。それよりも庶民的な吸血鬼と青春小説や青春ドラマとの結びつきが生み出された。

思春期を扱った定番である「ハイスクール」ものに吸血鬼ネタが入ってくると、日常生活とホラーとが結びつくのだ。そうして成功したひとつが、トム・ホランド監督の『フライトナイト』(一九八五)で、続編やリメイク作品も作られた。隣に引っ越してきた二人の隣人が棺を運んでいるのを目撃した高校生チャーリーが主人公となる。

ホラー好きのチャーリーが観ているテレビの映画劇場「フライトナイト」の解説者をしているのが、映画で吸血鬼ハンターの役をやっているヴィンセントだった(『地球最後の男』などに主演したヴィンセント・プライスから名をもらったのだ)。一九八〇年代にはまだ家庭用ビデオが普及していなくて、古い映画を観るのに、テレビの深夜放映が重要な役目をはたしていた。

チャーリーは隣人のダンドリッジと仲間の男が棺を地下室に運びこむのを目撃して、彼らが近所で起きた失踪事件と関係していると考えた。疑惑を深めても、彼の母親は相手をしないし、警察を呼んでも「吸血鬼」という言葉を口にしたせいで、すっかりと社会的信用を無くしてしまう。だが、ダンドリッジはしだいに吸血鬼の本性を出してくる。隣人としてチャーリーの母親に招待してもらったおかげで、自由にチャーリーの家に入りこめるようになったのだ。恋人のエイミーたちは、チャーリーが正気に戻るように、テレビの司会者をやっている「吸血鬼ハンター」のヴィンセントに助けをもとめる。吸血鬼などいないと証明してチャーリーに正気にもどってもらうためだったのだが、チャーリー本人はヴァンパイア退治をヴィンセントに手伝ってもらうつもりだった。

この映画では思春期の苦悩も描かれる。チャーリーが仲のよいエイミーとセックスをしそこねてしまったのは、隣人の不審な行動に惹かれていくせいだった。皮肉にも、エイミーの純潔を守ったのが、吸血鬼たちの行動だった。そして、エイミーは、彼女を気にいったダンドリッジに襲われて吸血鬼化し、犬歯が鋭くなり目も異様な輝きをもってチャーリーに襲いかかってくる。これは、ルーシーの場合と同じで、吸血鬼になったことでエイミーの内面の抑圧が除かれ、肉食系の欲望がむき出しになったといえる。

鏡にダンドリッジが映らないのを目撃してから、ヴィンセントは虚構としての映画と異なり、本当に吸血鬼がいると知ることになる。ヴィンセントはあくまでも吸血鬼ハンターを演じる役者として登場していたし、「ここまでは映画の通りだ」と言及するように、全体に映画の舞台裏を見せるコミカルな設定の作品となっている。初めは、吸血鬼を虚構だとみなしていたヴィンセントが、しだいに本気で戦わなくてはならないというのは、シュワード博士の変化をなぞっている。

そして、吸血鬼との対決では、ヴィンセントたちがホラー映画で手に入れた知識が大いに役立つ。地下室に太陽光を取り入れることで、ダントリッジを消滅させるのだが、これは『吸血鬼ドラキュラ』などの古い映画からの借用だった。彼らの知恵の源泉は小説ではなくて映画に代わっていた。『フライトナイト』の終わりでは、もはや吸血鬼は古い、とテレビのなかでヴィンセントが解説していた。そして、これからは宇宙人の侵略だとし、やはり古いSF映画を紹介するのだが、それを見ていたチャーリーは窓の外に赤い二つの目を見つける。だが、チャーリーは頭から振り払い、エイミーと抱き合うためにベッドに戻るのだ。ホラーやSF好きの高校生が体験する思春期の不安や願望を投影したコミカルな味わいの青春映画となっている。

『フライトナイト』では、吸血鬼ハンターはヴィンセントという初老の男だが、『バッフィ／ザ・バンパイア・キラー』(一九九二)の吸血鬼ハンター(スレイヤー)は平凡な女子高校生となった。この映画が新しいパターンを作り出した。『フライトナイト』のエイミーのように、吸血鬼の背景や事情を知らずにヒーローである恋人の悩みも理解しない思慮の浅いブロンドの女の子が犠牲者となるのではなくて、そういう女性がヴァンパイアを退治する役目をはたす話である。ここで社会の偏見として揶揄されているのは、ブロンドの女性を「知性が足りないおバカさん」と低くみなす根拠のない神話だった。主人公のバフィーは、カリフォルニアのハイスクールの三年生で、チアリーダーをやっている。恋人のジェフリーもいて、友達との楽しみはショッピングモールでの買い物と映画を観ることだった。つまり典型的なハイスクールの主人公ものなのだが、そこに吸血鬼ハンターの展開がからんでくる。

メリックという、転生しながらハンターの資質をもつ女性を次々と見つけだし、訓練をほどこす男が登場し、バフィーに「お前は選ばれた者なのだ」と告げる。そして、エイミーは墓からよみがえる吸血鬼たちと争って杭を打つ羽目になる。その過程で投げたナイフを受け取れるとか、吸血鬼が近づくと腹痛になるといった特異な資質を彼女がもち合わせているのがわかる。こうして「高校を卒業したらスターと結婚する」という夢をもっていたバフィーが、吸血鬼と長年にわたって戦ってきた吸血鬼ハンターたちの役目を引き継ぐことになるのだ。

　地元の吸血鬼であるロトスが、バフィーの友人たちに毒牙をむけたことで、高校生の日常にヴァンパイアがあふれてくる。隣近所にヴァンパイアがいる状況となり、『フライトナイト』よりも詳しくハイスクールでの日常生活が描かれる。バフィーはチアリーディングのチームに入っているし、バスケット選手のジェフリーとの恋愛ものだったはずが、途中で知り合いとなった「流れ者」のパイクにしだいに心を惹かれていく。そして吸血鬼ハンターの仕事優先で、チアのダンスの練習もおろそかになって、愛情だけでなく友情もギクシャクしてくる。

　途中でメリックが殺されてしまい、援助者を失った状態で迎えた卒業生のためのダンスパーティが一つのクライマックスとなる。バフィーはそこに現れたロトスとその仲間と戦って、見事に勝利するのだが、それを援助してくれたのが、杭を作ってもってきてくれたパイクだった。恋と仕事に悩むという女性映画の定番ネタをハイスクールに移し替えた内容だが、その仕事というのが吸血鬼ハンターという点が新鮮なのだ。

　この映画の人気を受けて続編としてテレビドラマの『バフィー〜恋する十字架〜(別題『吸血キラー聖少女バフィー』)』(一九九七—二〇〇三)が作られヒットした。テレビシリーズで、バフィーはハイスクールの二年生となり、シングルマザーの娘に変更された。エンジェルという二百歳の吸血鬼の恋人ができるのは、コッポラ監督の『ブラム・ストーカーのドラキュラ』にも通じる面がある。そして、途中でいきなり妹が出現するといったテレビシリーズらしい唐突な展開を経ながら、シーズンが進むにつれて、バフィーは進級し退学や復学を体験し、第四シーズンからは大学生となる。基本的には、学園生活と恋愛と吸血鬼ハンターという要素が組み合わされていて、さらに大きな対決へと向かうことになるのだ。

こうした定番となったハイスクールと吸血鬼を題材にして、ステファニー・メイヤーは小説『トワイライト』(二〇〇五)を発表した。吸血鬼テーマを刷新したアン・ライスの『インタビュー・ウィズ・ヴァンパイア』がカトリック的な背景をもち、同性愛的な解釈に大きく広げたとすると、ヤング・アダルト小説における吸血鬼とのラブロマンスのパラダイムを確立した『トワイライト』には、作者のモルモン教的な背景がある。アメリカ社会では宗教マイノリティでありながら、悪魔や精霊や怪物が跳梁跋扈する旧約聖書につながるようなより古い宗教観に基づく小説が社会を揺さぶることになる。小説内の「光」と「闇」の戦いにおいて光が勝つこと、さらに「純潔」をめぐる態度も、宗教的な背景をもっている。

ベラというヒロインが両親の離婚で雨と霧のワシントン州の田舎町フォークスに転校してきたことで幕が開く。同じ西海岸でも、『バフィー〜恋する十字架〜』のカリフォルニア州とは異なる世界なのだ。学校にいたのがエドワードだが、彼は吸血鬼一族の一員で、これはテレビ版のバフィーのパターンでもある。両親の離婚によるトラウマを抱えた引っ込み思案の十七歳の文学少女が、見かけはティーンだが実年齢に百歳のエドワードと恋に陥るという展開に多くのティーンエイジの女性読者が魅了されたのだ。ただし、ベラはヴァンパイアが働きかける能力が利かない体質をもつが、吸血鬼ハンターではないので恋愛も可能となる。その意味でコッポラ版のロマンティックなテーマを変奏している。

吸血鬼であるエドワードが、ベラを愛しているからこそ簡単に血を吸わない、という逆説的な態度が浮かび上がる。そしてベラのほうはエドワードと同じ運命を担うために血を吸われたいと望むようになる。これまでの男性吸血鬼が、一方的に愛して欲望するからこそできるだけ早く女性の犠牲者の血を吸うのに対して、エドワードの禁欲的な態度が、読者をじらすロマンス小説としての展開を可能にした。そして、三千年以上前からの古い吸血鬼の一族や、人狼などさまざまな人物が登場し、恋の邪魔があれこれと入ることで、二人がむすばれる結末を引きのばすことになる。第一巻では、卒業のプロムがクライマックスとなり、「青春ホラー映画みたい」とベラが言うように敵が出現し、続編があることが予告される。『新しい月』(二〇〇六)、『食(エクリプス)』(二〇〇七)、『始まる夜明け』(二〇〇八)と続編が書かれ、そのなかではエドワードとベラの子供レネズミまで誕生することになる。

メイヤーは「サーガ」と呼ばれる四冊のシリーズの執筆時に、イギリス文学の古典的なロマンスであるブロンテの『ジェイン・エア』やオースティンの『高慢と偏見』さらにはシェイクスピアなどを下敷きにしたと語っている。『ドラキュラ』以来の吸血鬼物やドラキュラ映画だけでなく、それを周囲から支えるさまざまな文学的文化的な水脈を利用しているのだ。そして、読者の期待通りに十八歳になったベラは念願の吸血鬼へと「転生」をとげることになる。そして、番外編として、出来事をエドワードからみた未完成の『真夜中の太陽』(二〇〇八)を自分のサイトに掲載し、ブリーという新生者の吸血鬼の視点からの『トワイライト　哀しき新生者』(二〇一〇)を加えて、人間側と吸血鬼側の双方から吸血鬼の苦悩を照らし出すことに成功した。

トワイライト・サーガの四冊は映画化されただけでなく、さまざまなファン小説などの追随作を生んだ。なかでも本家とおなじく一億冊以上売りあげたとされるE・L・ジェイムズの『フィフティ・シェイズ・オブ・グレイ（灰色の五十の陰影）』（二〇一一）にはじまる三部作は、SM行為を描いたポルノ小説で、当初主人公の名前をエドワードとベラとしたファン小説だった。これは『トワイライト』を利用しながら、吸血行為と性的行為のアナロジーと、社会的宗教的なタブーとが絡み合っていたストーカーの『ドラキュラ』を読み換え、そこにあった権力と肉体的苦痛とルールとの関係を「ポルノグラフィ」として拡張した好例となっている。

【増殖し拡散する伯爵】

こうしてドラキュラ伯爵がしめした吸血鬼像は、トランシルヴァニアの高貴なる君主から、ハイスクールの同級生のような現代の若者になってしまった。伯爵がもっていた単独性や孤高性はしだいに消えてしまい、吸血鬼一族の集団の物語となっていく。現在の吸血鬼たちは、選ばれた血をもった者というよりも、近所の住人のような気楽さで存在している。こうした浸透と拡散は、出版から百二十年の間に、写真や映画が被った変化と軌を一にしている。まさに当初のドラキュラ伯爵がもっていたオーラ（アウラ）が喪失していったのだ。

映画はテレビ放映やビデオやDVDなどを通じて、さらにはネット配信などでも手軽に観られるようになり、映画館の「闇」を必要としなくなった。もはやドラキュラ伯爵が抱えていた「暗箱」的なメタファーは解体し、ゴシックの城や鉛で封印した棺や光を遮る木箱が必要となったのだ。たとえ太陽の光を浴びても、現像という段階を経る必要がないデジタル媒体では、光によって情報は蒸発しない。しかも瞬時に複製されて拡散し移動ができる。そうしたメディアの変化に吸血鬼像も変化してきている。

最近の小説ならば電子書籍で同時配信されたりするし、その場合には、本一冊を表す単位の英語である「コピー」を厳密な意味でとらえることができるのだ。全員が電子的な複製物《コピー》を読んでいるにすぎない。そして、印刷本だろうが電子本だろうが、オリジナル原稿のコピーしか読者は手に入れることができない。画像や映像であっても、ネガフィルムや映像のマスターコピーを、見る者が所有することはできない。

そうした状況への反動のように、ゴシック的な雰囲気をかき立ててオリジナル回帰を図る作品もある。たとえば、シリーズ化された『アンダーワールド』(二〇〇三)は、吸血族《ヴァンパイア》と狼族《ライカン》との因縁の対立を描いた作品である。画面の色調もブルーを基調にして全体に暗くて古い映画のように装っている。しかも、ハリウッド映画なのにイギリスの俳優たちを使って、どこか古風なアクセントの英語が響くのだ。それは『フライトナイト』や『トワイライト』のようなアメリカのハイスクールものへの対抗措置でもある。

そしてテレビシリーズの『ヴァンパイア・ダイアリーズ』(二〇〇九―)は壮大な因縁を千年前に設定し、オリジナル・ヴァンパイアの血をもっている一族をめぐる話を展開する。これが、聖書のヘブライ人の起源から、イギリスの競走馬の「サラブレッド」(純血種)などさまざまな神話のアナロジーにもなる。「一滴でも血が混じっていたら」というのは、ときには黒人やユダヤ人への人種や民族差別にもつながれば、人間を高貴な存在として選別する基準ともなる。私たちの体内に血が流れている限り、「血の喜び」と「血の呪い」の両面の力をもつ吸血鬼神話がさまざまな物語に取りつくのである。

ストーカーの『ドラキュラ』に含まれていた「光と影」あるいは「ネガとポジ」など写真や映像の要素が、他の吸血鬼伝説や吸血鬼小説と混ぜ合わされ、新しいテクノロジーによる表現とつながってきた。『ドラキュラ』本体が、過去のいろいろな上方の集大成であり、同時にトランシルヴァニアの古城から、ロンドンという消費文化の中心へと向かう物語だった。古い物語にさまざまな新しい風俗や考え方を盛りこんで語り直す魅力をもち、そうした読み換えをおこなうヒントも隠れている。それが多くの小説家や映像作家たちを魅了してきた理由だろう。

ジョナサンが活用したコダックのような写真機も一段と進化し、現像を必要としないスマホとなり、誰もが簡単に写真がとれてSNSを中心に投稿して楽しんでいる。現在こそ「写真」にとりつかれた時代なのだ。だからこそ『ドラキュラ』を参照にして、新しいテクノロジーとの助力によって、別の物語を作り出すことができる。それはクリストファー・リーの演じたドラキュラ伯爵が何度も甦ったのと同じである。吸血鬼は鏡に映らず実体のない存在だからこそ、メディア上の虚構や虚像として何度でも甦ることが可能なのである。

第7章　ジャパネスク・ドラキュラ

1　ドラキュラの日本到着

『ドラキュラ』という作品は、海外の小説や映画ばかりでなく、日本のポピュラー文化全般にも広く影響を与えてきた。ただし、主流はあくまでも映像や視覚のイメージとしての「ドラキュラ」である。よく知られる手塚治虫の『ドン・ドラキュラ』や藤子不二雄Ⓐの『怪物くん』の場合も、すでにステレオタイプ化したドラキュラ伯爵というキャラクターを利用したにすぎない。本書の文脈でいえば、『ドラキュラ』に出てきた女吸血鬼やルーシーのように、吸血行為を機械的に模倣するタイプの増殖である。多くの吸血鬼小説でも、やはり吸血鬼というアイデアやドラキュラというキャラクターを借りてしまうだけで終わってしまう。

では、伯爵の機械的模倣となるルーシーのタイプの利用に対して、ミナのタイプの『ドラキュラ』や吸血鬼の利用は日本に存在するのだろうか。それは、日本に舞台を移しただけではすまない。伯爵を指して「あの人物にたいしても、憐みの心をぜひ持って欲しい」（第二十三章）と嘆願したり、「私自身はみなさんの敵と結託しているかもしれない」（第二十五章）といざというときに自分を殺すことを頼んだりするミナの苦悩は、「吸血鬼」と「吸血鬼ハンター」といった単純な二分法とはなじまない。

複雑な設定が必要となるし、作者からすると、半分がストーカーの『ドラキュラ』で、半分が自分の小説ともなり、ミナのように境界線上で葛藤してしまうことにもなりかねない。だから物語を閉じるのにはそれなりの筆力が必要となってくる。

日本でこの流れにあると考えられる小説作品として、横溝正史の『髑髏検校』(一九四一)、半村良の『石の血脈』(一九七一)、山田正紀の『氷河民族(流氷民族)』(一九七六)、小野不由美の『屍鬼』(一九九八)、荻耿介の『鹿鳴館のドラクラ』(二〇一五)の五作を取り上げることにする。どれもが単独の長編として『ドラキュラ』に応答し、日本を舞台に日本の課題に取り組んだという意味で、興味深い換骨奪胎をおこなっているからである。しかも、ドラキュラの世界と日本とを結びつけるのに、それなりの工夫を凝らしている。

ドラキュラという小説内の世界と日本の社会とを接合するのは、シャーロック・ホームズが日本に来ていて陸奥宗光にからんだ事件を解決した、という加納一朗の『ホック氏の異郷の冒険』(一九八三)のようなパスティーシュもあるので、珍しい趣向ではない。また、日本化するというのも、OVAの『吸血鬼美夕』(一九八八)のように、和風の味わいを入れた吸血鬼ものアニメを作ろうとした動きとも無縁ではない。ここに選んだ五作品は、結果として、ホラーというだけでなく、テロリズムも秘めた「政治小説」としての『ドラキュラ』に呼応しているのだ。

2 横溝正史『髑髏検校』(一九四一)

吸血鬼化したルーシーの表情を形容して「日本の憤怒の面」(第十六章)と呼ぶときには、どうやら能面が想起されている。ギリシャの仮面劇の仮面と並んで言及されているのだが、ストーカーが大英博物館でも実物を見たのだろうか。こうした「面《おもて》」とのつながりでいえば、人形浄瑠璃の美女の口が裂けて目が飛び出して変貌する「頭《かしら》」なども興味を引いたかもしれない。いずれにせよ吸血鬼への変貌に「オリエント」が漂うとすれば、「日本化」するきっかけそのものが、もとの『ドラキュラ』のなかに眠っているのだ。

日本を代表する私立探偵金田一耕助を生み出した横溝正史は、戦前のモダンな雑誌である『新青年』の編集長にもなり、翻訳も手がけている。だがミステリーが書きにくくなった世相のなかで、岡っ引きが事件を解決する「人形佐七捕物帳」が書けたのも、当時の文化人らしく江戸趣味をもち合わせていたおかげである。もっとも岡本綺堂の「半七捕物帳」がシャーロック・ホームズの江戸版を目指したのだから、ヴィクトリア朝と江戸時代を重ねるのは、日本化されたミステリーの定番のひとつともいえる。

横溝がドラキュラ映画も観ずに、原書を三分の一ほど読んで、設定をもらって書いたのが『髑髏検校』である。一九三九年に『奇譚』で連載したのだが、雑誌の廃刊により、予定の長さの半分ほどで終了してしまった。そのせいで、後半は駆け足となり、作品の出来栄えに批判の声もある。本人の弁によると長編化した原稿があったのだが、どこかに消えてしまったというのだ（講談社大衆小説版『髑髏検校』所収の都築道夫との対談による）。

文化八（一八一一）年正月、いきなり鯨が房総に近づくことで話が始まり、その鯨は腹にビードロのビンを呑んでいて、そこに朱之助（ジョナサン＋シュワード博士）がしたためた手記が入っていた。長崎留学中の朱之助が、出島の沖で釣りをしていたら、嵐がきて小舟もろとも不知火こと髑髏検校が支配する島へと流れつき、そこで江戸の様子を根掘り葉掘り尋ねられる。その間に髑髏検校の江戸侵略計画を知り、警告のために手記を流したのである。

鯨漁師から受け取った手記を読んだ数馬（ゴダルミング卿）は、朱之助の師である鳥居蘭渓（ヴァン・ヘルシング教授）に援助を求め、数馬の思い女である陽炎姫（ルーシー）と腰元の琴絵（ミナ）を髑髏検校が襲うのと戦っていく。しかも蘭渓の長男が蜘蛛好きのレンフィールドで、次男がクィンシー・モリスにあたるようだ。見事に主要人物たちを日本人に変換している。

そして、最後に、検校の正体がじつは天草四郎だったと解き明かすことで、島原の乱（一六三七—八）から二百年近く経過した話にしている。切支丹の亡霊の江戸侵略を防いだという構図を使い、『ドラキュラ』という宗教色を帯びたテクストの背後にある宗教テロリズムの不安を読みとっている。天草四郎はもちろんカトリックの信者だった。ゴシック小説が西洋のミステリーのルーツである以上こうした語り直しもひとつの挑戦だったのだろうが、作者には一九三六年の二・二六事件以降のクーデターや白色テロが起きる不穏な時代体験もあった。

しかも、舞台設定として徳川家斉（一七八七—一八三七）の時代、とりわけ文化八年を選んだことに横溝の慧眼がある。文化八年には、ロシアのディアナ号が国後島《くなしり》に漂着したゴローニン事件が起きた。つまり、ホイットビーにロシア船デメテル号が漂着したのと重ねているのである。家斉は妻妾十六人とされ、子だくさんで有名なので、ルーシーにあたる「陽炎姫」がいても不思議ではない。好色な髑髏検校自体が、家斉の揶揄にも見えるほどだ。しかも異国船打払令など海防論が出た時期である。だから髑髏検校(=ドラキュラ)が江戸(=ロンドン)を襲ってきたのを退治するというのも、異国からの侵略者との闘いを描く必然性を感じて受け止めることができるのだ。

横溝の仕掛けはそれだけではない。途中で髑髏検校の噂を利用して、歌舞伎のあたり狂言「鏡山後日岩藤」で人気を得た中村富五郎のエピソードが出てくる。市村座の頭取が、人気をあおるように、髑髏検校との関連を噂で広め、評判となったのだ。これは実在し、「骨《こつ》寄せ岩藤」として知られる黙阿弥の作品で、「加賀見山再岩藤《かがみやまごじつのいわふじ》」を初演したのは確かに市村座なのだが、万延元(一八六〇)年の作なので文化八年に存在するはずもない。『髑髏検校』は、このあたりの時代錯誤《アナクロニズム》を楽しめる読者に向けた作品でもあった。

骸骨が集まって検校の姿が出来上がる場面があり、本物の「骨寄せ」を教えてやろう、というので髑髏検校のもとに役者の富五郎が連れてこられ、血を吸われてしまうのだ。そして、髑髏検校が代役で舞台を演じる一幕もある。この芝居により髑髏検校の名前が江戸中に知られることになる。それにしても、現代の上演ではCGを使ったりする「骨寄せ」のケレンが、「切支丹の妖術」とされる評判を気にし、公儀に知れたらどうする、と富五郎が懸念するようすは、まさに戦時下でミステリーが書けなくなり、雑誌の廃刊にいたった状況への皮肉でもあろう。そして分量不足の関係から、急転直下で物語を閉じざるを得なかったことの揶揄でもある。

そう考えると、きちんと完成していれば、江戸時代最大の宗教反乱ともいえる島原の乱をもち出すことにより、天草四郎撃退の話の細部を作り上げ、『ドラキュラ』と同じく、過去のさまざまな声をよみがえらせるのに成功したかもしれない。横溝のこの翻案体験が、戦後の『八つ墓村』などの土俗的なものとモダンなものとを結びつけるアイデアとつながっているのは間違いない。

蘭渓の知恵と数馬たちの活躍で、彼らは護国寺近くにある荒れ屋敷に隠れていた髑髏検校を眠っている姿で発見する。そして、「灰になれば、この世にはなんの妄執も残らぬ」と蘭渓が言って、陽炎姫同様に火葬にしたことで、「髑髏検校＝天草四郎」の妄執は消えることになる。しかも、蘭渓はその後髑髏検校のいた不知火島に渡って碑を立てて供養したのである。こうした敵への鎮魂となるところに、『ドラキュラ』とは異なる心性のあり方が描かれているのだ。

3　半村良『石の血脈』(一九七一)

ストーカーの『ドラキュラ』の小説全体がわかる翻訳は、一九五〇年代の平井呈一訳まで出なかった。横溝のように英語で原作を読む以外には、ドラキュラ映画にイメージを頼ってきたのだが、その状況が解消されていく。原作小説のエッセンスを取り入れながら、新しい展開を図ることになる。その記念碑的な作品が、半村良の『石の血脈』である。一九七〇年の「赤い酒場を訪れたまえ」という短編がもととなり、翌年長編が書き下ろし単行本として出た。半村は、一九七五年に人情ものの小説

「雨やどり」で直木賞を受賞したが、ＳＦマガジンコンテスト出身者である。とりわけ『石の血脈』は、戦前の伝奇小説の系譜を継いだ伝奇ＳＦの可能性を開いた野心作と評価されて、第三回星雲賞を受賞した。

『石の血脈』は、直接『ドラキュラ』を下敷きにした作品ではない。だが、現代日本における建築業界と古代の巨石文化とをつなげ、そこに、「狼男＝吸血鬼伝説」を巧みにおりまぜている(★1)。一見脈絡のないエピソードの羅列から始まる。廃業した工場内で六秒台で百メートルを走るオオカミのような男のすがた。ニュータウン開発を政治家がつぶしにくる話。そして、建築業界のドンである今井潤造の遺産整理の手伝いから、ある雑誌記者が生前今井が「暗殺教団」に興味をもっていたことを突き止めるといった、お互いに関係がなさそうなエピソードが、日本にモノリスを建築しようとしている闇の勢力の話としだいにつながっていく。

中心となるのは今井の弟子である若手建築家の隅田と妻の比沙子の夫婦と彼らをとりまく人間関係である。隅田は海外での評価が高い建築家で、建築と権力の関係をしだいに理解するようになっていた。大きな影響力をもち、隅田がその影の力を継承したいと思うのが、亡くなった恩師で今井天皇と呼ばれた建築界のドンだった。今井のモデルは、七二年に亡くなった内田祥三かもしれない。東大総長となり、若いころは三菱地所の建物の設計にかかわり、後進を育てながら、東京大学の建物の設計などを担当した。とりわけ代表作の安田講堂は東大闘争で過激派が立てこもり、六八年から六九年に警察と争った象徴的な建物となった。これはみずほ銀行などで知られる安田財閥が寄付をして建築されたものである。権力と富と建物とが密接に結びついたものであることを『石の血脈』は伝えている。

半村が扱うのは、古墳の建築などで古代日本にもあった巨石文化の末裔であり、それは木と紙と土でできた家とされる日本家屋とは異なるものだった。このようにして、ドルメン文化を媒介にして、ユーラシア大陸を貫く共通の心性が暴かれていく。ドラキュラ城や、ウィットビーの僧院遺跡、エクセターの大聖堂、ゴシック建築という富と権力の象徴となる空間の内外と、ロンドンという都会で『ドラキュラ』は物語を展開したが、ここでの舞台は都内の高層ビルや屋敷などとなる。純粋な石造りではないが、鉄筋コンクリートなどの近代建築の世界である。

『石の血脈』でカギとなるのは、性的エクスタシーのときに舌から出る液体を媒介して伝わる「奇病」とも「性病」ともされる病いである。単純な吸血行為とは異なる。その病にかかると、昼間の行動が苦手となり、目が赤以外の色に反応しなくなり、最後には体が石化してしまうのだった。石の像となった者はケルビムと呼ばれ、その後数千年を経て、不老不死の人間としてよみがえる。その間は一種の石の卵のようになるわけだ。

その石化の過程で、大量の血液が必要となるのが、吸血鬼伝説と結びつけられた点だった。そして美男美女がエリートとして、隠れた権力をもつ「暗殺教団」によって、ケルビムとなるために選出される。ケルビムとなるには美や富という資格が必要となる。これが貴族的とされるドラキュラ伯爵とつながるのだ。「汚らしい」一般大衆であるゾンビと吸血鬼が異なるのは貴族性やエリート性にあるとバトラーは指摘する（『よみがえるヴァンパイア』）。このため、真相をつかみかけた「百貫デブ」とされる作家の大杉実などのように、内情を知りすぎても美の基準に満たない連中は、吸血鬼を維持する血液の提供者として殺害される。まさに「餌」や「養分」となるのである。

日本での病気の出発点となった香織という女性は、若いころの隅田の恋人でもあったが、引き離されて親によって海外へと送られてしまった。その地で不老不死のケルビムと出会って、日本にこの「奇病」をもち帰った。日本のケルビムたちの間では、初代なので一位の地位についた。そして、性的エクスタシーの瞬間に彼女の舌から液体を受けとめた隅田は二位の地位となる。『ドラキュラ』や吸血鬼テーマがもっていたセクシュアリティの可能性を広げた発想であり、濃厚な性描写を取り入れている。この疑似的な親子関係は、どこかネズミ講のような仕組みを思わせるが、希少価値を高めるために、資格は美男美女のみで定員をもつという歯止めがかかっている。

だが、そうした奇病の話を取り扱いながら、『石の血脈』は、もっと比喩的な吸血行為を扱う。それは吸血行為と資本主義との類似である。つまり、支配的な企業が消費者から血のようにさまざまなものを吸い上げている行為について触れている。このあたりは、六〇年代の「対抗文化」の価値紊乱の感覚を取り込んでいる。ロスチャイルド家にはじまり、さまざまな「陰謀論」と「闇の歴史」と「地下文化」があふれるように引用されている。なにしろ黒幕となっている一人がサン・ジェルマン伯爵なのである。フランス革命など歴史上の舞台に顔を出す不老不死の人と思われていた。ここにはドラキュラ伯爵の代わりに別の不死身の伯爵が登場するのだ。

こうした過去の伝承や疑似科学的な説明が小説内にあふれているのは、『ドラキュラ』のなかでヴァン・ヘルシング教授がおこなったさまざまな「オカルト」の引用にも似ている。渋澤龍彦や種村季弘が六〇年代に『血と薔薇』誌などで大量に紹介した異端思想や古代や中世の伝承などを真偽おかまいなしに、半村は手際よくむすびつけて新しい吸血鬼小説に仕立て直している。東京という都会に、表面からは見えない血管のように張り巡らされた因果が存在することがわかってくるのだ。

両国育ちで、銀座などで働いたことのある半村らしく、ロンドンの都市小説としての『ドラキュラ』以上に、都内の場所の価値や連想を効果的に使っている。今井天皇の邸宅がある渋谷区松濤や、赤い酒場と呼ばれる酒場のある銀座の一帯が細かく何丁目の違いまで指定されていて、地図上にマッピングできる錯覚を与える。そして、東京オリンピックや大阪万博以降の郊外開発の様子が活写され、神奈川の架空の「守屋」という場所が、千六百体以上のケルビムを安置して、次の時代を迎えるための「地下のピラミッド」にふさわしい聖地とされる。守屋の由来として語られるのが、仏教に関する排除派の物部守屋と導入派の蘇我馬子との争いである。巨石を信仰するモノリス派だった守屋は敗北したのだが、ひそかにケルビムの石像となって、生き延びていることになっている。仏教が勝利した日本に今度は新しくモノリス派の力が侵入してくる話となっているのだ。

隅田が師の今井の跡を継いで設計を担当し、これはそのまま「サンクチュアリ」となる。この五つの丘に囲まれた地下に五角錐を埋め込むという建物をめぐる物語の下敷きになったのは、ハワード・ホークス監督の映画『ピラミッド』(一九五五)かもしれない。ノーベル賞作家のフォークナーが脚本に参加していたが、ファラオの巨大なピラミッド建設において、陰謀をめぐらすキプロスの女王をピラミッドのなかに閉じ込めてしまう話だ。陰謀が建物の内部に封印されてしまう展開となる。

ただし、半村にとっての「政治」は、あくまでも市井と結びつくもので、多くの小説で庶民が権力に反抗する長セリフを言う場面が登場する。『石の血脈』でも、会沢という土建屋で、陰謀で会社を倒産させられ、現在ラーメン屋をやっている男に、巨大な建設会社への反論の形で、「働いている者同士の間にゃあ、銭金ではねえあったけえもんが生まれるんだ」と言わせたりする。一般の人々が強大な権力を存続させるための生き血の供給源としてしか扱われていないことへの憤りがある。ただし、ドラキュラ化し、権力を握って手に入る快楽についてもたっぷりと描いているので、読者は二重に楽しめるのだ。それはホラーとしてではなく、建築や土木工事につきまとう権力の快楽として吸血行為を描いているせいなのである。

最終章が「偶像破壊（イコノクラスム）」と題されているのは象徴的で、イスラム寺院を思わせる墓所ともいえる六千年先の甦りのためのサンクチュアリの内部で、ケルビムになれずオオカミ人間となってしまった二人の男が、石化しかけた者たちを破壊しまくる。オオカミ人間は、近親相姦から生み出されるとされ、不老不死にはなれずに、驚異的な破壊力をもつことになる。こうしてストーカーが分離した吸血鬼とオオカミ人間がひとつの血脈のなかに溶けあわされる。

半分ケルビムとなった隅田は、一人で逃げ出すが、その姿を地上で見つけた不死者であるサン・ジェルマン伯爵は憐憫の目を向けて「それもまた、勝ち抜いた男なのだろう」として救済するように指示して去る。朝もやの風景を舞台にして、惨劇から逃げ出してきて半分石化した隅田を暗殺教団の男たちが、朝日に当てないように守り救うところで終わる。『ドラキュラ』の日没とは異なり朝焼けの森を出してきたことで、半村なりの応答をしてみせた。そして、サン・ジェルマン伯爵が「生き残って」いる『石の血脈』の世界では、『ドラキュラ』とは異なり、不老不死の人間を新たに作り出す別のプロジェクトが始動することになるのだ。

半村はこのように『石の血脈』で切り開いた伝奇小説の手法を応用し、一九七三年だけでも、

「ヒ」一族が本能寺の変から月面着陸までを背後で操っていたという設定で歴史をねじ伏せて、泉鏡花賞を受けた『産霊山秘録』を、原爆と黄金境とUFOを結びつけた『黄金伝説』を、新薬開発とユリの花と記紀神話とをつないだ『英雄伝説』を発表した。つまり、横溝が歌舞伎のケレン味を利用したように、時事的なネタを取り入れて「偽史」を生み出すのであり、『軍靴の響き』(一九七二)のように、日本でのクーデターの可能性をシミュレーションした作品さえある。その延長上に、自衛隊がタイムスリップして戦国時代へ行ってしまうという映画化されて話題にもなった『戦国自衛隊』(一九七四)も描かれたのだ。

4　山田正紀『氷河民族／流氷民族』(一九七六)

戦争を経てきた半村の世代とは異なり、戦後生まれで七〇年安保とその挫折を作品内に取り込んできた一人が、戦後SFの第二世代の作家である山田正紀だった。その長編第三作にあたる『氷河民族』は、全四回の『S-Fマガジン』連載時のタイトルは『流氷民族』で、その後オリジナルに戻されている。ここでは本としてまとまったときの『氷河民族』として考えていく。

横溝正史の『髑髏検校』が、『ドラキュラ』の設定を時代小説に落とし込むことで、日本化をはかり、半村良の『石の血脈』は、東京という都市の背後にある権力と古代からの伝承のつながりをみせた。それに対して、『氷河民族』では、吸血鬼という素材を使いながら、ハードボイルドや冒険小説の語り方を利用して、「喪失」をめぐる物語を山田は紡ぎあげた。

そのために、自分よりも年上の「私＝鹿島」という主人公を設定した。山田は一九五〇年生まれだが、戦後すぐの世相を描き（『弥勒戦争』）、戦争の記憶とのつながりを描こうとしていた。主人公の鹿島を三十過ぎに設定したことで、自衛隊の訓練をみて、幼少期の記憶から「戦時下の訓練だ」と判断した、といった心情を書きつけることができた。山田自身は戦争を体験したはずもないが、こうした細部の心理描写のおかげで、この時期の山田作品は、硬質な抒情性をもつことに成功している。

鹿島が運転していた車に引っ掛けたのが、傘をさした若い女性で、事故を起こしたと思ったが、彼女は外傷もなく、眠りこけるだけだった。友人の須藤という医者のところに連れ込む。じつは二年前に須藤の別居中の妻の聡子と不倫の関係をもったために疎遠になっていた。こうした主人公の個人的な過去の傷に触れていくのが、ハードボイルド小説の特徴である。須藤も小児麻痺の後遺症で片足を引きずり、「この十年の間に、彼は、派閥争いに巻き込まれて大学を追い出され」ていた。そして、主人公の鹿島も不景気のせいでコマーシャルデザインの事務所をたたんで「しばらく生存競争の戦列から身を退きたかった」と言っている。つまり、鹿島も須藤もお互いに社会からドロップアウトし、社会的な野心が眠りこんだ状態にあったのだ。

そこに「ベラドンナ（美しい娘）」という香水をつけた「眠れる美女」が出現した。しかも眠りながら涙を流している。この美的な存在の正体と、「私＝鹿島」の前に現れた理由を探ることになる。須藤が麻薬所持容疑で逮捕され、須藤の元妻である聡子が「眠れる美女」を預かっていることを鹿島は知る。そして「ベラドンナ」のラインから、日本の代理店の代表である弥生に接触する。すると、今度は聡子が殺害され、須藤が犯人とされ、その後須藤本人が自殺したと刑事から鹿島は説明を受ける。

一連の出来事がすべてにうさんくさいので、鹿島は真相を自分で探すことにする。その動機が誰かからの依頼ではなく、自発的なのがハードボイルド探偵風なのである。そして、探偵役が自己の内面の傷を時にはさらけ出し、身体に傷を受けながら、推理を重ねていくという王道のパターンを採用している。殴られて探偵が気を失う、というハードボイルド探偵のセオリー通りに、第二章と第三章の間は意識を失っていた（『S-Fマガジン』連載時には一ヵ月の空白があった）。探偵ごっこの行動のなかで、もう若くはない鹿島が傷つきながら真実を知っていくことに作品の眼目がある。

乗りこんだ島には冷凍施設を完備した研究所があり、肝心の吸血鬼というのは、特異な腎臓などの臓器を持つ「亜人類」だった。そして冷凍睡眠の研究者たちが、亜人類を利用しようとして捕獲していたのだ。亜人類の身体的メカニズムによると、睡眠をしている間に、余分な塩を排出するために、卵を産む海亀が涙を流すように外に出す。だから「眠れる美女」が涙を流したのは心理的な理由からではなく、生理的な理由からでしかない。ここに、中途半端なロマン派的吸血鬼像への山田流のアンチテーゼがある。そして、冬眠中に血が薄くなり不足した塩分を手に入れるために、手近な相手から入手する。それが塩分を含む血を吸うことだと読者に吸血行為の種明かしをするのだ。

氷河期を生き延びるために冬眠をした亜人類が吸血鬼なのである。「氷河民族」という呼び名はここから来ている。現在の人類の先祖とされるアフリカのアウストラロピテクスはライバルの亜種を殺戮したことによって、生存競争を生き延びてきた。冬眠をする亜人類は、目覚めたときがいちばん危険なのだが、それ以外は無防備である。しかも、アウストラロピテクス・アフリカーヌスは冬眠中の仲間である亜人類ロブストトスを殺して食べたとされる。「兄弟喰いの罪悪感」が生まれ、「覚醒時の冬眠霊長類が仲間——多分、多くは家族だったのだろうが——から提供された血を吸っているのを目撃した記憶が、人類のなかで忌むべき吸血鬼というイメージになっていく」と解き明かされる。人類と亜人類の間の攻防、正確には亜人類を利用したい者と、亜人類を滅ぼしたい者の争いに鹿島は巻き込まれたのだ。これが、アウストラロピテクスの手口そのものであり、しかも東西の冷戦のイデオロギー対立に似ているのが、鹿島をうんざりとさせるのだった。

娘がもっていたメモから突き止めた船ラウラ(Laura)号は、亜人類たちの船上ホテルのような睡眠施設だった。しかもキューバ危機に乗じて手に入れた核爆弾で武装しているので一種のアジール(避難所)となって、世界を航行しているのだ。日本のポピュラー小説におけるケネディ大統領の利用という意味でも冷戦下のキューバ危機の扱いは興味深い。半村の『石の血脈』でも、ケネディ暗殺後にジャクリーヌがギリシャの海運王オナシスと再婚したことをケルビムたちの陰謀とみなしていた。冷戦を表現するイコンとしてのケネディがここで使われている。そして、ケネディは暗殺された悲劇の大統領というだけでなく、ヴェトナム戦争にアメリカが深くはまってしまう原因を生んだ罪人から、月に人類を送りこむ計画の推進者まで幅広いイメージを引き受けているのだ。

吸血鬼のメカニズムや眠り続ける美女の正体といった謎は、このように作品の半ばで明らかになる。その後は鹿島がラウラ号に乗ってからの冒険である。他ならない『ドラキュラ』から、前半は謎解きで後半は冒険という構造をもらっているのだ。そして、亜人類としての吸血鬼の誕生が「氷河期」と結びつき、さらに冬眠とつながる。永く眠りにつき、目覚めるとともに血を吸う行為に及ぶ「亜人類」とは、じつは社会からドロップアウトした主人公鹿島の心のなかを表現しているのだ。結局のところ最後まで、「眠りの美女」が目覚める場面はなく、睡眠中に生じた塩分不足を補うために血を吸う形で鹿島に襲いかかることはなかった。

破壊工作によりラウラ号は、核ミサイルが作動しない無防備な状態となり、自衛隊や米軍の艦船に追跡される。そして北上を続け、オホーツク海の流氷の中に入りこむ。これが連載時に「流氷民族」とつけられた理由である。アムール川から流れてくるこの流氷は、『ドラキュラ』の最後のトランシルヴァニアでの雪原の読み替えなのである。そして、ロシア船がホイットビーに到着するのではなく、ラウラ号がロシア＝ソ連に「亡命」するのも、冷戦下において意味をもつのだ。この作品が書籍として発売された一九七六年には、北海道の函館にソ連のミグ25が緊急着陸する「ベレンコ中尉亡命事件」が起きた。この小説が冷戦の緊張下に発表されたことがよくわかる。

しかもこうした北への船旅は、ロマン派のコールリッジが書いた『老水夫行』という詩を連想させる。霧のなかの南極海でアルバトロス(アホウドリ)を殺した呪いを受け、故郷のある北を目指しながら妖魔に脅かされた水夫の回想が題材である。『フランケンシュタイン』にも『ドラキュラ』にもこの詩の一節が引用されている。『フランケンシュタイン』は北極探検中のウォルトンが姉にあてた手紙のなかで、自分を老水夫になぞらえていた。『ドラキュラ』では、ホイットビーに伯爵を乗せたデメテル号が漂着する前に、「絵に描かれた大洋を行く、絵に描かれた船の如くにのんびりと」進んでいると詩の一節を引用していた(第七章)。コールリッジの詩では、風がなくなり、帆船が停滞し、そこに魔物が襲ってくることになるので、まさに嵐の前兆にふさわしい箇所の引用なのだ。

この後、『ドラキュラ』のトランシルヴァニアが雪原となったのも、『フランケンシュタイン』の最後のイメージを超えようとする意図からだった。ストーカーの母親が『フランケンシュタイン』と比べて褒めているのも、この作品が乗り越えるべき目標だったせいである。山田は流氷を砕いて進むラウラ号という船によって、こうしたロマン派以降のイメージを上手にとりこんでいる。

ドイツのロマン派画家のカスパル・フリードリヒの《北極海》(一八二四)のようなイメージが広がる。この絵画の題材は、ベーリング海峡の探検をおこなった悲劇の探検家ウィリアム・ペリーを記念したものだった。このようにイギリスが北極探検の先陣を切っていたことが想像力をかきたてて来たのだ(谷田博幸『極北の迷宮——北極探検とヴィクトリア朝文化』)。山田はその後『天動説』(一八八八—九)という吸血鬼ネタの伝奇時代小説を書いたが、これは横溝の『髑髏検校』を仕立て直したものだし、江戸で始まった話が蝦夷に舞台を移すという北方志向は自作の『氷河民族』の語り直しでもあるのだ。

主人公の鹿島は、巻き込まれ型のハードボイルドの主人公となり、彼の行動にともなって、たくさんの死体が転がる。友人の妻だった聡子は「眠れる美女」をかくまったので殺され、そして手を組んだはずの弥生という香水輸入の代理店のオーナー、その手下の早野も殺される。さらに反主流派の政治家や総会屋は爆弾で殺される。また、キューバ危機のときに目覚めていた「眠れる美女」本人にそそのかされ、核ミサイルを盗む手伝いをさせられた恨みを抱いていた神谷という新聞記者は、彼女への復讐のためにラウラ号に乗りこみ破壊工作をしながらも、復讐できずに最終的に自殺を図る。そして友人の須藤は、妻を殺してから自殺をしたとされ、行方不明のままだった(もっとも、吸血鬼を守る人物として生存していることが示唆されるのだが)。

このように『氷河民族』では、「眠れる美女」の争奪戦のなかで、供犠のようにたくさんの血が流れる。彼女はまさしく「吸血鬼」なのである。彼女の真の名前は最後まで明かされないが、テクスト上でははっきりとしている。ドラキュラ(Dracula)のなかに隠れていた「ラウラ」だろう。そして、このように男たちが一方的に思いを寄せるラウラとは、近代ヨーロッパの恋愛詩の原型ともいるペトラルカのソネット集のヒロインの名で、実在したラウラ・ド・ノヴェスとつながる。彼女の結婚した相手はサド一族の貴族で、その末裔がサド侯爵だといえば、どこか地下水脈的な結びつきを想像させるではないか。表面的には単純なハードボイルド冒険小説に見える『氷河民族』に厚みを与えているのは、こうしたヨーロッパ文化の闇ともいえる「隠れた知《オカルト》」へのさりげない言及なのだ。

5　小野不由美『屍鬼』(一九九八)

小野不由美の上下二巻の大作『屍鬼』は、献辞に「セイレムズ・ロットに」とあるように、スティーヴン・キングの『呪われた町(原題『セイレムズ・ロット』)』(一九七五)へのオマージュなので、『ドラキュラ』のコピーのコピーといえる。ただし、映画に出てきたドラキュラ伯爵をコピーしたものではなく、キングが新大陸に移植した話を、さらに日本に移植した点が興味深い。藤崎竜によるマンガ版が二〇〇八年から二〇一一年に『ジャンプスクエア』で連載され、アニメ版が二〇一〇年に放映された。

この長大な物語は、キングをはじめ『ドラキュラ』以外のホラー作品にも影響を受けているが、四部構成の第三部の冒頭で謎解きがなされ、その後は襲ってくる吸血鬼への反撃となることで『ドラキュラ』の構成をきちんと守っている。しかも、霜月の祭りの最中に反撃が本格的に始まり、村人が

「起き上がり」と呼ばれる吸血鬼に杭打ちをして回るのも十一月五日から六日にかけて、と見事に『ドラキュラ』の最後を踏まえているのだ。これはとうてい偶然の暗合とは呼べない。

キングのアメリカの田舎町の代わりに、ここで舞台となるのは、日本の山村である。そこは、樅の木から棺や卒塔婆を作ることを生業としてきたので、「卒塔婆」に由来する「外場」という名をもつ。隣の溝辺という町から、十一月八日に山火事が起きたのを発見するのが冒頭で、一帯は焼け野原となるのだが、火葬こそが吸血鬼撲滅のいちばん有効な手段であり、『ドラキュラ』が日没の雪原で終わるのと対比して、緑の森が燃えていくのである。そして始まりとなったのが「七月二十四日、未明。すでにその日、外場と呼ばれるその集落が、近隣一千ヘクタールにもおよぶ山林を巻き込んで消滅することは、半ば決定していたのだった」と予告される。このようにして、七月から十一月の間の出来事を『屍鬼』という小説はじっくりと追っていくのだ。

全部で百五十人に及ぶ登場人物の関係や役割は最初分りにくいが、三人の人物が視点的な働きをすると考えられる。一人は、たびたびゴチック体で引用されるエッセイや小説を書いている室井静信《せいしん》である。寺の跡継ぎで、父親が倒れてしまったので、寺を守ることと小説を書くことを両立させている。檀家がしだいに減っていき、「若御院」と呼ばれるが、静信は「村は死に包囲されている」と書きつけるような屈託を抱えている。

二人目は、病院長の尾崎敏夫である。やはり父親の死によって、病院を継ぐことになった。都会育ちの妻は義母との折り合いが悪く、溝辺町で別居して暮らしている。かつてと異なり「溝辺町に出れば、設備の整った総合病院もあれば、国立病院もある」という状況で、もはや院長という身分に重みはない。この三十二歳と同年齢の静信と尾崎が、異常な事態になっていく外場村について推理を重ねていく。

彼らは寺と病院という人々や情報が集まる中心にいるというだけでなく、ヴァン・ヘルシング教授やシュワード博士に匹敵するさまざまな解釈や取りまとめができる知的な人物として村のなかでも重きを置かれている。村のなかでは江戸時代から「寺と兼正、そして尾崎を三役」とみなしてきた。兼正にあたる家は、主人が急逝した後売却され、代わりに洋館が建てられた。村人たちは、それ以降に不吉なことが始まったと次第に考え出す。江戸時代からあった村の秩序が、外部からの侵入で本格的に壊れつつあるのだ。

しかも、溝辺町と合併してしまったので、村の位置づけは「外場地区」でしかなく、あくまで旧外場村でしかないのだ。役所の業務は町がおこない表面的には困ることがない。駐在所の警官も出張所の役人も、外から補充できるようになっている。過去の秩序は形骸化されていて、村の祭りなどのときと、葬式のときにだけ重要となる。何しろ医師の死亡証明書と、寺の葬儀が必要なのだ。その意味で、二人は外場村の惨劇をよく知る立場にあった。

そして、三人目が高校生の結城(小出)夏野である。平安時代の貴族で『令義解』を編纂した右大臣清原夏野に由来する。この名前を嫌がり、さらに工房をやっている夫婦別姓の両親が、田舎暮らしが良いと引っ越して来たせいで被害を受けている。バスで高校に通っているし、村人から奇異な目で見られがちで、外場村にはうんざりとしている。夏野の同級生などの若者集団が、村からの脱出か居残りかと選択をするのに悩むのに対して、夏野は外場から出ていくつもりである。そして、ホラー映画に往々にしてありがちだが、この小説のなかで吸血鬼の謎に近づいた夏野は、脱出することが永遠に出来なくなってしまう。

重要なのは、静信、尾崎、夏野の三人とも外場の外の世界を知っているということだ。静信も僧侶になるために町の大学に通っていた。そして、何度となく村の「閉鎖性」が語られる。精神的なだけでなく、それは物理的にも脱出が簡単にできない場所なのだ。ところが、外場に新しく引っ越してくるのが、じつは吸血鬼関係者だけだった。ここには山村の大きなテーマである過疎と高齢化がくっきりと描きだされている。卒塔婆や棺を作る以外にとりたてて産業もなく、溝辺町にどんどんと人も金も吸い取られている樅の木だらけの外場村なのである。コンビニができても半年でつぶれ、国道沿いの店も、ドライバーよりも地元の客で潤っている村なのだ。

村の結束をしめすのが、冒頭の七月二十四日の「虫送り」のお祭りである。祭事に参加できるのは男性だけで、巨大な卒塔婆をかついで歩き回る。夏野の父親がようやく村のなかに受け入れられるようになる。ここでホラー小説としての怖さを形作っているのは、過去の因縁ではない。確かに「ユゲ衆(遊行聖人)」や「ベット(斎藤実盛)」といった過去の土俗的な信仰とのつながりが描かれている。外部の余所者を排除するのが虫送りと同じだという論理がそこにある。だが、江戸時代のような住民の統治システムがすでに壊れていて、昭和的なコミュニケーション世界も崩壊しかけていることが、悲劇を広げていくのである。

吸血鬼の侵入は、まず村のまとめ役でもあった兼正の土地を手に入れ、そこに洋館を建てるところから始まった。そして、外場はいまだに土葬を守っているせいで、吸血鬼に血を吸われた死者が一定の確率で「起き上がり」という吸血鬼化が起きるのだ。『ドラキュラ』において、イギリスが先進国として伯爵を魅了しつつも、カーファックスの屋敷のような古臭い場所が必要だった。同じように、古いしきたりが残っている村だからこそ、ひっそりと暮らすことができると考えたのだ。

外場村のそうした事情を「沙子《すなこ》」を中心とした吸血鬼たちが知ったのは、静信が書いたエッセイからだった。そのエッセイこそが、『屍鬼』の冒頭にゴチック体で全文引用されたものであり、通奏低音のように、小説の下で鳴り響くものとなっている。そしてこの文章こそが、イギリスの旅行案内を読んであこがれたドラキュラ伯爵の場合と同じく、吸血鬼たちを招き入れる誘惑となったのである。

吸血鬼たちは、まず「山入」という三人しか住民のいない地区を制圧し、そこを拠点に外場村を襲っていく。家族を呼び寄せたりして、しだいに犠牲者を増やす。死者の数が増えていくことで、異変に気づく者がでるが、高齢者が多いことや、夏を過ぎたので体力が弱っているなどの理由で最初は目立たない。気づいた時には村の大半に被害が及んでいた。

そして、兼正の跡地に建った洋館に、桐敷家という住民が引っ越してくる。辰巳のようなニヒリストの使用人がいて、伯爵のような正志郎は、人間でありながら吸血鬼の手下となっている。中心は沙子だが、「SLE」(全身性紅斑性狼瘡)という病だという口実で昼間は外にでない。ここでの吸血鬼の設定には、光があたると皮膚が焼けていくというドラキュラ映画経由の特徴がある。静信の小説を好み、近づいてきて話をする沙子は、動物が生存のために餌をとることと、吸血は同じなのだから、倫理的に問題ないと主張する。人間が食事をするのと変わらないというわけだ。

『屍鬼』は、弟殺しである「カインとアベルの物語」を下敷きにしている。本の扉に聖書の創世記から「エホバ言給ひけるは汝何をなしたるや」で始まる引用がある。静信が書き綴っている小説のなかに、この弟殺しのオブセッションがある。静信は一人っ子であるのに小説内で「弟」にこだわり、それが屍鬼となって起き上がる話を綴っていることと、外場の誰もが知っている自殺未遂をした過去が結びついている。それは、山田が『氷河民族』のなかで探し当てた、兄弟としての吸血鬼殺しとも関連するし、人間とその起き上がりである吸血鬼との敵対だけではない関係とつながっている。

つまり、カインは弟のアベルが神の寵愛を受けたとして嫉妬して殺害したのだが、そのことを神に偽り、そのためにノドの地へと追放を受ける。そのことを取り上げて、沙子が、アダムとイヴの息子であるカインはエデンの園の外である流刑地で生まれたのだから、「罰されるべき流刑地の罪人を殺した者は、殺戮者なの？　それとも正義の人なの？」と静信に問いかける場面がある。その考えによると、外場でおこなわれていることが罪人どうしの殺し合いとみなせ、家族や兄弟が、お互いに「吸血鬼／非吸血鬼」という立場によって殺戮しあうことで近親憎悪になる外場村の状況と聖書の記述とが重なるのだ。

他ならない沙子たちは、外場を吸血鬼にとってのユートピアや避難所とするために、孤立させようとしていた。夜になると吸血鬼たちが日常生活を送れるような昼夜が逆転した世界である。だが、「餌」を外に頼らないといけないので、「血」を生産できないという不利な条件によって行き詰ることは目に見えている。静信は沙子と議論をするなかで、その限界を指摘する。吸血鬼がユートピアを作ろうとすると、今度は村や人間の論理がその集団を強く排除する力として働いてくるのだ。その時に平素の嫉妬や誤解や対立といった人間関係がにじみでてくる。そして、復讐の名のもとに吸血鬼狩りの殺戮が始まっていく。殺戮の味を覚えた吸血鬼たちと人間とがおなじく親族や友人殺しに荷担するようになるのである。

そして静信は人狼化したせいで、沙子を救済する吸血鬼の味方となる。一人っ子なのに弟殺しの幻影に苛まれてきた静信が、弟とはもう一人の自分だったとして克服したときに、彼は沙子の側につくことになった。それは山田の『氷河民族』で、友人の須藤という医師が亜人類の味方となったのと似ている。

しかも、終章によると、『屍鬼』という小説が静信によって書かれたもので、読者が今読んだ小説に他ならないというメタ小説的な設定になっている。外場村を焼きつくした山火事についてのすべての解釈が、精神に錯乱をきたした静信が生み出した妄想にすぎない可能性もあるのだ。これは静信が外場村から脱出するまでの物語だったともいえる。なにしろ焼死体はあっても、その関係やいきさつを語るのが、静信の本(＝今我々が読んだ本)しかない。

だとすると吸血鬼の中心人物が「沙子」と名づけられているのも、意味深である。静信が「精神」に通じるように、これこそヴァン・ヘルシング教授が叫んだ「証拠なんて必要ないさ」という言葉に通じるではないか。外国からきた者の力によって「起き上がり」となった少女は、再び静信とともに街の中に消えてしまう。それは半村の『石の血脈』とも、山田の『氷河民族』とも通じる終わり方である。

6 萩耿介『鹿鳴館のドラクラ』(二〇一五)

小野不由美は『東京異聞』(一九九四)で、パラレルワールドとしての「東京」を舞台にしたが、花山帝など特異な題材で歴史小説を書いてきた萩耿介による『鹿鳴館のドラクラ』は、一八八四(明治十七)年という鹿鳴館の時代に、十五世紀のドラクラ(ヴラド)が姿を現す、という設定の話である。ただし、萩の場合は、ドラキュラ伯爵そのものではなく、ワラキアの君主であるヴラドが日本にやってくる、というので、『ドラキュラZERO』のような歴史修正主義の映画と同じく、ドラキュラ伯爵のモデルのヴラド・ツェペシュのほうが主人公となる。

明治と十五世紀のワラキアの二つのパートが交互に登場する構成をとっているが、明治の時代の方は、落語家の三遊亭円朝の「牡丹灯籠」の公演が終わり、寧子と時子という二人の姉妹が帰ろうとするところから始まる。そこに一羽の鳥が舞い込んで場内が混乱する。これが実はワラキアの君主ヴラドが変身した姿であり、彼女たちに目をつける始まりだった。ここで円朝が登場したのは、中国ものを翻案して成功した落語家でもあるからだ。「牡丹灯籠」も「文七元結」も日本的に見えるが中国由来であり、他に「死神」のようなヨーロッパネタも演じた。それは鹿鳴館という欧化政策の産物とつながっている。しかも円朝の速記本の出版を可能にしたのが、ピットマン式に由来する田鎖式の速記術だったことは、第1章で述べた通りである。

萩が明治の日本と十五世紀のワラキアの二つの世界を選んだのは、ひとつの社会を立体的に描くためにではなく、複数の世界を平行に描くことで、歴史の繰り返しの物語を語ろうとするためである（これは前作の『インモータル』などで採用した手法を継承している）。

姉妹のうち、警視庁に勤める夫をもつ寧子がミナにあたり、積極的な女学生時子がルーシーという役割だろう。ただし、寧子は薩摩藩の出身で、夫の志郎は長州藩の出で、明治維新の功労者ではあるが、立場に違いがある。しかも寧子がもともと許嫁となったのは志郎の弟のほうだった。ところが、西南の役で弟が亡くなり、仕方なく志郎の妻となったという経緯があり、夫婦仲はよくない。外務省に勤める父親の命令もあり、鹿鳴館に出かけて、ダンスを習うというのが寧子の役目になっていた。そのとき、鹿鳴館でヴラドと会うことになるのだ。

ヴラドの章では、第二章でワラキアとオスマン帝国の対立が描かれて、ヴラドが活躍する。ところがハンガリーの策謀で囚われの身となる。第四章では、王の妹と結婚しカトリックに改宗して子供を成し、ハンガリーの後ろ盾でワラキアのために戦うヴラドの姿があった。どれもが史実としてのヴラド・ツェペシュだが、そこで、重要になってくるのは、ベルナデッドという修道女との関係である。第二章で偶然に出会い、串刺し公として恐れられたヴラドと精神的なつながりをもてたのは彼女だけで、第四章でグラドが探し求めても、すでに死んでいて会うことはかなわなかった。彼女は二枚の絵を残していて、それが、ヴラドに対する気持ちをこめた「イコン」となっていた。

明治の日本ににわかに出現したヴラドが求めたのはベルナデッドであるが、それははるか昔に亡くなっていて、その代替物として寧子と時子を発見したことになる。吸血鬼でもあるので、生存のために死体を餌食にしたりする。だが、ヴラドは自分がどこから来た何者かを忘れていた。それが、「ハンガリー」という言葉を鹿鳴館で聞いたことですべてを思い出すのだ。

ここでは、鹿鳴館を飾るために寧子と時子の父親が横浜で購入した絵が鍵となって、明治の日本と十五世紀のワラキアを結びつける。ドラクラが時空を超えてやってこれた理由は、絵の中に入っていたからだ。その意味で、芸術表現に姿を変えてドラキュラがやってくるというパターンなのだ(映画『ゴーストバスターズ2』のハンガリーから肖像画のなかに封じ込まれてやってきたカルパチア大公ヴィーゴを連想させる)。その絵はアダムとイヴの楽園追放の絵だった。しかも追放されることに「原罪」としての罪を感じるよりもむしろ誇らしげに感じる表現をもち、その意味で異端の絵だった。中世の正教の場合にはイコンとして描き方は決まっているので、そうした解釈の変更は許されない。しかも二枚の絵は左右を並べ替えることで無害な絵のように装うことができた。

ここで萩が『ドラキュラ』から学び取ったのは、叙事詩的な側面ではなく、抒情詩的な側面であり、ラブロマンスとしての伯爵とミナの関係である。すべてが最後には砂になるとして、砂のなかで寧子とヴラドが踊る場面は、「体全体が崩れ落ちて塵になり、私たちの視野から消え去ったのです」という伯爵の最後とつながっている(第二十七章)。これは「汝塵なれば塵に還るべし」という聖書の言葉通りに、生が終わったあとの世界を描いているし、絵の中にヴラドが戻ったことで、もはや寧子は彼に触れたり踊ったりすることが永遠に出来なくなる。ヴラドと寧子とは、現実を写した絵を媒介にして触れ合ったに過ぎないからだ。

こうして『鹿鳴館のドラクラ』は、『ドラキュラ』を読み換えることで、表面的には時空を超えたラブロマンスでありながら、ワラキアの運命と日本の運命を重ねてみせる。夫の志郎の前でヴラドと抱き合ったせいで、寧子は離婚することになった。その後二枚の絵をワラキアに届けるために寧子は船旅をする。そして「古い地図も見た。西欧とは言いながら、ほとんど東の隅だった。実はワラキアも、この国と同様、大国に攻められて苦しんでいた」と寧子は感想を漏らすのだ。ワラキアやトランシルヴァニアが東の小国として日本と重なっているのである。ヴラドと戦うことになった夫の志郎は「江戸の闇を消そうとして西洋の闇を受け入れてしまうとは」と嘆いていた。

歴史的には、日本は、冒頭の円朝のエピソードが語るように中華帝国の影響を受けながら文化を作りあげてきて、次には鹿鳴館のように西欧に追いつき追い越せとして西欧文化を摂取した。一等国や帝国を目指した結果がどうなったのかについてはあえて言う必要もない。そうしたなかで、萩は、『ドラキュラ』の物語から、トランシルヴァニアという古い帝国と大英帝国という新しい帝国の対立の物語ではなくて、小国ワラキアとオスマン帝国の物語を読み取り、それを明治維新後の日本と西欧列強との物語として提示した。それは、二十一世紀になっても、別の角度から帝国と周辺の小国の関係を揺さぶる物語となるのだ。つまり『ドラキュラ』の物語を読み換えることで、ただ単にドラキュラをヴラド・ツェペシュにするという歴史修正主義的な解釈だけではなくて、ストーカーがアイルランドの問題を投影したように、この中に小国トランシルヴァニアの運命を読みこむことができるのである。

萩の小説では、兄弟などさまざまな親類縁者が裏切る可能性を、『屍鬼』のような「弟殺し」という吸血鬼小説がもつ流れとつながる形で提示している。近視の対立は寧子と時子のヴラドをめぐる争いや、寧子と志郎の夫婦の薩摩藩と長州藩の軋轢として描かれてもいる。それを音楽や踊りや絵画といった小道具を使って抒情詩的にやってみせたところに『鹿鳴館のドラクラ』の新味がある。これもまた『ドラキュラ』の日本的な書き直しのひとつといえるだろう。

7 ドラキュラの日本化

【増殖するドラキュラ】

ストーカーの『ドラキュラ』と直接格闘した作品以外にも吸血鬼ものはたくさんある。吸血鬼や吸血鬼ハンターのキャラクターとしての利用のおかげで、現在もコミックスやライトノベルを中心に、「ドラキュラ」や「吸血鬼」は数多く登場し、生みだされた映像や画像のコピーをさらに二次的に三次的にコピーしたものが増殖していくのだ。たとえば「吸血鬼が出てくるライトノベル」というサイトには、八百以上の記事があり、ライトノベルを出版する各レーベルが、吸血鬼を主人公や脇役として登場させる作品を多数出版していて、一大ジャンルとなっていることがよくわかる。十九世紀のイギリスで「ショッカー」や「ペニードレッドフル」と名づけられた煽情小説が大量に書かれたのと同じである。

ライトノベルのような青春物が吸血鬼ネタを選びやすいのは、セクシュアルな直接の表現が禁止されているジュヴナイルの領域でも、最大限に性的な関係を描ける格好の題材だからだ。ライトノベルを準備した一人ともいえる赤川次郎の『吸血鬼はお年ごろ』（一九八二）のような青春小説でも扱われ、これは三十冊以上のシリーズとなった。トランシルヴァニアから逃げてきたフォン・クロロックという父と、日本人の母との間に生まれた神代エリカが怪事件を解決するという物語である。

また「ボーイ・ミーツ・ガール」のパターンは、たとえば「文学少女」シリーズで知られる野村美月の『吸血鬼になったキミは永遠の愛をはじめる』(二〇一四—五)などのように続いてきた。吸血鬼に命を救われたので、吸血鬼になってしまったバスケ少年が、転校した先の演劇部の先輩少女と繰り広げる恋愛ドラマである。こうしたラブロマンスと吸血鬼とのつながりは深い。さらに、『萌え萌えヴァンパイア事典』(二〇一二)は、説明文の内容は普通なのだが、いちいち胸が豊満な美少女の「萌え絵」による図解が並んでいる。このあたりは、『ドラキュラ』がもっていた「ポルノグラフィ」(谷内田浩正)の側面を拡張した産物といえる。

もちろん異性愛的な表現にとどまらない。甘党によるコミックス『となりの吸血鬼さん』(二〇一五)は、ヒロインの同居人がトワイライトという名前からして、『トワイライト』を意識したもので、吸血鬼との同居という設定を描いている。これは『カーミラ』以来の吸血鬼ものと、百合系の同性愛的設定が持ち味といえる。BL系も負けてはいないので、萩尾望都の『ポーの一族』や『ロスト・ソウルズ』あたりのインパクトから、山田二丁目のBL小説『口元に赤いのついてます』(二〇一五)など数多く書かれている。「攻め」と「受け」とに登場人物の役割を分けるBL系と「吸う」と「吸われる」に分かれる吸血鬼小説とは相性がよいのだろう。多数の作品がBL系の専門サイトの検索で引っかかる(サイト「ちるちる」)。

そして、ドラキュラ経由の吸血鬼に、ゾンビのように大衆化された動く死体としての吸血鬼像を加えたならば、もはや作品数は数え切れない。最近コミックスから映画への展開で話題になったのが、松本光司の『彼岸島』(二〇〇二―一〇)と、花沢健吾の『アイアムアヒーロー』(二〇〇九―)である。前者は島のなかでのサバイバルゲームとなっているし、後者は第一巻の平凡な日常が、二巻目になるといきなりゾンビのあふれる世界となってしまう。もちろん、こうした作品群には、スティーヴン・キングなどのモダンホラーやベラ・ルゴシ主演の『ホワイト・ゾンビ(恐怖城)』など一九三〇年代以降のゾンビ映画や『バイオハザード』などのゾンビゲームの影響が大きいのであり、吸血鬼とゾンビとの影響関係には広範囲な検討が必要となるし、この本で取り扱う範囲を超えているのでこれ以上ここでは触れない。

【メディアミックスする吸血鬼】

一九八三年から続く「吸血鬼ハンターD」シリーズの著者である菊地秀行が、NHKの番組取材から生まれた旅行記である『トランシルヴァニア　吸血鬼幻想』(一九九六)を書いた時に明らかにしたのは、菊地にとって映画としてのドラキュラがあくまでも脳裏にあり、その面影を求める旅となったことだった。ただし、風景描写を他人の旅行記などから借用したのがストーカーの『ドラキュラ』だったし、吸血鬼映画はさらにセットやロケのおかげで、イメージのなかの「ボルゴ峠」や「ドラキュラ城」を作り出してきた。現地の風景と作品の描写とのずれは、のどかなボルゴ峠のようにときにはユーモアさえ生み出す。

菊地はライトノベルを準備した作家の一人らしく、原作小説のドラキュラの登場シーンよりも、ルゴシやリーの映画において、階段上に忽然と現れる姿を高く評価する。そして、自作に触れて、光と闇の「遭遇が大事なポイントだというのは本当で、コスチューム・プレイを書くとなると張り切らざるをえない」と告白する。視覚的インパクトのためにとりわけ「光と闇」の対比を含んだシルエットが大きな効果を与える。シルエットだけで他と区別できるのが、キャラクターとして際立っている証拠となるが、ドラキュラも十分その資格をもつ。それは映画の『吸血鬼ノスフェラトゥ』でマックス・シュレックが、『魔人ドラキュラ』でベラ・ルゴシが演じたドラキュラ像から増殖した結果なのだ。

菊地の「D」は、天野喜孝のイラストによる美形の人物で、舞台は西部劇を思わせる設定だが、彼は半分吸血鬼で半分人間という自分に苦悩している。この吸血鬼ハンターDの「混血性」は、転びバテレンの父と日本人の母の混血に悩む柴田錬三郎の「眠狂四郎」をどこか思わせる。円月殺法ではないが、妖刀を振り回すことからも、商業的に成功した大映の市川雷蔵版と通じ、毎回美女と絡む展開も似ている。その意味で『ドラキュラ』とは異なり、連続ものとなる骨格をもっているのだ。

第一作目ではっきりとするが、三十作となるシリーズのなかで、D本人が、「貴族」である吸血鬼の「神祖」とされるドラキュラ伯爵と人間との「合いの子」つまり「ダンピール」であるとわかる。「貴族」である吸血鬼を狩るのだが、彼が戦う多くの敵は、Dと同じハイブリッドな存在なのだ。劇場版アニメが『吸血鬼ハンターD』として二〇〇〇年にアメリカで公開されたことで、英語版も出て人気が出た。

吸血鬼もののメディアミックスでの成功例として、二〇〇〇年に出たCGアニメ映画の『BLOOD THE LAST VAMPIRE』がある。これは、「セーラー服」と「刀」と「美少女」と

「怪物」という視覚的な要素を集めた内容で、一九六六年のヴェトナム戦争当時の横田基地のアメリカン・スクールに転校した小夜という吸血鬼ハンターの話である。いわば、Dの設定を女子高生に変えたものだともいえる。ただし、吸血鬼といっても、「翼手」と呼ばれるコウモリのイメージが強く、ドラキュラ的な人間というよりも怪物と呼ぶ方がふさわしく、はっきりと吸血鬼とハンターが区分できるものになっていた。

『BLOOD THE LAST VAMPIRE』はテレビゲームやノベライゼーションなど多くの展開を見せた。しかも小説化において押井守版と藤咲淳一版と二種類が存在し、もはやひとつの物語に収斂することを目指してはいない。この作品を気にいったクエンティン・タランティーノが『キル・ビル』(二〇〇三)のなかで、イメージを引用するだけでなく、制作元の「プロダクションＩＧ」にＣＧアニメの制作を依頼してきたことでも知られる。

さらに、テレビアニメに展開した『ＢＬＯＯＤ＋』(二〇〇六―五)は、初期設定がもつ日米の政治的な関係だけでなく、ヒロインを沖縄生まれにして、国際的な政治状況を描こうとした野心作だった。深夜アニメでもないのに、流血の表現が多くて問題視もされたが、結果として、女性ファンがついて人気を得た。そしてこの人気を受けてＣＬＡＭＰとの共作となった『ＢＬＯＯＤ―Ｃ』(二〇一二)が登場したが、共通点は小夜という少女が刀で怪物を倒すだけになった。こうした増殖こそが、キャラクターや設定としてのドラキュラや吸血鬼の増殖に他ならないのだ。しかも、二〇〇九年にはフランスと香港による実写映画の『ラスト・ブラッド』が公開されるまでになった。もはや日本発の物語が、各地で自由な展開を遂げるようになってきたのである。

こうした文化の境界線を超えた展開ができたのも、「吸血鬼」が何よりもまず視覚的な存在だからである。そして、『ドラキュラ』のなかで表現されていた人間が野獣に戻った様子を視覚化できる血を吸うという行為が退化する存在への恐怖を引き起こす。しかもことさら異形にならなくても、人間の姿のままで恐怖を与えるので、美的な表現が可能となる。そして、伯爵という身分が、貴族制度は衰退しかけているのに、それ故に下々の人間に依拠しないと生存できないという逆説を浮かび上がらせる。強者と弱者とが逆転し、現在の社会システムがもつ欠陥を逆説的に表すように見えるので、多くの表現者に愛用されるのだ。

(★1)この半村の建築への関心は、戦後SF第一世代の「建築の意志」を反映しているのかもしれない。小松左京は『果しなき流れの果てに』(一九六六)で、話の発端に古墳を描きだし、光瀬龍は『たそがれに還る』(一九六四)で宇宙空間に建築する防御癖を扱った。そして、荒巻義雄は「大いなる正午」(一九七〇)でダムを、さらに『時の葦舟』(一九七五)などで建造物への偏愛を語る。こうした建築の意志は、同時に物語を構築する意志でもあった。半村のタイトルを「意志の血脈」と読み換えてみたい。

おわりに　複製されるドラキュラ

ドラキュラ伯爵の与える恐怖は、生命を奪う吸血行為だけでない。吸われた者が吸血鬼になるという複製によって数が広がっていくことだ。しかも、写真のようにネガがポジとなり、そのポジが次のネガとなるという拡散の仕方をする。

単一の型から大量生産されるコピーではなくて、次々と伝染する点で病のメタファーと重なるし、遺伝子のように次々と転写(transcription)されながらドラキュラ伯爵の像は広がっていく。その途中で情報が欠如したり、歪んだり、変化することも含んでいる。フリードリヒ・キットラーなど多くのメディア研究者がドラキュラに注目してきたのも、文化の伝達のひとつのモデルとして、吸血による増殖と拡散が、ホワイトカラーを中心とした情報化社会の説明にふさわしいと思えたからだ。

複製のイメージを使いながらも、大都会ロンドンの雑踏に伯爵が消えていくことは許されない。喉に残された痕跡が、ネガとポジの関係を露呈する。ルーシーが子供を襲ったときにつけた歯形は、伯爵のよりも小さいので、別物だとわかる。さらに、伯爵本人の足取りはなくても、木箱の輸送ルートという痕跡が、記録や記憶によって突き止められ、アジトが急襲されてしまう。イギリスから逃げ出しても、船旅の痕跡がたどられ、ドラキュラ城を手前にして帰還がかなわず、伯爵は退治されてしまった。

だが、演劇や映画といった作品の外へと逃走したことで、ドラキュラ伯爵の複製は続くし、別なメディアの風土が伯爵を変化させていった。しかも、そうした新しい複製につながる特性は、『ドラキュラ』にたっぷりと描きこまれていた。会話や音声を複製する速記術や蝋管式録音機、文章を複製し清書するタイプライター、これがそのまま『ドラキュラ』の本文を作り出す装置となっていた。さらに、コダックの写真機も活躍するが、傍らには「動く写真」が登場していた。これがドラキュラ伯爵と直結することになる。生命を失った死体が動くというのは、恐怖を与えるイメージというだけではなく、止まった写真が動く「映画」にとって好都合な題材だったのだ。

そして、いったん始まった複製とイメージの転写による拡散はもはや止めることはできない。さまざまなイメージへと変身して、ドラキュラは生き長らえてきた。そもそも、コウモリやオオカミに変身するのは得意なのだ。そして伯爵は自殺者の墓地や忘れられた礼拝堂のなかで、スパイやテロリストのようにじっと世に出る機会をうかがっていたが、おなじようにさまざまな小説や映像のなかに潜んで出番を待っている。

そうしたドラキュラ伯爵の不穏な姿こそ、故郷アイルランドとイギリスとの関係を、ストーカーが直接語らずに表現している部分である。そして、ドラキュラを転写し複製するときに、後世の制作者はその不穏な空気をも一緒に複製してしまうのだ。それこそがドラキュラの生存戦略となっているし、自作を演劇化までした作者ストーカーの密かな願いだったのかもしれない。今や複製によるドラキュラの子孫は、思わぬところにまで浸透し力を拡大しているように私には思える。

あとがき

この本では、百二十年前に書かれた『ドラキュラ』という小説に、今まで人々が魅了され続けてきた理由を探っている。その際に注目したのが、故国トランシルヴァニアの名に含まれる「超越《トランス》」することによって増殖しながら拡散していくドラキュラ伯爵の底力だった。単一のモンスターに見えて、たえず複数の影がちらつくのは、この拡大する力によるところが大きい。前著『フランケンシュタインの精神史』では、フランケンシュタイン博士の作った怪物の「つぎはぎ」性に注目したが、十九世紀末のドラキュラ伯爵は、「超越によって拡散する」という異なった特徴をもつことが明確になったと思う。

『ドラキュラ』には、相手の喉笛に食らいつくという肉食のような原始的な方法と、カメラやタイプライターや電報や電話などの文明テクノロジーとが奇妙に同居している。その意味で、ドラキュラ城で、朝髭を剃っていたジョナサンが、横に並ぶ伯爵が鏡に映らないことに気づく場面はとても興味深い。出血したジョナサンに伯爵が欲望を覚える瞬間だが、ロザリオの十字架が守ってくれた。それにしても、「文明人」の男性である証拠が毎日髭を剃ることだとすれば、身だしなみをそれなりに整えていても、掌に生えた毛を放置している伯爵はやはり「野蛮人」なのである。このように小さな細部から連想があれこれと生まれるのがこの作品の魅力なのだ。しかも、その探究には終わりがない。

鏡に映らないドラキュラの正体を探ることは、これまでも多くの人によっておこなわれてきた。日本でも、種村季弘の『吸血鬼幻想』、仁賀克雄の『ドラキュラ誕生』、丹治愛の『ドラキュラの世紀末』などの優れた成果があり、私も大いに参照させていただいた。ところが、証拠や手がかりは、結局のところ一冊の本『ドラキュラ』の内部にしかない。しかも、どれだけ証拠を積んだところで、「ひとつとして認証された文書がない」とジョナサンが言い放つように、探索が手詰まりになることが、作品内で予告されている始末である。

生物どころか、「霧」に変身する吸血鬼たちのありようは、実体のない噂や風評のようなものだ。必要に応じて言葉やイメージが集合し、誰かを傷つけて、あとは霧散して捉えることできない。そして、多くのロンドン市民はドラキュラ侵略に気づかないまま日常生活を送っている。「幽霊の正体見たり枯れ尾花」ではなくて、「枯れ尾花」すら存在しない言葉の力で出現するモンスターであるからこそ、現代的なのだ。こうしたドラキュラ伯爵と『ドラキュラ』という作品に関してどこまで探索できたのかは、読者の判断を待つしかない。

*

ドラキュラ伯爵を知ったのが、いつのことだったのかは判然としないが、やはり藤子不二雄Ⓐの『怪物くん』のアニメで、「ざます」を連発し、血の代わりにトマトジュースを吸うと豪語するドラキュラが忘れられない。おそらくこれが最初の出会いだろう。そして、手塚治虫の『ドン・ドラキュラ』のマンガも印象に残っている。また、「ヴァンパイア」という言葉を覚えたのは、子役時代の水谷豊が主演したテレビドラマの『バンパイヤ』からだったが、吸血鬼というよりも狼男の話だった。

この手塚作品のおかげで「狼男＝ヴァンパイア」と誤解したままだったが、『ドラキュラ』などを読んだりしたおかげで、今では人狼と吸血鬼の近さと違いとが理解できるようになった。しかも、吸血鬼の父と人狼の母の間に生まれたヒロイン江藤蘭世（エトランゼ！）を主人公にした一九八〇年代の池野恋の漫画『ときめきトゥナイト』は、最近も新作が発表されたように、今でも人気がある。こうした作品が登場したのも、吸血鬼という存在がジャンルを「越境《トランス》」する力を与えてくれたおかげである。手塚や藤子といった後に、この本では到底扱いきれないほどの作品が生まれて、「吸血鬼の銀河系」を形作っているのだ。

ひょっとして集めた資料の解釈などに誤謬が含まれているかもしれない。指摘していただければ幸いである。編集はいつものように高梨治氏で、全体の構成などあれこれとご教示いただいたことを感謝したい。

小野俊太郎

二〇一六年十一月六日

主な参考文献　（雑誌論文や関連作品等は煩雑になるので割愛した）

★『ドラキュラ』の原文は、定評のあるノートン版（一九九七）とペンギンクラシックス版（二〇一〇）を注釈とともに参照した。翻訳引用は、「はじめに」で触れたように、基本的に水声社版（二〇〇〇）に依拠し、自分で訳したところもある。創元推理文庫版（一九七一）、角川文庫版（二〇一四）も参照した。

〈とくにドラキュラに関して〉

仁賀克雄『ドラキュラ誕生』（講談社現代新書、一九九五年）
種村季弘『吸血鬼幻想』（河出文庫、一九八三年）
丹治愛『ドラキュラの世紀末』（東京大学出版会、一九九七年）
谷内田浩正「処罰と矯正」、富山太佳夫編『現代批評のプラクティス5　ディコンストラクション』（研究社、一九九七年）所収
武藤浩史『「ドラキュラ」からブンガク―血、のみならず、口のすべて』（慶應義塾大学教養研究センター、二〇〇六年）
マクナリー、レイモンド・T他『ドラキュラ伝説』矢野浩三郎訳（角川選書、一九七八年）
スカル、ディヴィッド『ハリウッド・ゴシック』仁賀克雄訳（国書刊行会、一九九七年）
バトラー、エリック『よみがえるヴァンパイア』松田和也訳（青土社、二〇一六年）

Cain, Jimmie E. *Bram Stoker And Russophobia: Evidence of the British Fear of Russia in Dracula And the Lady of the Shroud*, Mcfraland, 2006

Christopher Frayling, *Vampyres: Lord Byron to Count Dracula*, Fabor&Fabor, 1991

Davison,C. M. *Bram Stoker's Dracula: Sucking Through the Century, 1897-1997*, Dundurn Press, 1997.

Haining, Peter *The Un-Dead: The Legend of Bram Stoker and Dracula*, Constable, 1997

Miller, Elizabeth (ed) *Bram Stoker's Dracula: A Documentary Journey into Vampire Country and the Dracula Phenomenon*, Pegasus Books, 2009

Steinmeyer, Jim *Who Was Dracula?: Bram Stoker's Trail of Blood*, TarcherPerigee,2013

Valente, Joseph *Dracula's Crypt: Bram Stoker, Irishness, and the Question of Blood*, University of Illinois Press, 2002.

〈**背景関連**〉

新井政美『オスマンVS.ヨーロッパ』（講談社選書メチエ、二〇〇二年）

岩井克人『ヴェニスの商人の資本論』（ちくま学芸文庫、一九九二年）

杉浦昭典『キャプテン・ドレーク』（講談社学術文庫、二〇一四年）

鈴木董『オスマン帝国』（講談社現代新書、一九九二年）

スター、ダグラス『血液の物語』山下篤子訳（河出書房新社、一九九九年）

谷田博幸『極北の迷宮—北極探検とヴィクトリア朝文化』（名古屋大学出版会、二〇〇〇年）

富山太佳夫『シャーロック・ホームズの世紀末・増補新版』（青土社、二〇一四年）

ハーヴェイ、ジョン『心霊写真』松田和也訳（青土社、二〇〇九年）

モレッティ、フランコ『ドラキュラ・ホームズ・ジョイス』植松他訳（新評論、一九九二年）

見市雅俊『ロンドン＝炎が生んだ世界都市—大火・ペスト・反カソリック』（講談社選書メチエ、一九九九年）
Borch-Jacobsen, Mikkel *Remembering Anna O.: A Century of Mystification*, Routledge, 1996.
Caputi, Jane *The Age of Sex Crime*, Bowling State UP, 1987
Donghaile, Deaglán Ó *Blasted Literature: Victorian Political Fiction and the Shock of Modernism*, Edinburg UP, 2011.
Doyle, Michael W. & Macedo, Stephen *Striking First: Preemption and Prevention in International Conflict*, Princeton UP, 2008
Halberstam, Judith *Skin Shows*, Duke UP, 1995.
Kaes, Anton, *Shell Shock Cinema*, Princeton UP, 2009
Micklem, Niel *The Nature of Hysteria*, Routledge, 1996.
Waller, P. J. *Writers, Readers & Reputations*, Oxford UP, 2006)
Morgan, Jack *The Biology of Horror: Gothic Literature and Film*, Southern Illinois UP, 2002.
Spadoni, Robert *Uncanny Bodies: The Coming of Sound Film and the Origins of the Horror Genre*, University of California Press, 2007.
Thurschwell, Pamela *Literature, Technology and Magical Thinking, 1880–1920*, Cambridge UP, 2005.

横溝正史『髑髏検校』（角川文庫、二〇〇八年）
半村良『石の血脈』（角川文庫、一九九六年）
山田正紀『氷河民族』（角川文庫、一九七七年）
小野不由美『屍鬼』（新潮社、一九九八年）
萩耿介『鹿鳴館のドラクラ』（中央公論新社、二〇一五年）

【著者】

小野俊太郎

…おの・しゅんたろう…

1959年、札幌生まれ。

東京都立大学卒業後、成城大学大学院博士課程中途退学。

文芸・文化評論家、成蹊大学、青山学院大学などで教鞭もとる。

主著『ゴジラの精神史』『スター・ウォーズの精神史』『ウルトラQの精神史』

『フランケンシュタインの精神史　シェリーから『屍者の帝国』へ』

『本当はエロいシェイクスピア』『『ギャツビー』がグレートな理由』（ともに彩流社）、

『モスラの精神史』（講談社現代新書）、『大魔神の精神史』（角川 one テーマ21新書）、

『〈男らしさ〉の神話』（講談社選書メチエ）、『社会が惚れた男たち』（河出書房新社）、

『日経小説で読む戦後日本』（ちくま新書）、『『東京物語』と日本人』（松柏社）、

『明治百年　もうひとつの1968』（青草書房）、

『「里山」を宮崎駿で読み直す　森と人は共生できるのか』（春秋社）、

『未来を覗く H.G. ウェルズ　ディストピアの現代はいつ始まったか』（勉誠出版）他多数。

フィギュール彩77

ドラキュラの精神史《せいしんし》

二〇一六年十二月三十日　初版第一刷

著者――小野俊太郎

発行者――竹内淳夫

発行所――株式会社 彩流社

〒102-0071

東京都千代田区富士見2-2-2

電話：03-3234-5931

ファックス：03-3234-5932

E-mail：sairyusha@sairyusha.co.jp

印刷――明和印刷（株）

製本――（株）村上製本所

装丁――仁川範子

ISBN978-4-7791-7082-9　C0398

http://www.sairyusha.co.jp